ヤッさんファイナル
ヤスの本懐
原宏一
Hara Kouichi
双葉社

# ヤスの本懐

ヤッさんファイナル

目次

# ヤスの本懐

ヤッさんファイナル

装幀　重原隆
装画　田尻真弓

# マリエの覚醒

# 1

ハイヒールのかかとがぽっきりと折れた。

約束の時間に遅れまいと地下鉄銀座《ぎんざ》駅の階段を早足で上がり、地上の歩道によいしょと踏みだした瞬間、左足のヒールが根元からかくんと折れ、そのままバランスを崩して転んでしまった。

あたたたっ。

思わず声を漏らしたマリエの脳裏に、八年前の光景がよみがえった。あのときも、この街だった。場所こそ歩道ではなく横断歩道だったものの、まさか同じ銀座のど真ん中でまた転ぼうとは思わなかった。

ただ、とっさに受け身のごとく、ごろんと横に転げたのがよかったのだろう。前回よりはダメージが少ないのは不幸中の幸いだったが、久しぶりに着たタイトスカートスーツに合わせて、若い頃に買った十センチ高のハイヒールを履いてきたのが失敗だった。

正直、出掛《でが》けには迷った。ここ最近、なぜか体が怠《だる》い日が続いていたから、ハイヒールはヤバいか、という気持ちもあった。なのに最後は、今日は気合いを入れて臨まねば、という思いに負けて履いてしまった。

やっぱ、あとでドラッグストアに寄っていこう。そう自分に言い聞かせながら、転んだ拍子に投げだしたトートバッグを手探りで摑み、起き上がろうとしたそのとき、傍らを黒い革靴やパンプスが横切っていった。朝のこの時間、まだ観光客や買い物客はいない。出勤を急ぐ会社員やOLたちが、マリエを無視して慌ただしく通り過ぎていく。

八年前は、こんなじゃなかった。マリエの転倒に気づいた角刈り頭のおやじが、とっさに駆け寄ってきたかと思うと、

「大丈夫かっ」

声をかけるなりバッグを拾い上げ、太い両腕をマリエの背中と太腿の下に素早く差し入れ、ひょいとお姫様抱っこしてくれた。弾みでスカートがぺろりと捲《めく》れ上がり、ちょ、ちょっと！　と慌てたものの、

「馬鹿野郎！　膝小僧から血も出てっぞ」

ビシッと言い放ち、マリエを抱っこしたまま馴染みの店『焼き鳥 大《だい》ちゃん』まで運んで小上がりで休ませてくれた。

それが奇《く》しくも人生の恩人、ヤッさんとの出会いだった。当時二十代だったマリエは、甘い考えで神楽坂《かぐらざか》に開いたカフェが閉店に追い込まれ、家も金も失い、着の身着のまま薄汚れたスーツにハイヒール姿で当てのない金策に奔走していた。そんなさなかに、思いがけなくやさしくされた嬉しさから、すがる思いで苦境を告白すると、

「ありきたりな身の上話はそんだけか！」

失敗すべくして失敗したくせに、めそめそすんな！　と怒鳴りつけられた。

焼き鳥大ちゃんの店主の話では、もともと銀座のヤスと呼ばれていたヤッさんは、銀座や築地《つきじ》界隈を根城《ねじろ》に活躍している〝食の相談役〟だという。料理人や仲買人、生産者の仲を取り持ったり、トラブルの相談に乗ったりする飲食業界の潤滑油的な存在らしく、見た目とは裏腹に名高い飲食コンサルタントだったのか、と思った。

ところが当の本人は、

「いや、おれは一介の宿無し男だ」

と肩をすくめる。飲食業界人の相談に乗ってはいるが、相談料も成功報酬も受け取らないから、コンサルタントなんて上等なもんじゃない。家も資産もないため、生活の基本は野宿。移動はジョギング。遠出の際は長距離トラックの運転手に頼み込んで便乗し、日々の食事は、相談に乗っている飲食店で賄いを振る舞ってもらっているという。

「要は、ホームレスってことですか？」

驚いて問い返すと、

「いいや、ホームレスとは違う。おれは誇りをもって宿無し生活を営んでるんだ」

きっぱり言い切る。宿無し生活は、都会の恩恵を受けてこそ成り立つものだ。人様に不快感を与えぬよう常に身ぎれいにして、行き倒れて迷惑をかけぬようジョギングと筋トレで体を鍛え、信念と矜持《きょうじ》を抱いて生きている。要は、当時のマリエとは似て非なる孤高の人生を歩んでいるというのだった。

正直、からかわれているのかと思ったが、ヤッさんは本気の人だった。たまたま出会ったマリエの性根を見抜くなり、

「そこまで堕ちたんなら、あとは這い上がるだけだろが。再起したい気持ちがあるなら、薄汚れたブランドスーツなんぞ脱ぎ捨てろ！　〝矜持ある宿無し生活〟に飛び込んで、てめえを見直してみろ！」

いまどきならパワハラと誹《そし》られかねない勢いで怒鳴りつけられたが、その一言一句が胸に刺さった。

以来、マリエはセミロングの髪をばっさり切り、ヤッさんの秘書という名の二番弟子となった。最初の弟子はタカオという男性で、いまは夫婦で蕎麦屋をやっている。最近は会っていないが、ヤッさんからは当時、

「おれについてくりゃ、タカオみたく立派に社会復帰させてやる」

と諭され、飲食業界で巻き起こるさまざまなトラブルの現場に立ち向かった。ときに叱りつけられ、ときに発破《はっぱ》をかけられ、甘っちょろい性根を叩き直された。

一年二か月後には弟子の卒業を許され、

「おめえはもう大丈夫だ」

と周囲の人たちの善意の基金を手渡された。それを元手に再び神楽坂に『マリ・エ・カフェ』、仏語風の表記でMari et caféと名を改めた新店をオープンした。

これがあたしの生業なんだ。そのとき初めて実感した。おしゃれなカフェに憧れ、ふわふわした夢に浮かされていた昔の自分は、もういなかった。

生まれ変わったマリエは、弟子時代に恋人になったノルウェー人、いまや一丁前の板前として働いているヨナスにも支えられて生業に打ち込んだ。数年後、結婚に至った頃には佳奈《かな》という二

十代半ばの従業員も雇い、夫婦ともに前途洋々の日々だったが、人生、何が起こるかわからない。その直後に途轍もない試練に見舞われた。

一年四か月前の春に巻き起こった、コロナショックと呼ばれた新型コロナウイルス騒ぎだ。世界的な感染症の蔓延のため、政府が緊急事態宣言を発出し、それを受けて自治体が外出自粛や飲食店の営業自粛を要請。全国民が不要不急の外出を控え、外国人観光客も姿を消した結果、飲食業界は壊滅的な状況に追い込まれた。

マリエの店も例外ではなかった。来店客が激減したため店内営業を休止。サンドイッチがメインのワンプレートランチをパック詰めして持ち帰り営業とネット注文のデリバリーに切り替えたが、それにも限界がある。ほどなくして佳奈を雇いきれなくなった。自宅と店の家賃も払いきれず、自宅マンションを引き払って夫婦で店舗に引っ越し、マリエ一人で持ち帰りとネットデリバリーを続けた。

ただ、店舗に住むのは本来、契約違反だ。それでも未曽有の危機だけに、

「よし、おれが大家に交渉してやる。大家だってマリエの店が退出したら、つぎに入る店なんかねえとわかってんだしよ」

とヤッさんが直談判してくれた。おかげで大家も黙認してくれ、常連客にも支えられて細々と生き延びていると、夏の終わりになって転機が訪れた。

「いつまでも待ちの営業してたんじゃ、立ち直れねえぞ！」

再び店にやってきたヤッさんから発破をかけられて開発した新商品が秋口になってブレイクし、売上げがＶ字回復。おかげで佳奈も呼び戻せた。年が明けた一月から三月にかけて二度目の緊急

事態宣言、四月末からは三度目の緊急事態宣言も発出されたが、それもどうにか乗り切れた。

　これだけでも幸運だというのに、ブレイクから九か月後の七月初め、この銀座で、さらなる一歩を踏みだそうとしている。

　それもこれもヤッさんのおかげだと思うと感謝してもしきれないし、申し合わせたように銀座のど真ん中でヒールが折れて転んだのも、天の配剤ではないのか。だれも助けてくれないこの状況こそ〝さらなる一歩は、自分の力で歩め〟という神の声だとも思えてくる。

　よし、行こう。マリエは折れたハイヒールを脱ぎ、もう片方と一緒にトートバッグに捻じ込んで立ち上がった。ついさっき梅雨の晴れ間が覗いたばかりとあって、ストッキング越しの歩道はまだ冷たく濡れているが、これはこれで逆に気合いが入る。

　改めて時計台を仰ぎ見た。午前八時五十七分を指している。銀座の老舗、丸東百貨店のバイヤー、高柿《たかがき》課長と約束した九時まで三分しかない。

　百貨店の社員は九時半出勤、十時開店が通常らしいが、バイヤーは外回りの仕事が多い。できれば出勤時間の三十分前に打ち合わせをお願いできれば、と言われて飛んできたのに、間に合うだろうか。なにしろ高柿課長は先月、わざわざ神楽坂の店を訪ねてくれた。初訪問のマリエとしては、ここで悪い印象を残したくない。

　よし、頑張れ！

　マリエは自分を励まし、銀座の街を小走りに急いだ。

　結局、間に合わなかった。

裸足の女を訝しげに眺めている通行人の目などものともせず、丸東百貨店に辿り着いたまではよかったが、気が急《せ》くあまり従業員通用口が見つからない。建物を一周してようやく見つけた業者用受付では〝営業統括本部営業一課食品企画室〟という長い名前がうろ覚えだった上、裸足の風体も怪しまれてひと悶着。さらには、これが華やかな百貨店の舞台裏なのだろう、入り組んだ従業員用の通路を右往左往してやっと食品企画室に着いたときには、約束の時間から十五分近くも経過していた。

「申し訳ありません、アクシデントがありまして」

案内された打ち合わせテーブルに着くなり、折れたハイヒールを見せながら謝罪した。

「いやとんでもない。こちらこそ朝早くからお呼び立てしてしまって申し訳ないです」

向かいに座った高柿課長は柔和な笑みを浮かべた。でっぷりと肉づきのいい、いかにも食品バイヤーらしい体形。マリエよりひと回り上の四十代前半といったところだが、よく見ると目は笑っていない。

それでも、裸足のマリエを気遣って、

「おい、余ってる靴はないか」

部下に声をかけてくれ、

「作業靴でよかったらどうぞ」

ボブヘアのかわいい女性室員が、催事の作業用に置いてあるスニーカーを貸してくれた。

「本当にすみません」

ありがたく履かせてもらうとサイズもぴったり。ほっと息をついていると、高柿課長が表情を引き締めた。

「で、早速、試作品の件ですが」

さっさと終わらせましょう、とばかりに壁の時計を見やる。すでに時刻は九時半近い。

「あ、すみません、時間が押しちゃって」

もう一度謝りながら、トートバッグの奥から小ぶりな保温袋を取りだした。

中にはサンドイッチが五つ入っている。といっても、ふつうのものとは違う。バゲット風のパンに焼いた鯖《さば》と野菜を挟んだ〝鯖サンド〟だ。そもそもはトルコのイスタンブール名物として人気のサンドイッチで、トルコ語では〝バルック・エキメッキ〟。バルックは魚、エキメッキはトルコパンを意味する。

この商品に目をとめたのが高柿課長だった。先月、わざわざ神楽坂の店を訪ねてきたかと思うと、丸東百貨店のグルメフェアに出店してみませんか、と声をかけてくれた。グルメフェアで売れた暁には、地下食品街への出店チャンスもあるというから驚いた。

丸東百貨店といったらマリエも昔から好きな老舗デパートのひとつだ。誘われただけで光栄だったし、ありがとうございます、と応じると、ただですねえ、と高柿課長は恐縮した顔で続けた。

「本場の鯖サンドさながらの、おいしい商品ですけど、もうちょい、お客さまの立場になって工夫されたほうが、より喜んでもらえると思うんですよ」

その点を十分にご検討いただいた上で、次回は、銀座の弊店で再度打ち合わせしませんか、と告げられて今日を迎えたのだった。

マリエは保温袋から包装紙でくるんだ鯖サンドを取りだした。

「これ、さっき作ったばかりなので、まだ温かいと思うんです」

実際、包装紙は、ほのかに温かい。ほかのみなさんにも試食していただきたくて五つ持ってきました、とテーブルに並べると、高柿課長がふと立ち上がり、

「ちょっと来てくれるか」

隣室の部下に声をかけた。

やってきたのは、スニーカーを借りた女性室員と若い男性室員だった。二人とも食品企画のプロらしく、包装紙を開けるなり、

「おお、鯖サンドですね」

「あたし夏季休暇のとき、現地に行って食べましたよ」

「え、そうなんだ。今度のヨーロッパ出張、ぼくもイスタンブールに寄ろうかな」

などと言い合いながら頬張っている。

いけそうだと思った。二人の顔を見ていれば、悪くない反応だとわかる。というより、かなり気に入ってくれているようで、やはり、これでよかったのだ。神楽坂の店で高柿課長から注文をつけられたときは、いささか戸惑ったものだが、あたしの判断は間違っていなかった。

内心、ほっとしていると、同じく二人の表情を見ていた高柿課長が、最後に鯖サンドを口にするなり下膨れ顔をしかめた。

「あ、すみません、ちょっと潰れちゃってて」

とっさにマリエは謝った。トートバッグにハイヒールを捻じ込んだとき、保温袋の端を押し潰してしまったらしく、高柿課長の鯖サンドの一部分がへこんでいる。

「いや、そういうことじゃなくて。これ、この前のものと、どう違うのかな？」

詰問するような口調だった。

「それは、その、包装紙に新たな工夫を凝らしました」

慌てて弁明し、パソコンで試作した包装紙を広げて見せた。

そこにはバルック・エキメッキというトルコ語とマリ・エ・カフェのロゴのほか、エキゾチックに装飾された現地の屋台船のイラストが添えられている。以前はトルコ語とロゴだけだったが、本場イスタンブールでは、屋台船で鯖サンドを作って売っているため、そのイメージを追加した。

「ああ、このイラストか」

高柿課長は、しげしげと眺めてから、

「これはいいアイディアだと思うけど、鯖サンドのほうは？」

また聞く。

「先日と変わりません」

「は？」

「商品的には現地のおいしさを再現できていると自負しています。トルコ人にも試食してもらってお墨付きをもらいましたし」

現地で食べたと言っていた女性室員を見ながら答えると、高柿課長は露骨に眉を寄せた。

「申し訳ありません、もっと具体的に申し上げておいたほうがよかったかもしれませんね」

丁寧な口調に戻したものの言葉に棘《とげ》がある。

「とおっしゃいますと？」

「実は、わたしも以前、現地で食べたんですが、うまく再現しているとは思います。ただ、鯖に添えたハーブのディルとチリ、生の玉葱スライス、そしてソースの酸味にも癖があって、うちのお客さまの口に合わない気がするんですね。あと、トルコパンは皮がカリッとしてるけど、うちのお客さまは皮が柔らかめのほうがお好みで、パン全体が甘くないと喜んでくださらない」

　要するに、丸東百貨店の客の好みに合わせて癖のあるハーブ類は外し、パンは皮を柔らかくして全体に甘い味にしてほしい、と言っている。

「いえ、でも、この味つけとパンでないと本場流の鯖サンドにならないわけで」

　マリエは反論した。トルコパンにも、ほのかな甘みはあるが、甘みを強調してしまっては別物になる。すると、しばらく見守っていたボブヘアの女性室員が声を上げた。

「課長、あたしもこれでいいと思います。せっかく本場の味を再現されたんですし」

　若いのに物怖じしないタイプらしく、上司相手に遠慮のない口を利く。すかさず高柿課長は、きみは黙ってろ、とばかりに女性室員を睨みつけ、テーブルに肘を突くなりマリエに向き直った。

「この際、率直に申し上げますが、いま飲食業界は、コロナショックから立ち直ろうと、だれもが必死です。それだけに、うちのグルメフェアに出店を希望されている店は数多あるんです。そうした中、今回、わざわざマリエさんにお声がけしたのは、おたがいにウィンウィンの関係が築けると見込んだからなんですね。わたしどもは銀座という一等地の売り場を提供する。その一等地でマリエさんは思う存分商売に励み、成功した暁には神楽坂の路地裏とは比較にならない売上げを手にできる。そうなれば、先日も申しましたように、出店フィーは〝売上歩合方式〟になってますから、わたしどももより多くのフィーをいただけて、しかも地下食品街への出店もお願いできる。この両者両得の関係があるからこそ、ぜひマリエさんに成功していただきたく、より高い売上げを叩きだせる販売戦略を考えているわけでして、単なる思いつきの意見ではないんですね。ですから、まずはグルメフェアで、うちのお客さまに寄り添い、多くの方々に認知していただいて結果を残す。その上で地下食品街にも鯖サンドの店を開いていただき、さらなる売上げを手中にしていただければいいわけで、その意味でも」

言葉を止めると右手を差しだし、

「ここはひとつ、おたがい手を握り合い、修正できるところは修正して、華の銀座で成功を収めようじゃないですか！」

挑発するように言い放った。その勢いに気《け》圧《お》されて、ついマリエが握手に応じると、

「では、外回りの予定がありますので」

さらりと告げて高柿課長は席を立った。

## 2

言うまでもなく、この鯖サンドこそが、マリエの店にV字回復をもたらした新商品だ。

きっかけは去年の八月下旬。ようやく客が戻りはじめたマリエの店に、ふらりとヤッさんが立ち寄ってくれたときに遡る。

ランチタイムのピークが終わった直後だったこともあり、厨房の隅で賄いカレーを食べながら相変わらず苦しい状況をマリエが嘆いていると、ヤッさんがふとスプーンを止め、

「だったら、そろそろ目玉メニューを作ってみたらどうだ」

と言いだした。

黙認されている店舗暮らしも、長引けば大家だってしびれを切らす。コロナ禍を乗り越えようと世の中が模索しているいまこそ、起死回生の戦略に打って出るべきだ、と諭された。

言われてみれば、ここにきて苦境をしのいできた飲食店が再起を期して、しのぎを削りはじめている。マリエの店も、いつまでもコロナ以前のメニューのままでは経営再建は覚束《おぼつか》ないし、いかにしてカンフル剤を投与するか、それが一番の課題なのは確かだ。

「だったらなおさら、新しい目玉メニューが必要だろうが。ワンプレートランチも開店当初は受けてたかもしれねえが、それでなくても二十席そこその小せえ店だ。ここらで気張らねえと、ほかに太刀打ちできねえぞ」

マリエの肩を叩いて発破をかける。

「けど、急に目玉メニューって言われても」

表情を曇らせると、ヤッさんはカレーの残りを一気にかっこみ、

「そういや、京都の出町桝形《でまちますがた》商店街ってのは知ってるか？」

唐突に話を変えた。ヤッさんは若い頃、京都の料亭で板前修業をしていたのだが、当時、その商店街の近所のアパートに住んでいたのだという。

「あたし、京都は修学旅行で行ったぐらいで」

初耳です、と答えると、

「まあ、東の人間は知らねえだろうな。上京《かみぎょう》区の下町なんだが、周辺に同志社大学だの京都大学

だのがある学生街でもあるんで、若いもんにはけっこう住みやすくてよ」

八百屋、魚屋、総菜屋、乾物屋、時計屋など昭和の風情溢れる店々に毎日のように世話になっていたそうで、

「なかでも、よくめしを食いに行ってたのが、『浜枡屋《はますや》』っていう創業百年以上になる店だ」

「若いのに、すごい老舗に通ってたんですね」

「いやいや、すごいったって店自体は庶民的な大衆食堂だ。名物の鯖鮨が二切れついてるうどんセットが人気でよ。いい鯖を使ってんのに値段はそこそこなんで、若えおれでも通えたってわけだ」

「京都は鯖鮨が人気だから安いんですか？」

「そういうことじゃねえ。京都でも高え店は高えが、出町桝形商店街にとって鯖は特別な魚だからな」

もともと京都に鯖が根づいたのは江戸の昔、日本海の若狭《わかさ》湾から鯖が運ばれてきたことに端を発する。若狭で塩締めされた鯖が、滋賀県の根来坂《ねごりざか》峠を越える〝鯖街道〟と呼ばれたルートを通って丸一日かけて京都に着く頃には、いい塩加減になっていたらしい。

その鯖街道の京都の終着地が、現在の出町桝形商店街で、ヤッさんが通っていた浜枡屋は、元祖鯖鮨の店として知られているという。

「まあ、この手の元祖話には諸説あるらしいが、いずれにしても、鯖街道の終着地にあやかって、鯖鮨とうどんを組み合わせた目玉メニューを開発したからこそ、長えこと愛されてきたってわけだ。二年ほど前、久しぶりに京都を訪ねたときも食ってきたんだが、午後一時過ぎだったのに行

列ができてたし、持ち帰りの鯖鮨もけっこう売れててよ。やっぱ目玉メニューがあるってことは、でけえんだよな」

　ここで話が繋がるのか、と気づいたものの、

「ただ鯖鮨だと、うちのカフェのイメージに合わないし」

　マリエが受け流すとヤッさんが舌打ちした。

「鯖鮨を目玉メニューにしろって言ってんじゃねえ。商売ってもんは、ちょっとしたアイディアしだいで長く続けられるって話だ」

「そう言われても」

　ヤッさんの気持ちもわからなくはないが、それでなくても大変な時期に、ちょっとしたアイディアと言われたところで頭がついていかない。

「どっちにしても、もうちょい先行きが見えたら考えてみる」

　さくっと話を終わらせようとすると、

「馬鹿野郎、いまこそ攻めのタイミングだ！」

　怒鳴りつけられた。最近はヤッさんも丸くなった、とだれかが言っていたが、とんでもない。往年さながらの剣幕に、反射的にマリエも語気を強めた。

「まだ攻めなんて無理なの。いまも店に寝泊まりしてその日暮らしなんだから、守りで精一杯なの！」

「へっ、おれなんざ、ずっと宿無しのその日暮らしだ。こうして雨風しのげる場所に寝泊まりしてるくせに、守りで精一杯だと？　寝ぼけたことほざいてねえで、そのありきたりな思考回路を

叩き直さねえと、いつまでたっても浮かび上がれねえぞ！」

「そんなこと言われたって、個人的にもいろいろあるのよ」

ふて腐れて言い返した途端、

「なんだ個人的にって」

低い声で問い詰められた。しまった、と思った。ぽろりと口にしてしまったが、これは夫婦の問題だ。

「とにかく、突然、目玉メニューって言われても神楽坂に名物食材なんてないし」

それとなく話を逸らした。

「馬鹿野郎、名物食材がないなら、ほかに方法がねえか考えなきゃ話が進まねえだろうが。個人的に何があんのか知らねえが、もっと頭を柔らかくして、別の方向にイメージを広げてみろって言ってんだ！」

また怒鳴りつけられた。

「別の方向って言われたって」

いいかげん、むくれながら視線を泳がせた瞬間、あ、と閃いた。

鯖は鯖でも、鯖サンドはどうだろう。

いつか雑誌で見たトルコの鯖サンドが浮かんでいた。あれならサンドイッチが人気のうちの店にも合いそうだし、異国情緒たっぷりで目新しさもある。鯖サンド自体は、何年か前に日本でも紹介されたが、本格的なブレイクには至らなかっただけに、いま、新たな趣向で売りだせば新鮮に映るかもしれない。

うん、これだ。これなら売上げに弾みがつきそうだ。

「わかった、じゃ、ちょっとやってみる」

話の流れ上、しぶしぶな言い方になってしまったが、いざ心が決まると現金なもので、急に前向きな気持ちが湧き上がってきた。

となれば、まずは情報収集だ。早速、トルコの鯖サンドが紹介されているサイトや動画を検索してみた。

すぐに見つかったのは、鯖サンドが大人気のイスタンブールを訪れた日本人女性が撮った動画だった。

旧市街の南側、海沿いに広がるエミノニュ広場。傍らには桟橋があり、イスラム模様で装飾された屋形船が何艘も繋留されている。船上では髭面の男たちが鯖サンドを作っている。鯖を狙って群がるカモメを横目に、大きな鉄板で焼いた鯖をレタスと玉葱とともにトルコパンにひょいと挟み、包装紙にくるんで桟橋にいる販売員に手渡す。

待ちかねていた観光客が出来立てを買い求め、広場の簡易テーブルに置かれた塩とレモン汁をさっと振り、幸せそうに頬張っている。

その味わいを彼女は、動画のテロップにこう記している。

『かぶりつくと、カリッとした歯応えのパンの中から、鯖の脂がジュワッと滲みだす。鯖の旨みとパンの小麦の香りが渾然一体となって、おいしい！』

嬉しくなった彼女は、少し離れた地元民御用達のカラキョイ魚市場にも足を運ぶ。そこには鯖サンドの屋台があり、屋形船と違って鯖とパンの両方を鉄板で焼いている。

野菜はレタスと玉葱のほかトマトやパプリカなども好みで挟んでくれる。味つけも屋台の人がハーブのディルとチリを振り、トルコでは日本の醤油なみによく使われる、バルサミコ酢っぽい甘酸っぱさがあるザクロソースをかけてくれる。そこにまたテロップが入る。

『レモンと塩も悪くないけど、より調理された複雑なおいしさで、こっちのほうが好き！』

好き！　という文字だけがぐんと拡大され、彼女のお気に入りになったようだ。

この屋台の鯖サンドにマリエは惹かれた。動画を見ただけでおいしそうだ。ただ、コロナ騒ぎで貯えを取り崩してしまったため、トルコに飛ぶ旅費がない。

だったら都内のトルコ料理店だ、と再びネット検索すると百件近く表示された。ところが、トルコではファストフード的な食べものだからか、トルコ料理店なのに鯖サンドをメニューに載せていない店がけっこう多い。逆に、トルコ料理と関係ない町場のベーカリーのほうが鯖サンドを売っている。地方に目を向けても、鯖街道の起点だった福井県小浜《おばま》市が名物にしていたり、新潟県の海辺の観光施設が売っていたりする。意外なところでは、島根県松江《まつえ》のキッチンカーでも調理販売しているらしい、という噂もあったりで、トルコとは縁がない店がほとんどだった。

そこで、まずは都内のベーカリーを中心に食べ歩いてみた。ところが、カラキョイ魚市場のような味がなかなか見つからない。大方はエミノニュ広場と同じシンプルな塩とレモンの味つけだった。仕方なく、トルコ人が経営しているトルコ料理店に飛び込み、ダメもとで聞いて歩いた。

「うちのカフェのメニューに加えたいんです。本場のレシピを教えてくれませんか」

すると、六軒目に訪ねた鯖サンドがメニューにないトルコ料理店のデミルさんが、懸命に食い下がるマリエを不憫に思ったのだろう、

「賄いでよく食べるから作ってあげるよ」

とディルやチリ、ザクロソースで味つけした鯖サンドをご馳走してくれた。

「おいしい！」

ひと口頬張ってマリエが破顔すると、デミルさんも嬉しかったのか、レシピはもちろん現地の調味料が買える店まで教えてくれた。

やっぱ、この屋台味でいこう。マリエは決めた。マリエの店らしい新趣向を打ちだすためにも、これしかないと思った。

味を決めたら、つぎはパンだ。いつもサンドイッチ用のパンを焼いてくれている同じ神楽坂の『ブーランジェリー タキモト』の店主、滝本さんに相談してみた。

「ああ、トルコパンね。だったら、現地で使ってる小麦粉を調べて試作してみるよ」

トルコは小麦の主要生産国で日本も輸入しているそうで、二つ返事で請け負ってくれた。

滝本さんとは、神楽坂でカフェを再開業して以来の付き合いになる。コロナ禍のマリエの苦労も知っているし、滝本さん自身、売上げ減に見舞われただけに、いまこそ助け合おう、と味や焼き方のほか生地を捏《こ》ねる水にもこだわって三タイプも試作してくれた。

ありがたく食べ比べ、若干の改良をお願いして、ようやくパンが決まり、続いて鯖の調理にかかった。生のまま塩焼きにしたり、一夜干しにして焼いたり、小浜名物に倣って竜田揚げにしたり、京都の鯖鮨にあやかって酢締めにもしてみた。味つけも、デミルさんに教わったレシピに加えて、ハーブと野菜の組み合わせを変えたものも含めて五タイプの鯖サンドに仕上げて食べ比べた。

結論は、すぐに出た。酢締めや竜田揚げも悪くはないが、やはり塩焼きでいこう。ただ、この決断で本当にいいのか、まだ不安だった。

となれば、言いだしっぺのヤッさんに食べてもらうしかない。ヤッさんは携帯を持っていないから夫婦同然のパートナー、新大久保《しんおおくぼ》のオモニに伝言を頼んだところ、翌日の午後には神楽坂に立ち寄って試食してくれた。

「ほう、さすがだな。この味だったら、おれと同じく本場の味を知らねえ客も、きっと喜ぶと思う。ただ問題は、鯖自体だなあ」

もっとこだわったほうがいい、と弱点を指摘するなり、築地市場時代から付き合いがある仲買人、正《しょう》ちゃんに声をかけてくれた。

正ちゃんはもともと仲買店『カネマサ水産』の跡取り息子だった。ところが豊洲《とよす》市場へ移転した際、合併統合した新生カネマサ水産の社長に抜擢されて舞い上がり、無謀な世界進出に突っ走った。それが社内の反発を呼んで早々に社長の座を追われたのだが、ヤッさんの力添えで再び豊洲市場の現場に復帰できた。

そんな恩があるだけに、ヤッさんの頼みなら、と正ちゃんは素早く全国各地の鯖を集めてくれた。それをマリエとヤッさんが試食して鯖サンドに向いている鯖を選定すると、正ちゃんは仕入れルートを確保して、神楽坂に配達する段取りまでつけてくれた。

そのこだわりの鯖で、さらに試行錯誤を繰り返した。改めて焼き方を研究し、野菜やハーブにも検討を加え、最後の仕上げに、もう一度デミルさんを訪ねて試食してもらった。

「これ、おいしい。トルコ人も喜ぶね」

お世辞じゃないよ、とお墨付きをもらえた。

「よし、こいつで攻めてみろ！」

ヤッさんからも気合いを入れられた。

食材にこだわったぶん値段は高めになったが、満を持してメニューに加えたところ、瞬く間にブレイクした。コロナ騒ぎで外食に飢えていた人たちが、新しい味を見つけたとばかりに集まりはじめ、一か月としないうちに休日には行列ができるまでになった。

やむを得なく辞めてもらった佳奈を呼び戻したのは、まさにこのときだった。

「いまさら虫のいい話で申し訳ないんだけど」

恐縮しながら打診したところ、マリエの店を辞めて以来、コロナ禍の影響でバイトもなく悶々としていたそうで、

「悪いのはコロナなんですから、喜んで」

と快諾してくれた。加えてもう一人、千夏《ちなつ》という二十歳の女の子も雇い入れて態勢を整えた結果、Ｖ字回復を達成できたのだった。

おかげで再び自宅マンションを借りられた。そればかりか、一年としないうちに丸東百貨店からグルメフェアの話まで舞い込んだのだから、信じられないほどのとんとん拍子だ。

これには夫のヨナスも、

「うまくいきすぎじゃない？」

と目を丸くしていたが、世の中、そうは問屋が卸してくれない。いざ出店交渉となったら予想外の難題を突きつけられた。

なぜ、いまの味のままじゃいけないのか。

高柿課長との打ち合わせを終えたマリエは肩を落とした。これだけ頑張ってきたのに、いったいどうしたらいいのか。考えるほどにわからなくなり、女性室員から借りたスニーカーを履いて、とぼとぼと銀座を後にした。


いつになく体が怠くて、食卓に突っ伏してうつらうつらしていると、玄関の鍵を開ける音が聞こえた。時計は午後十一時前。いつもより早くヨナスが帰ってきたようだ。

マリエは慌てて食卓に置いてあったドラッグストアの紙袋をトートバッグに押し込み、

「お帰り」

何食わぬ顔でヨナスを出迎えた。

V字回復後に借りた自宅は、九段下《くだんした》の1DKマンション。神楽坂の店にも、ヨナスが働いている京橋《きょうばし》の『板前割烹くらがき』にも通勤しやすく、都心にしては家賃が安めだったから決めた。なにしろ二人とも毎日忙しい。どうせ寝に帰るだけだから、当面は狭い部屋で我慢して浮いたお金は貯金に回し、いつか広い家に引っ越そうと考えている。

いつも帰宅するなりシャワーを浴びるヨナスが、短く刈った金髪をタオルで拭きながらパジャマ姿で食卓についた。寝る直前に風呂に入る派のマリエは、店で余った食材で作った鯖のバター焼きと千切りレタスの胡麻和え、そしてヨナスの母国ノルウェーの蒸留酒〝アクアヴィット〟とビールを食卓に並べた。

夕食は二人とも店で賄いを食べてくるから、帰宅後は夜食をつまみながら二人で軽く飲む約束になっている。でも、今夜のマリエは日本茶を淹れた。

「あれ、飲まないの？」

　ヨナスが訝《いぶか》っている。

「ごめん、明日、朝早いからやめとく」

　仕事を理由に日本茶を啜り、

「ちょっと困ったことになっちゃってさあ」

　食卓に両肘を突いてぼやいた。

「何かあった？」

　アクアヴィットをショットグラスに注ぎながらヨナスが聞く。アクアヴィットはジャガイモが原料のアルコール度四十％前後の強い酒で、現地ではビールをチェイサーにする。

「例のグルメフェアなんだけど、注文をつけられちゃって」

「注文？」

　日常会話には不自由しないヨナスだが、微妙な言い回しはまだ苦手だ。

「バイヤーから要求されたの。皮が柔らかくて甘いパンにして、癖のあるハーブとかは外してほしいって。早い話が、丸東百貨店のメインのお客さん、中高年の好みに寄せてくれって」

「で、どう答えたの？」

　大きな背中を丸めて目を覗き込んでくる。

「やっぱ、せっかく好きなデパートに出店できるチャンスじゃない。返事はヨナスに相談してから、と思って保留してきた」

「保留って、返事しなかったってこと？」

うん、とうなずいた途端、

「そこまでして出店する意味ってあるの？」

ヨナスは首をかしげ、アクアヴィットを口にする。

「そりゃしたいわよ。だからこうして悩んでるわけで」

「けど、わざわざ神楽坂に来て行列してくれてる人がたくさんいるんでしょ？　いまの鯖サンドの味が好きで並んでるのに、簡単に味を変えたら、みんながっかりしちゃうよ」

「でも逆に、バイヤーさんが助言してくれた味に変えれば、もっと好きになってくれる人が増えるかもしれないし」

「それは違うよ。マリ・エ・カフェが本場の味じゃなくなった、って文句言われておしまいだと思う」

へたしたら店が潰れる、とまで言う。

「それは言い過ぎだよ」

「どうして？」

根拠を示せとばかりにマリエの目を見据え、チェイサーのビールを喉に流し込む。

どちらかといえば無口でシャイなほうのヨナスだが、根は欧米人だ。議論となれば歯に衣を着せないし、夫婦といえども意見をぶつけ合って当然だと思っている。

こうなるとマリエも対抗せざるを得ない。

「たとえば、ラーメンやカレーは、もう中国やインドのものとは全然違って、日本で独自に味を変えて発展したじゃない。日本人って自分好みにアレンジすることに寛容なの。ていうか、アレンジしたからこそラーメンもカレーも日本中に広まって定着したわけで」

「ぼくは日本流のアレンジが悪いって言ってるわけじゃないよ。けど、マリエは本場の味で成功したわけでしょ？　日本流に変えるんなら最初からそうすればよかったんだし、マリエの話はおかしい」

「だからそれは、臨機応変って言葉もあるわけで、変化に素早く対応することも大事だし」

「だったら、迷うことなんてないよ。マリエもバイヤーの意見に賛成なら、いままで愛してくれたお客さんは見捨てて、まるで違う店にしちゃえばいい」

「そういう言い方ってないよ」

「でも、マリエはバイヤーと同じ意見なんでしょ？　それなら答えはひとつしかないし、こんな議論しても意味ないと思う」

「いやあたしは」

　言葉に詰まった。

言われてみれば、いつのまにかマリエは高柿課長の言い分を代弁していた。返す言葉が見つからないままマリエは食卓を立ち、日本茶のお代わりを淹れながら、どう反論したものか考えた。ヨナスはまたアクアヴィットを口にして、ビールを流し込んでいる。こういう飲み方ができるのも、そもそもアルコール代謝能力が高いと言われている欧米人ならではだ。今夜ばかりはあたしだって飲みたいよ、と内心毒づきながら食卓に戻ると、ヨナスが一転、穏やかに口を開いた。

「結局、マリエは何をしたいんだい？　バイヤーに言われた通りにやってお金が儲かればいいのか、マリエが好きなようにやってカフェを続けていくのか、どっちなの？」

根源的な問いかけだった。また言葉に詰まっていると、諭すようにたたみかけられた。

「最初からデパートのための鯖サンドを作っていたんなら、ぼくにもわかる。でも、いまのマリエはマリエじゃなくなってるよ。なんで急にそうなっちゃったのかわからないけど、マリエはマリエでいてほしい」

もちろん、ヨナスが言いたいことはわかる。わかるけれども、どう言葉を返したものかわからなかった。いまのマリエには、ヨナスに言っていない秘密が二つあるからだ。

一つは、ヨナスの今後に関わる。

板前割烹くらがきの倉垣親方のもとで努力を重ねてきたヨナスは、外国人ながら二番手の脇板にまで昇り詰め、いま独立を考えている。飲食店にとってはまだまだ厳しい時期だけにマリエは心配しているが、厳しい時期だからこそ独立して頑張るんだ、とヨナスは意気込み、一年後には店を辞めて開店準備に入ろうと決めて、親方の了承も得ている。

それもあって親方は、ここにきて地方の料理フェアなどに呼ばれるたびに、板場の留守をヨナスにまかせている。外国人にまかせるのか、という声もあったようだが、独立に備えて勉強しろ、とヨナスに信頼を寄せている。おかげでいまでは、へたな日本人より日本料理の心がわかっている、と常連客から褒められるほどヨナスの成長は著しい。

ただ、そこまではよかったのだが、問題は独立資金だ。ヨナスの給料の大半は、日本料理の食べ歩きに消えている。都内はもちろん京都、大阪の名店にも一人で足を運ぶほど勉強熱心なだけに、貯えなどないに等しい。しかも、いまも外国籍のヨナスは開業資金の融資審査が厳しい。本人はあと一年でどうにかすると言い張っているが、見通しは不透明。マリエとしては、カフェの売上げをさらに伸ばして独立資金の足しにしてやりたい、と密かに考えているだけに、今回の出店話はそう簡単には逃したくない。

加えてもう一つ、秘密がある。これはまだ確定していないからヨナスには話せないが、同じく夫婦の将来に大きく関わるだけに、カフェの経営は揺るぎないものにしておきたい。

となると、どうしたらいいのか。二杯目のお茶を飲みながら考えていると、

「ねえマリエ」

思考を中断された。

「え?」

「もう寝よう。今夜は疲れてるみたいだし」

マリエの体調を見抜いてか、ビールの残りを飲み干している。

「けど」

まだ話が終わってないし、と引きとめたが、

「最後に決めるのはマリエだから」

と言い置いてヨナスは食卓を立った。

## 3

翌日の早朝六時、マリエはラフなジーンズ姿で豊洲市場の水産仲卸売場棟にいた。

今日も店の仕事があるのだが、ごめん、ちょっと遅れるからよろしくね、と佳奈にメールを入れて、朝靄の中、怠さを押してタクシーを飛ばしてきた。

ヤッさんに会いたかったからだ。早朝の仲買店めぐりはヤッさんの長年のルーティンだ。マリエが弟子だった頃も毎朝、当時の築地市場を連れ回された思い出があるだけに、ゆうべの寝しなに、念のためオモニに電話を入れると、

「朝の豊洲だったらいると思うけど」

と言われ、頑張って早起きして豊洲市場にやってきたのだった。

まずは水産棟にずらりと並んでいる仲買店を探してみようと、鯖を配達してくれている正ちゃんがいるカネマサ水産を訪ねた。

「おはよう！」

マリエが声をかけると、

「おう、めずらしいな。今日もイケてるやつが届いてっぞ！」

魚をチェックしていた正ちゃんが威勢のいい声を上げ、トロ箱に入っている生鯖のエラをちょこっとめくって見せてくれた。

新生カネマサ水産の社長になった頃の正ちゃんは、ブランドスーツにコロンを香らせて社内外の顰蹙《ひんしゅく》を買っていたらしい。それがいまや、かつてと同じ野球キャップを被り、首元が伸びたトレーナーに洗いざらしのジーンズを穿いて現場の仕事に打ち込んでいる。

そのいきいきとした姿に接して、ふと、カラキョイ魚市場の動画を思い出した。日本人女性が撮ったその魚屋では、彫りの深い髭面のおやじが大量の魚を並べて売っていたのだが、日本と違

って一尾一尾の魚のエラを、ぺろんと裏返してあった。

「なんでこうしてるの？」

女性が片言の英語で尋ねると、

「魚の鮮度はエラの赤さでわかるから、鮮度に自信ありって証拠に見せてんだ」

髭面おやじも片言の英語で答え、あんたの国ではやらんのか？　と問い返した。

「裏返しにはしないけど、日本でもエラをめくってチェックしてるわよ」

女性が答えると、やっぱ一緒だなあ、と髭面おやじは顔をくしゃくしゃにして笑った。

その嬉しそうなおやじと、正ちゃんの姿が妙に重なった。魚市場の現場に立ってる人たちって、世界共通、みんなかっこいい。思わずほっこりした気分になりながら、

「そういえば今日、ヤッさんは？」

正ちゃんに聞いた。

「ああ、さっき顔を見せたけど、いまは川上《かわかみ》さんのとこかなあ」

よかった。いまもヤッさんはルーティンを守り続けているようだ。

「じゃ、ちょっと行ってみる。鯖の配達、よろしくね」

正ちゃんにぺこりと頭を下げて店頭を後にした。

『川上水産』もヤッさんが昔から懇意にしている仲買店だ。トロ箱が積まれた狭い路地を抜けて、小型運搬車ターレが行きかう通路を横切り、二区画先の店に到着すると、正ちゃんの言葉通り、捜し人がいた。

「ヤッさん」

嬉しくなって声をかけたが、気づいてくれない。めずらしく沈んだ顔で店主の川上さんと話し込んでいる。何かあったんだろうか。もう一度、ヤッさん！　と声を張った。

「お、おう、どうした急に」

取り繕うように角刈り頭を撫でつけている。

「あの、折り入って話したいことが」

「何かあったのか？」

「ここだとちょっと」

途端にヤッさんは眉根を寄せて川上さんに目配せし、

「じゃ、芝生んとこに行くか」

のそのそと歩きだした。

隣接する棟の屋上には、屋上緑化広場と呼ばれるオープンスペースがある。エレベーターから降りて外に踏みだすと、芝生を敷き詰めた庭園が広がっている。梅雨明けが近い今日は雨こそ降っていないが、朝から分厚い雲が垂れ込めているためか見学客は少ない。

それでも、周囲の景色を見回すと、東京の湾岸エリアがぐるり一望できる。目の前を流れる運河の対岸は晴海《はるみ》埠頭。その奥には、かつて築地市場があった築地界隈、左手の汐留《しおどめ》地区には高層ビルが林立している。

「ああよっこらしょ」

ヤッさんが大儀そうに芝生に腰を下ろし、胡坐《あぐら》をかいた。マリエも隣に座ると、しばらく沈黙が続いた。

根がせっかちな人だから、いつもなら、早く話せ、と急《せ》かされるのだが、どうしたのか。川上さんと揉め事でもあったんだろうか、と訝りながら、

「実は、デパートからグルメフェアの話がきたんですよね」

恐る恐る切りだし、高柿課長の初来店から昨日までの経緯を話した。こんなときヤッさんだったら、どう対応するのか、そこが知りたかった。

ところがヤッさんは、はあ、とため息をつきながら芝生に仰向けになり、

「おめえ、まだおれを頼るつもりか？」

ぼそりと呟いた。何のために弟子を卒業させたと思ってんだ、とまた嘆息する。

「けど、鯖サンドはヤッさんのおかげで生まれた商品じゃないですか。ちょっと相談に乗ってくださいよ」

そうたたみかけたものの、

「そりゃ元師匠として開発の手助けはしたが、あとはおめえの仕事だろう。いちいちおれを頼ってねえで好きにやりゃいい」

つれない台詞が返ってくる。

「ただ、これってあたしだけの問題じゃないんですよ」

言葉が足りなかったのかも、と思いきってヨナスの独立問題も打ち明けた。それも含めて悩んでいるのだと伝えたつもりが、

「その件ならおれも知ってる」

意外な言葉が返ってきた。

「知ってるんですか？」

ヨナスの独立については、マリエ夫婦と倉垣親方しか知らないと思っていた。だれから聞いたのか、と問い返したがヤッさんはまた口を閉ざす。じれったくなって言葉を重ねた。

「だからとにかく、あたしはグルメフェアを踏み台にしてヨナスの独立資金を稼がなきゃならないの。いまがマジで正念場なの」

つい責め立てる口調になってしまったのがいけなかったのか、

「なあに、ヨナスはもう一人前の板前だ。おめえが心配しなくたって、やつの道はやつが切り拓く」

空を見やったまま他人事のように言う。

「けど、あたしたちは夫婦なの。夫婦二人で頑張らないと立ち行かなくなるの」

「たとえ夫婦だろうと、別々の店をやっていくんだから、おたがい自立していかなきゃ共倒れになるだろうが。ほっときゃいい」

ふん、と鼻を鳴らす。

いつになく投げやりな態度に苛ついた。言葉だけ聞けば筋道が通っているように聞こえるが、いつものヤッさんとは別人のようだ。

ひょっとして深刻さが伝わっていないんだろうか。この際、もう一つのあれも打ち明けようか。そうも思ったが、それは早急すぎる。かろうじて思い止まり、改めて訴えかけた。

「あたし、何が正解かわからなくなっちゃったんです。ヨナスからも突き放されたし、本当にもうどうしていいか」

それでもヤッさんはつれなかった。

「あのなあ、おれに正解なんぞわかるわけねえし、おめえの正解は、おめえが見つけるしかねえんだよ。いいかげん、自分の頭で考えろ！」


神楽坂の店に戻ったマリエは、仕方なく自力で動きはじめた。

なぜヤッさんは急に背中を向けてきたのか。わだかまりはまだ消えていない。以前もマリエを奮起させるために、あえて突き放してきたことが何度かあったが、それとは何かが違う。心ここに在らずの冷淡さが、いまも腑に落ちないし、あたしの正念場なのに、とまた苛立ってしまう。

といって、いま動かないわけにはいかない。高柿課長からもらった猶予は、残るところ六日しかない。しかも五日目の午前中には病院に予約を入れたから実質的には五日半。この短期間で鯖サンドに改良を加えて課長を納得させなければ、グルメフェアへの出店が立ち消えになるかもしれない。実際、課長は、つぎにダメだったら切るぞ、と言わんばかりの口ぶりだった。

「ねえ佳奈、今日からあたし、また忙しくなるから」

ランチの仕込みをしている佳奈にマリエは言った。

快く出戻ってくれた佳奈は、いまや店の運営に欠かせない戦力だ。長い髪をきちんとポニーテールに結び、接客も調理もそつなくこなしてくれている。その後に雇った千夏は、まだ持ち帰りの対応しかできないから、当面は、佳奈に店を切り回してもらうしかない。

よろしくね、と念押ししたところで、マリエはブーランジェリータキモトに足を運んだ。今回も滝本さんに泣きつくしかない。

「急で申し訳ないんですけど、皮を柔らかくしたトルコパンを焼いてくれませんか」

そう頼むなり困惑顔が返ってきた。

「皮を柔らかくしちゃったら、トルコパンにならないよ。いまのままでいいと思うけど」

「ていうか、いまのトルコパンはそのままでいいんです。ちょっと冒険してみたいので、いつもと別に試作してもらえればと」

「うーん」

滝本さんは腕を組んで黙り込んでしまった。

それでも、根がやさしい人だけに、翌日には柔らかい試作品を焼き上げてくれた。

「ありがとうございます！」

助かりました、とマリエが頭を下げると、

「けど、いいの？　こんな柔らかいパンじゃ鯖サンドにならないよ」

と首を横に振る。マリエの依頼だから焼いてはみたが、パン職人の仕事としても納得がいかない。いっそ日本のコッペパンにしちゃったほうがいいんじゃないの？　とまで言われた。

「すみません、勝手なお願いをしちゃって。とりあえずこれは試作なので、商品に仕上げてみてから判断しようと思ってます」

最後はそう弁明して店に戻り、柔らかいトルコパンに挟む鯖の味つけにかかった。

まず鯖には、焼き上がる直前に味醂を塗ってみた。パンの皮は妥協して柔らかくしたが、パン全体には甘みをつけたくないから、鯖だけ甘みを補おうと思った。

鯖に添える野菜も、生の玉葱スライスとトマトの輪切りとレタスの葉を折りたたんで入れていたが、玉葱スライスは醤油と味醂で炒め、レタスは千切りにしてみた。癖があると言われたディルとチリは外し、代わりに白胡麻を振り、洋風のザクロソースは迷った末に和風の甘酢に代えた。

それやこれやで試行錯誤に四日かかってしまった。調味料を探しに都内を歩き回ったり、野菜の調理法を試すために自宅のキッチンに籠ったり、何パターンもの試作品を食べ比べて一つに絞り込む作業を繰り返しているうちに、瞬く間に時間が過ぎた。

「ねえ、ちょっと試食してほしいんだけど」

四日目の閉店後、佳奈と千夏に声をかけた。

疲れが重なったせいか、ここにきて急に食欲がなくなってきた中、無理して食べ比べていたこともあって、本当にこれでいいのかわからなくなっていた。

二人が黙々と食べている。商品の判断は一口二口では下せない。ちゃんと全部食べてね、と言いながら見守っていると、先に食べ終えた千夏が言った。

「何ていうか、これはこれでおいしいです」

ほっとした。これはこれで、という表現で、これも悪くない、と肯定された気がした。

ところが佳奈は、ゆっくり咀嚼し終えるなり小首をかしげる。

「あの、悪くはないですけど、なんかチグハグな感じがしました」

「どうチグハグなの？」

「うまく言葉にできないんですけど、なんかこう、マリエさんらしくないっていうか」

遠慮がちな物言いながらダメ出しされた。その言葉に千夏も小さくうなずいているから、彼女も肯定していたわけではないようだ。

もうひと工夫しよう。マリエは、さらに試行錯誤を繰り返した。翌五日目の午前中は病院に出掛けたものの、午後には店に戻って閉店後も深夜まで頭を悩ませ続け、最後は時間切れになって、えいや、と一気にまとめてしまった。

高柿課長との再打ち合わせの日がやってきた。今日はローヒールのパンプスを履いて、きれいに洗ったスニーカーと試作品を入れた保温袋を手に銀座へ急いだ。

今回も午前九時に約束していたが、十分前には丸東百貨店の従業員通用口に到着。余裕をもって食品企画室のドアをノックできた。

「おはようございます」

打ち合わせテーブルに現れたのは、先日も試食してくれた若手の男性室員だった。そのときもらった名刺をこっそり確認してみると、名前は棚橋《たなはし》。細面のやさしそうな目が印象的な青年だが、開口一番、申し訳なさそうに言った。

「実は本日、高柿が急用で出掛けてしまいまして」

スニーカーを借りた女性室員も同行したそうで、打ち合わせは二人でやるという。

拍子抜けした。せっかく気合いを入れてきたのに、キーマンが留守では話にならない。それでも、帰るわけにもいかず棚橋にスニーカーを返却し、修正した鯖サンドを五つ取りだした。

棚橋が一人黙々と食べはじめた。この状況って何なんだろう。白けた気分で見守っていると、棚橋がふと顔を上げ、

「あの、これってどこを修正されました？」

とメモ用のペンを手にする。

「先日、ご指摘いただいた、パンの皮の柔らかさと甘みに配慮しました。ただし、甘みに関してはパン自体を甘くするのではなく、鯖に味醂を塗ったり、玉葱スライスを醤油と味醂で炒めたりしてトルコと日本の味を融合させています」

「そういうことですか。ただ、この辛みはチリ、酸味はザクロソースのままですよね」

若手ながら味覚はちゃんとしているらしい。

昨日の深夜、佳奈の意見を加味して甘酢と白胡麻はやめ、チリとザクロソースを復活させたのだが、念のため言い添えた。

「一応、甘酢なんかも試したんですけど、あまり日本に寄りすぎても、と思いまして」

「ああ、なるほど」

棚橋はメモを取りながら口元を歪め、ふとペンを止めた。

「あの、なんていうか、あくまでもぼく個人の感触なんですが、日本寄りとか、どこ寄りとか言うよりも、うちのお客さま寄り、という考え方でお願いしたいわけでして」

「そのつもりで修正しましたが」

「ていうか、ぶっちゃけ、チリとザクロソースを修正してないとなると高柿が」

言葉尻を濁す。

「高柿課長が何と？」

身を乗りだして問い返すと、棚橋は考え込んだ。やさしそうな見た目そのままに、気弱な性格なのだろう。高柿課長に忖度《そんたく》して余計なことを言いたくないのかもしれない。

「どこをどう直せば、高柿課長にご納得いただけるんでしょう」

あえてまた問うと、

「いえ、あの、改めてお返事いたします」

棚橋は早口で言うなりメモ帳を閉じた。

## 4

「あら、まだ生きてたのかい」

ガラス格子の引き戸を開けるなり、憎まれ口を叩かれた。

しゃがれてはいるが、よく響く低い声。昔はきれいだったんだろうな、と思わせる面立ち。新《しん》橋《ばし》の小料理屋『からす』の加寿子《かずこ》ママだ。もう午後九時近いのに、一人の客もいないカウンターの中で文庫本を読んでいた。いつも変わらないダボっとしたエスニック柄のシャツに、ショートの髪。マリエがカウンターに着くなり文庫本を閉じ、黙って瓶ビールとグラスを差しだす。

「ごめん、今夜は飲まない」

「え、どうかしたの？」

首をかしげている。

「いろいろあったから、お茶ちょうだい」

マリエが肩をすくめると、

「んもう、困ったときだけうちに来るの、やめてくれる？　たまにはハッピーな話も聞きたいんだからさ」

加寿子ママは苦笑いして、ビールグラスに沖縄のさんぴん茶、いわゆるジャスミンティーを注いでくれた。

加寿子ママとの付き合いは七年近くになろうか。最初は、たまたま人に連れてきてもらったのだが、言われてみれば、その後はいつも現実逃避がてら、一人でふらりと立ち寄ることが多かった。そして今夜もまた、店を閉めたあと、そのまま帰宅する気になれなくて、飲めないとわかっていながら来てしまった。

棚橋とのやりとりが尾を引いていた。食品企画室で再打ち合わせして店に戻ったときからずっと、気持ちがささくれ立っている。

「再試食、どうでした？」

佳奈と千夏から聞かれたときもそうだった。

「返事待ちなの」

さらりと答えたつもりが、鬱々とした内心が伝わってしまったのか、店全体が重い空気に包まれてしまった。

そんなマリエの態度に常連客も不審を抱いたのだろう、

「ねえ、今日はどうしちゃったの？」

そっと耳打ちされた。万智子《まちこ》さんだった。創業時からほぼ毎日ランチに通ってくれている三十代の会社員なのだが、

「このところランチの味もバラついてるし、なんか心配」

とまで言われた。

実際、ここにきてマリエは、グルメフェアの対応で店を空けてばかりだった。佳奈も千夏も頑張ってくれてはいるが、やはり、どこかで気持ちの緩みがあったのかもしれない。

「すみません、ここしばらくバタバタしていたので」

そう弁明しながらも、やっぱ常連さんはちゃんと気づいている、と冷や汗をかいた。

追い打ちをかけられたのが、ランチタイム明けの午後二時過ぎ、棚橋から電話が入ったときだった。

「先ほど高柿が戻ってまいりまして、修正していただいた鯖サンドを改めて試食させていただきました」

電子レンジで温めて、高柿課長以下、みんなで吟味したそうで、

「ありがとうございます。いかがでした？」

緊張しながら問い返した。

「率直に申し上げれば、中途半端な味になっている、という評価でして」

「どう中途半端なんでしょう」

思わず硬い声になってしまった。

「その点も含めまして、いま一度、ご再考いただければと高柿が申しております」

早い話が、どう中途半端なのかは、そっちで考えろ、と言っている。

「いえ、でも」

「そういうわけですので、再度、ご修正いただいた上で、またご連絡ください」

早口で捲《まく》し立てて電話を切ろうとする。

「ちょ、ちょっと待ってください。だったら高柿課長と直接話させてください」

慌てて食い下がったが、それでも棚橋は、

「とにかく、いま一度、ご一考のほどをお願いいたします」

取ってつけたように答えるなり電話を切ってしまった。

無音になった携帯を手に、ふつふつと怒りが湧き上がってきた。高柿課長から直接言われたのならまだしも、棚橋の口から言い渡されたことが、なおさら腹立たしかった。

この案件は、もう課長の出番ではない。先方としては、そういう認識なのかもしれない。そう思い知らされて初めて気づいた。

あたしって、あくまでも出入り業者なんだ。好きだった百貨店から思いがけなくグルメフェアへの出店を持ちかけられて舞い上がっていたが、高柿課長の本音は、銀座に出店させてやるんだから、つべこべ言わずに言うことを聞け、だったのだ。

あたしは端っから舐められていた。

ようやく悟ったマリエは、急に馬鹿馬鹿しくなった。こんなことに振り回されてたあたしって、何だったんだろう。

だからといって、このまま引き下がるのも悔しい。ヨナスの件もあるし、もうひとつの件も、ここにきて現実問題になってしまった。じゃあ、どうしたらいいのか。ふと物思いに沈んでいると、

「これ、食べな」

加寿子ママが小鉢を二つ差しだしてきた。切り干し大根の煮物とトマトおでんが入っている。

「あ、ありがとう」

我に返って作り笑いを浮かべると、

「店で何かあったのかい？」

片眉を上げながら問われた。

返す言葉に困った。この状況をどう説明したものか、ちゃんと話せる自信がなかった。加寿子ママだって、そんな相談をされても困るだろうし、とりあえず、いまの心境だけ言葉にした。

「お店って、繁盛したらしたで厄介なことが起こるし、だからってやめるわけにもいかないから、もう、むしゃくしゃしちゃって」

「あら、それって暇こいてるうちの店に当てつけてる？」

「そ、そういう意味じゃ」

「冗談よ、冗談」

加寿子ママはくすくす笑い、

「何があったか知らないけど、ヤッさんが変になってて相談したのかい？」

上目遣いに聞く。

「この前会ったんだけど、なんかヤッさんには相談にならなくて」

「変？」

「ぼーっと空を見ながら、おめえの好きにしろ、ってそっぽ向かれちゃって」

「あえて突き放したんじゃないのかい？　あんたって追い詰められると、だれかに頼ろうとする癖があるから、あっちにふらふらこっちにふらふらしてんじゃねえ、って」

痛いところを突かれた。でも、今回のヤッさんはそういうのじゃない。

「とにかく突然、ヤッさんらしくなくなっちゃったわけ。鯖サンドを開発した頃なんか、いつもの勢いでビシビシ発破をかけてくれてたのに」

まるで別人みたいで苛ついた、と付け加えた。

「つまり今夜は、ヤッさんの悪口を言いにきたわけだ」

「いえ、そういうわけじゃ」

「これも冗談。けどヤッさんだって、コロナショックのときからずっと、追い詰められた仲買人とか料理人とかに助けを求められて超多忙だったんだから、ぼーっともするわよ」

穏やかにたしなめられた。

「違うの、そういうことじゃないの。正直、あたしの体の問題もあるし、一人じゃ背負いきれなくなっちゃって」

「やだ、あんた病気なの？」

「あ、いえ、それは」

うっかり口を滑らせてしまった。最初に伝えるべき相手はヨナスなのに、どうしよう、と焦っていると、

「じゃあ何なのよ」

加寿子ママに射すくめられ、つい自白してしまった。

「まだヨナスにも言ってないんだけど、実は、子どもができちゃって」

「あらま、だからお茶にしたのかい」

「そう、ほんとはお酒を飲みたいんだけど、そうもいかない体になっちゃって」

生理が遅れに遅れて、謎の倦怠感も続いていた。ひょっとして、と思いはしたが、忙しくて疲れているだけかも、と現実を直視しないでいたら、銀座の街角で転倒してしまった。やっぱヤバいかも、と急に心配になってドラッグストアで妊娠検査薬を買って調べてみると陽性だった。慌てて病院を予約して昨日の午前中、エコーを撮ってもらったところ、小さな命が宿っていると確認できた。

「医者から言われたの。あなたは、つわりが軽いほうだけど、まだ安定期に入っていないから気をつけてくださいね、って。でも、ここんとこ店のことやら何やらでバタバタしてるから、子どもは欲しかったけど、この先のことを考えると不安になっちゃって」

唇を噛んで目を伏せた。途端に加寿子ママが目を剝いた。

「あんた、まさか産みたくないと思ってんのかい？」

どきりとした。図星だった。

いけないことだとわかっていながら、ここにきてマリエは産まない選択肢も意識しはじめていた。こんな状況で子どもを産んだら、マリエ夫婦にとっても、子どもにとっても、いらぬ不幸を呼び込むだけじゃないのか。そんな不安に駆られていたこともあり、いまにして思えば、銀座にハイヒールを履いていったのも、無意識のうちに妊娠から逃れたい気持ちがあったのかも、という気さえしてくる。

まさに核心を突かれてマリエが言葉に窮していると、

「馬鹿なこと考えてんじゃないよ！」

カウンターを叩いて叱りつけられた。

「いいこと、あんたがどんだけ追い込まれてるか知らないけど、命を粗末にする権利はどこにもないし、そんなこと、絶対に許されないからね！」

いつも大人の態度でいる加寿子ママが声を震わせている。初めて見せる激情ぶりにうろたえていると、加寿子ママは一転、声を落として続けた。

「あたしもね、一度だけ、できちゃったことがあるの。まだ二十歳の頃だったけど、相手は同棲してた大学生の男でね。たまたま妊娠しちゃったんで慌てて男に話したら、おれじゃねえ、って言いだしたの。もちろん、ほかに付き合ってる男なんていなかったよ。なのに、とにかくおれじゃねえから産むなら別れる！　って怒鳴りつけられて。けどあたし、大好きだったのよ。その男がマジで大好きで結婚したいと思ってた。だから、別れるぐらいならまた産めばいい、なんて馬鹿なこと考えて、いろいろ無茶して無理やり流産しちゃったの。そりゃ後悔したわよ。思いっきり後悔したけど、あとの祭りってやつでね。しかも、それっきり子どもができない体になっちゃって。そしたらあろうことか、今度は、それがきっかけで男が逃げちゃったの。まったく馬鹿な話でさ。あんときだよ、結婚なんか一生しないって決めたのは」

ふう、と長い息をつき、涙が滲んだ目を拭いもせず加寿子ママは言葉を継ぐ。

「そりゃ人生、子どもを産むだけがすべてじゃないけど、世の中には、あたしみたく産みたくても産めない人たちがいるわけ。なのに、せっかく授かったあんたが産んであげなかったら、かけがえのない命にも、産めない人たちにも、申し訳ないでしょうが！」

嗚咽《おえつ》まじりの声でまた叱責された。

二人きりの店内が沈黙に包まれた。加寿子ママはしばらく荒い息をついていたが、やがて、ふっと微笑みを浮かべてマリエを見た。

「ごめんね、興奮しちゃって。けど、この際だから、なんであんたがそこまで追い詰められちゃったのか、全部話してごらん」

朝八時半、いつもより早めに店に着くとシャッターが開いていた。ゆうべ閉め忘れたんだろうか。首を捻りながら店に入ると佳奈がいた。いつものように髪をポニーテールに結び、野菜の仕込みをしている。

「あら早いのね」

「あ、すみません。実は今日、早退させていただきたいので」

急用ができたのだという。

めずらしいことだった。復職してくれて以来、遅刻も早退も一度としてなかった佳奈だ。

「何かあったの？」

差し支えなければ教えて、と言い添えると、佳奈は玉葱を切る手を止めた。

「あの、この機会にお伝えしておきたいんですけど、あたし、来月末までってことで」

「え、辞めるってこと？」

すみません、と頭を下げられてマリエは慌てた。いまや佳奈は、うちの店に欠かせない存在だ。ここで辞められたら店が回らない。

「けど、なんでまた急に？」

動揺を押し隠して問い返した。佳奈は一瞬、躊躇を見せてから意を決したように、

「夢が持てなくなりました」

また頭を下げる。

どういう意味だろう。真意を問いたかったが、マリエは言葉を呑み込んだ。再び玉葱を切りはじめた佳奈の眼差しから、決然とした意志が伝わってきたからだ。

今日の佳奈の急用とは、つぎの仕事の面接かもしれない。となると、もはや慰留は難しそうに思われるが、なぜこうも、いろんな事態に見舞われるのか。

釈然としない思いに駆られながらも、黙って開店準備を進めていると、千夏が出勤してきた。この娘は、いつまでいてくれるんだろう。つい疑心暗鬼に陥ってしまうが、いまは前向きに進むしかない。

そう自分に言い聞かせ、店のドアにＯＰＥＮの札を下げて開店した直後に、早くもお客さんがやってきた。

「いらっしゃいませ」

無理やり営業スマイルを浮かべて顔を上げると、知っている顔だった。

「ああ、先日はありがとうございました」

スニーカーを貸してくれた丸東百貨店の女性室員だった。先日と違ってラフなシャツにパンツ姿。前髪を斜めに流したボブに童顔とあって、まるで女子学生だ。確か名刺をもらったけど、と名前を思い出していると、

「槇野《まきの》美和《みわ》です」

向こうから名乗り、汚いスニーカーをきれいに洗ってくださって、ありがとうございました、と礼を言われた。

「とんでもない、こちらこそ。ちなみに今日は？」

高柿課長から何か言いつかってきたんだろうか。

「いえ、今日はシフトで休みなので、マリエさんとお話ししたくて。いまお邪魔でしょうか？」

恐縮顔で問われたが、断るわけにもいかない。

「まだ口開けだから大丈夫ですけど」

仕方なく奥のテーブル席に案内すると、鯖サンドと紅茶を注文された。うちの店内なのだからと、いつも通りの味で提供した。

「ああ、おいしい！　やっぱ、この味ですよね」

槇野美和はひと口食べるなり口角を上げて、

「ちょっといいですか？」

向かいの席を指さす。座れと言っている。

見た目は女子学生でも、物怖じせずにぐいぐいくる。そういえば、この前の打ち合わせでも高柿課長に遠慮のない口を利いて睨まれていた。意外と面倒臭い娘なのかも、と訝りながら向かいに座ると、

「あたし、納得いかなかったんですよね」

唐突に切りだされた。

「何が、でしょう」

「マリエさんが修正してくださった鯖サンド。あたしも試食しましたが、うちの高柿の判断は間違ってると思いました」

マリエは黙っていた。どう受け取っていいかわからなかった。

「要するに、マリエさんが最初に判断されたように、この鯖サンドは、このままでいいと思うんです。なのに高柿は、自分の成功体験をマリエさんに押しつけた。だからマリエさんは混乱して、あんな味になってしまったと思うと、あたし、悔しくって」

この人は上司批判のために、わざわざ来店したんだろうか。マリエは慎重に尋ねた。

「あの、今日はどういうご用件で？」

「せっかくマリエさんが開発した鯖サンドを台無しにしないために、個人的に応援したいと思ったんです」

「個人的に、ですか」

高柿課長の部下が、なぜそんなことを言いにきたのか。警戒しながらマリエは続けた。

「お気持ちは嬉しいんですけど、高柿課長にもお考えがあるでしょうし、正直、あたしも反省したんです。言われてみれば、ちょっと本場に寄せすぎてますし、値段も高めじゃないですか。丸東百貨店さんに出店するからには、もっとオリジナルなものにしなければと」

高柿課長をフォローしたつもりだったが、それは違います、と首を横に振られた。

「だってマリエさん、たとえば、いま食べた鯖サンドの鯖は、どこのものです？」

「豊洲市場の仲買さんが、五島《ごとう》列島の漁師から直送してもらってます」

「塩は？」

「対馬《つしま》産の粗塩です。海水を汲み上げて結晶化させたものなので、旨みに加えて、かすかな甘みも感じられるので」

「野菜は？」

「旨みが濃いオーガニックです。レタスは季節によって兵庫県産と長野県産を使い分けて、玉葱はみずみずしい淡路《あわじ》島産、トマトは茨城産の完熟ものを取り寄せてます」

「パン生地を捏ねる水は？」

　そこまで聞くか、と思ったものの、一応、答えた。

「捏ね水は親しいパン職人に相談して決めたんですけど、イスタンブールの水は硬度百ミリグラムで、中程度の軟水なんですね。それに近いと思われる岩手県岩泉《いわいずみ》の天然水を使ってトルコパンを焼いてもらってます」

　すかさず槇野美和が言った。

「ほら、それってまさにオリジナルじゃないですか。しかも、トルコの人も試食して認めてくれた味なんですよね？　あたしも現地で食べたからわかりますけど、これは本場の味をリスペクトしつつ、マリエさんの感性で日本の食材を吟味して組み立てた独自の味です。このままで立派にオリジナル鯖サンドですし、値付けだって妥当だと思います」

「でも」

「マリエさん、もっと自信を持ってください。あたしはマリエさんの味方ですから、もう一度、このオリジナル鯖サンドを高柿にぶつけてください。いまの調子で高柿の経験則に振り回されていたら、マリエさんにとっても、うちにとっても、不幸だと思うんです。あたしと二人で高柿を説き伏せて、このおいしいオリジナル鯖サンドを丸東百貨店のお客さんに届けましょうよ。そうでなきゃ、もったいないです！」

食ってかかるように迫られた。


その晩は、なかなか寝つけなかった。

心地よさそうに寝息を立てているヨナスの傍らで、何度となく寝返りを打ちながらマリエは考えていた。

二人で高柿課長を説き伏せよう、と言ってきた槇野美和の真意を、いまも測りかねているからだ。

まず彼女は、どんな権限であたしに会いにきたのか。個人的に応援、と言っていたが、彼女は丸東百貨店側の人間だ。わざわざマリエにすり寄ってきた意図がわからない。

ひょっとして、あたしを巻き込んで気に入らない上司の鼻を明かそうとしているのか。出入り業者のあたしを利用して社内で優位に立とうと目論んでいる可能性は十分にある。

ただ一方で、彼女の話には筋が通っている。マリエの鯖サンドは立派なオリジナルだ、と言われたとき、このところ失いかけていた自信が再びよみがえったものだった。そう考えると、彼女と組めば、また違った局面が見えてくる気がしてくる。この店の今後、ヨナスの独立、妊娠出産、といった差し迫った状況に新たな風を吹き込めるのではないか。

〝夢が持てなくなりました〟

佳奈から告げられた退職理由を思い出した。いまにして思えば、これぞマリエの現状を言い当てた言葉だった。岐路に立って混迷するマリエを冷静に見ていた佳奈だからこそ、そう表現したに違いない。

となれば、現状を打ち破り、夢を持てる状況に戻すには、どう決断すればいいのか。

槇野美和には、考えさせてください、と返事を保留した。それに対して彼女は、

「高柿の時間は、あたしが押さえます。このオリジナル鯖サンドをマリエさんと二人で再プレゼンして、ぜひ丸東百貨店のお客さんに届けたいんです。どうか、明後日までにお返事をいただけると嬉しいです」

と言い残して帰っていったが、いまもマリエは迷い続けている。

どうすればいいんだろう。あたしはどう決断を下せばいいんだろう。ベッドの中で何度めかの寝返りを打ったそのとき、また佳奈の顔が浮かんだ。

マリエはふと起き上がった。そうだ、佳奈と一緒に考えよう、と思い立った。

もともと佳奈は、マリエの店のお客さんだった。都内の短大を卒業したものの進むべき道が見えなくてぶらぶらしていた。そんな折に、たまたま入ったマリエの店が気に入って、

「ぜひ働かせてください」

と申し出てきた。その熱意に押されて初めて従業員として雇い入れたのだが、当時の佳奈には、若くしてカフェを立ち上げたマリエの背中が眩しく見えたのかもしれない。

以来、佳奈はマリエの店になくてはならない存在となった。コロナ禍のときこそ雇いきれなくなって迷惑をかけたが、それでも、二つ返事で復職してくれた。鯖サンドのブレイクで多くの客が押し寄せたときも気丈に頑張ってくれたし、佳奈がいたからこそV字回復できたと言っても過

言ではない。

　そんな佳奈に再び夢を持ってもらうためには、ともに店の将来を考え、ともに夢を創り上げていく姿勢が必要ではないのか。その第一歩として、槇野美和の提案をどう受けとめ、どう判断すべきか、一緒に考えてみる。そうしてこそマリエもベストな決断を下せるだろうし、佳奈としても、今後の夢をマリエと共有できることで退職を思い留まってくれるかもしれない。

　翌朝早々、マリエは千夏にメールした。今日は急用のため午前中は臨時休業するから、午後に出勤して、と。

　かたや佳奈には何も伝えず、いつも通り出勤してきたところで、午前中は臨時休業する、と告げた。

「何かありました？」

「ていうか、佳奈ちゃんとじっくり話したいと思って」

　佳奈は、え、という顔をしたが、すぐに表情を引き締め、

「あたしが辞める件ですね」

　低い声で問い返してきた。

「座ろっか」

　マリエはテーブル席に促した。佳奈には紅茶を淹れたが、妊婦としてはカフェインが気になる。自分はトマトジュースにして二人で向かい合い、佳奈が緊張した面持ちで紅茶を啜ったところで、

「あたしにとって佳奈ちゃんは、かけがえのないパートナーなの。だから、今後もぜひ一緒に働いてほしくて、今日は本音で話したいと思ったの。最近のあたしって自分のことに精一杯で、頑

張ってくれてる佳奈ちゃんのことまで気が回っていなかった。そんな反省も込めて」

　いろいろとごめんね、とまずは謝った。

　佳奈は黙っている。何を考えているのか、じっと俯いている。

　かまわずマリエは、これまで伝えていなかったグルメフェアの打ち合わせの詳細、高柿課長との確執、そして槇野美和から新たな提案をされたことまで話した。ここはマリエが腹を割らなければ、佳奈も胸襟を開いてくれない。そう心して、夫の独立問題と妊娠のことも包み隠さず打ち明けた。

　佳奈がまた紅茶を啜った。その顔を覗き見ると、ぼんやり遠い目をしている。マリエは待った。ここは待つところだ。そう自分に言い聞かせて待ち続けていると、やがて佳奈は深い息をつき、独り言のように話しはじめた。

「あたし、マリエさんをリスペクトしてました。一度は失敗したカフェを、もう一度、立ち上げた。コロナ禍も必死で乗り越えて、ここまで盛り返してきた。そんなマリエさんの生き方が大好きで、本当にリスペクトしてました。コロナのあとにあたしが復職したのも、そんな思いからです。なのに最近のマリエさん、マリエさんらしくなくて嫌いになりそうです。いろいろ大変なのもわかるけど、この店はもうマリエさんだけのものじゃないんですから」

　言いながら顔を上げてマリエを見据える。

「たとえば常連の万智子さん。彼女、最近離婚したんですね。結婚して十年、共働きで頑張ってきたけど子どもを授からなかった。そしたら夫から、夫婦でいる意味がない、って酷いこと言われて破局したそうです。そんな万智子さんがしみじみ言うんです。この店にいるときだけは自分を取り戻せる。会社にいても家にいても気分が沈んだままなのに、ここに来たときだけは素の自分になれる、って」

　奇しくも加寿子ママと同じ出産にまつわる悲しい秘話だったが、そんな告白をされるほど常連客と親しくしている佳奈に驚いた。

「結局、この店は、そういうお客さんたちが支えてくれてるんですね。だから、仮にもデパートなんかの言いなりになって、せっかくの鯖サンドを台無しにしちゃったら、万智子さんたちはがっかりするだろうし、あたしだって、がっかりします。これがマリエさんの正体だったの？　って」

　マリエはうなだれた。マリエの生き方が大好き、とまで思ってくれていた佳奈に、そこまで言わせてしまった自分を恥じた。

「ごめんなさい」

　かすれ声になってしまったが、心から詫びて言葉を繋いだ。

「佳奈ちゃんがそこまで考えてくれてたなんて、あたし、全然わかってなかった。本当に、すみませんでした。そして、きちんとわからせてくれて、ありがとう。ちゃんと言ってくれて、本当に感謝してる」

　今度は深々と頭を垂れた。

　佳奈が静かに紅茶を啜った。そのまましばらくティーカップを見つめていたかと思うと、再びマリエに目を合わせた。

「マリエさんは、槇野美和さんと一緒に闘うべきだと思います。いまのままの鯖サンドを売れないなら、グルメフェアに出店しても意味ないし、あたしだったら、そこまで言ってくれた彼女を信じます。彼女を信じて闘って、それでもとやかく言われるようなら出店はやめるべきです」

　ぴしりと言われて、はっとした。加寿子ママからも同じことを言われたからだ。

　あの晩、出産をためらっていたマリエは、加寿子ママに叱りつけられた。その直後にグルメフェアのことも打ち明けると、こう諭された。

「バイヤーなんかに振り回されてちゃダメだよ。あんたの客は、あんたがこさえた味が好きだから食べてくれてるの。万人好みの味なんかに流れたら、本当の客が離れて一巻の終わり。だって、こんなに暇こいているあたしの店が、なんで続けていられるかわかるかい？　暇なときは思いきり暇だけど、わかってくれてる客は、あんたみたく忘れずに来店してくれる。夜更けまで粘られて困ることもあるけど、それでもあたしは嬉しいの。店ってものは店主と客の信頼関係で成り立ってるものなんだから、それを理解しない人間とは、きっぱり縁を切るべきなの」

　そんな加寿子ママの言葉を、あのときは半分も理解していなかった。いまにして初めて身にしみたマリエは、テーブル越しに手を伸ばして佳奈の手をとった。

「佳奈ちゃん、ありがとう。本当に、ありがとう」

　我知らず嗚咽まじりの声になっていた。

## 5

　週明けの午前九時五分前。今日もまたマリエは遅刻することなく、丸東百貨店食品企画室のドアをノックした。

真っ先に現れたのは、濃紺のスーツ姿の槇野美和だった。彼女も臨戦態勢のつもりなのだろう。ふだんは斜めに流している前髪をヘアピンできっちり留め、きつめのメイクで決めている。打ち合わせテーブルまで案内してくれるときも、

「絶対に勝ちましょ」

と耳打ちしてきた。

四日前、美和さんと組んでもう一度、プレゼンします、と承諾の意思を伝えたときも、

「三度目のプレゼンだからって、変に理屈で攻める必要はないと思うんです。いつもの鯖サンドを高柿に試食させて、この味でいきます！　って気合いでアピールしてください。その先はあたしも参戦してガンガンいきますから、一緒に捻じ込んじゃいましょう！」

と戦闘意欲満々だった。

それでも、アピールの仕方については作戦が必要だと考えて佳奈に相談した。

その後、佳奈は辞意を撤回してくれた。二人きりで腹を割って話したことで、

「心機一転、マリエさんと一緒に頑張ります」

と最後は笑顔を見せてくれた。

聞けば、やはり佳奈は他店の面接を受けていて、しっくりこない店ばかりで困っていたそうで、その意味でも、本音で話せて本当によかったです、と目を潤ませていた。

そんな佳奈の気持ちに応えるためにも、二人で最後のプレゼンの戦略を考えよう、と相談を持ちかけたのだが、ただ問題は、どんな作戦で立ち向かえばいいのか。

悩んだ末にマリエはふと、ヤッさんならどうするだろう、と思った。この前のヤッさんは、あんな態度だったけれど、マリエが弟子だった頃なら、どうするか。

　そう考えたマリエは佳奈に提案した。

「まずは、お客さんにヒアリングしてみよっか」

　かつてのヤッさんも、先が見えないときは周囲の人たちに手当たりしだい聞き歩いていた。あれに倣って、万智子さんたち常連客も含めた顧客の生の声を集めてみた。

　うちの鯖サンドのどこが気に入っているのか。味に注文をつけるとしたら何か。といった本音の意見を接客の合間に丁寧に拾い集め、それをもとにプレゼンの流れを組み立てたのだった。

　こうして準備万端、打ち合わせテーブルに着いたのだが、高柿課長が現れたのは十五分ほど経ってからだった。ここぞとばかりにもったいをつけたらしく、棚橋と美和を従え、三人並んで向かいに座った。

「じゃ、手短によろしく」

　高柿課長が事務的な口調で言った。揉み手せんばかりだった当初とはまるで違う態度に気持ちがひりついたが、マリエは平静を装い、再プレゼンの資料を配った。

「改めてご試食いただく前に、まずは弊店の鯖サンドの開発経緯について、ご説明させていただきます」

　このくだりは、槇野美和から言われた〝マリエさんの感性で日本の食材を吟味して組み立てた独自の味です。このままで立派にオリジナル鯖サンドですし〟という指摘に基づいている。時節柄、トルコには飛べなかったが、都内の鯖サンドを食べ歩き、トルコ人にも取材かつ試食してもらいながら、日本全国の食材や調味料を徹底的に研究して完成させたのがこの味だ、とアピールしようと考えた。

　続いて、ヒアリング結果をまとめた資料をもとに、いまの鯖サンドが二十代から三十代の常連客に支持されている点を強調する。この味でこそ若い新規顧客を呼び込める。中高年顧客が中心の丸東百貨店にとっては、コロナ後のこの時期、大きなプラスになる、と結論づける段取りだった。

　ところが、いざ段取り通りに説明しはじめた直後に、

「結論から言ってもらえるかな」

　高柿課長に遮られた。説明はいらんから早く試食させろ、と急かす。すると、隣にいる美和が口を挟んだ。

「課長、ここは大事なところです。なぜマリエさんは、この味に仕上げたのか。なぜ若い顧客は、この味に魅せられているのか。そこから理解しないといけないと思うんです」

　美和と事前に打ち合わせしたときは、マリエが説明し終えたらダメ押しでプッシュしてくれる予定だったが、黙っていられなくなったようだ。

「きみは黙ってろ」

　高柿課長が牽制した。

「ですけど、いつまでも中高年の既存顧客に頼っていてはダメだと思うんです。それでなくてもコロナ後遺症で百貨店は厳しい状況なんですから、この味でいくべきです」

　美和が目を剝いて嚙みついた。

「つまりきみは、うちの既存顧客を無視しろと言ってるわけだ」

高柿課長は片眉を吊り上げた。

「無視じゃないです。既存顧客には新たな味に目覚めてもらうんです。そのためにも、この味を壊したらマリエさんの鯖サンドが台無しですし、うちの現状打破にも繋がりません」

美和が睨みつけると、高柿課長はぷいっと目線を逸らし、

「棚橋はどうなんだ」

意見を求めた。

「それは、その、大切なのは、うちのお客さまが喜ぶかどうか、だと思います」

おもねる棚橋に高柿課長は、うんうんと満足そうにうなずき、マリエに向き直るなり、

「では、当初お伝えした通りに味を修正していただく、ということでよろしいでしょうか」

頭ごなしに同意を迫る。マリエは反論した。

「でも、神楽坂の店にいらしてくれるお客さんは、いまの味を本当に気に入ってくださっているんです。この味を変えたら、うちのお客さんを裏切ることになります」

美和もまた加勢する。

「結局そこなんですよ。お客さんはマリエさんの味に惚れたんですから」

「槇野くんの意見は聞いてない」

「ですけど課長」

「もういい、きみは席を外せ！」

声を荒らげて命じた。こうなると美和も抗えない。しぶしぶながら席を立ったところで、高柿

課長は声を低めた。

「マリエさん、こうなったからには最後のチャンスを差し上げましょう。といっても、もう時間がありませんから、そうですね、来週中に味を修正してください。それでダメなら、そこまで、ということで」

ヨナスが帰宅したのは、今夜も午前零時近くだった。ここしばらくは、おたがいに忙しくて、すれ違ってばかりだったが、ようやく顔を合わせられた。

いつものように帰宅と同時にシャワーを浴びて、パジャマ姿でリビングの食卓に着く。

すかさずマリエは告げた。

「大事な話があるんだけど」

「また何かあった？」

ヨナスが表情を曇らせている。

「違うの、できちゃった」

「は？」

「赤ちゃん」

「マジで？」

「これ、エコーの写真」

差しだして見せるなり、ヨナスは飛び上がらんばかりに席を立ち、

「マリエ！」

満面に笑みを浮かべて食卓を回り込み、抱きついてきた。

「ごめんね、ずっと黙ってて。ここしばらく、あれやこれや、ごたついてばっかりだったから言いそびれちゃって」

抱き締められたまま謝ると、

「まだグルメフェアで揉めてるの？」

心配そうに問い返された。

「うん、出店はしたいんだけど、相手側の言いなりになってたら神楽坂の店が続けられなくなっちゃうし、ちょっと面倒なことになってて」

今日のプレゼンの状況を話して聞かせ、せっかく佳奈を引きとめたのに、どうしていいかわからなくなってる、と唇を嚙んだ。

「だったら出店なんかやめればいいよ」

いまはマリエの体を第一に考えなきゃ、と背中をさすってくれる。

「けど、そうなると」

ヨナスの目を見た。

「ぼくの独立のお金だったら、前も言ったけど本当に大丈夫だから」

「いつも大丈夫大丈夫って言うけど、お金って、そう簡単に借りられないの。それでなくても、まだコロナの余波が残ってるのに」

ちょっと怒ってみせると、ヨナスはそっと抱擁を解いて再び食卓の向かいに座り、

「だったら、ぼくも正直に言う。ちゃんと決まるまで黙っていようと思ってたんだけど」

言葉を選びながらそう前置きして、資金繰りが大丈夫な理由を話しはじめた。

「まずね、ぼくには貯金がある」

「ほんとに？」

「ぼくは給料明細を見てなかったから知らなかったけど、親方が貯金してくれてたんだ」

マリエも知らないことだったが、親方は従業員に給料天引きで積立貯金をさせているという。コロナ禍のピークに自宅待機させたときも、内部留保金で給料を払い続け、積立貯金を途切れさせなかった。

おかげで、ヨナスの手取りは少なかったものの、八年近くに及ぶ修業期間にかなりの金額が貯まっている。

「もちろん、それだけじゃ足りないから、ほかからもお金を借りなきゃならないけど、親方が保証人になってくれるんだよね」

日本人の保証人がついていれば、公的金融機関にしろ民間金融機関にしろ審査が通りやすくなる。その融資金も合わせれば、どうにか独立資金が賄えそうだという。

「親方って、そこまでやってくれるんだ」

びっくりした。日本人のマリエだって、かつて一文無しになったとき、金融機関の融資なんて夢のまた夢だった。いくら親方とはいえ、外国人の保証人になってくれるとは。

「実は、ヤッさんがお願いしてくれたんだ」

どこで聞きつけたのか、ヨナスの独立を知ったヤッさんが、あいつは間違いのないやつだ、と倉垣親方に保証人を頼み込んでくれた。この口添えが決め手となって、親方が腹を括って保証人を買って出てくれた。

「だからぼくは、ヤッさんにも本当に感謝してるんだ。親方の店で修業できたのもヤッさんのおかげだったし、マジで素晴らしい人だよね。そういうのって〝おんじん〟って言うんだっけ？」

「うん、恩人」

　そう答えながらも、マリエは釈然としない気持ちになった。

　そこまでヨナスを気遣って親方を動かしてくれたヤッさんが、豊洲市場の屋上では、なぜつれなかったのか。芝生の上で仰向けになって、ぼーっと空を眺めていた姿を思い起こすほどに、そのギャップが不可解でならなくなる。

　仮に、あれはマリエに活を入れるためのポーズだった、という解釈もできなくはないが、でも違う。あのときのヤッさんは恩人どころか別人だった。

　いったいヤッさんは、どうしちゃったのか。考えるほどにわからなくなって、ふわっと欠伸《あくび》を漏らすと、ヨナスが時計を見た。

「そろそろ寝よっか。とにかくぼくのほうは大丈夫だから、マリエはお腹の子のことを一番に考えてほしいな」

　いたわるように言って食卓を立ち、リビングの奥にあるベッドに潜り込んだ。

　マリエも時計を見た。いつのまにか午前二時近くになっている。

　今日も長い一日だった。あたしも寝なくっちゃ、と風呂に入ってパジャマに着替えて戻ってくると、すでにヨナスは寝入っていた。ヨナスも連日の午前様だったし、疲れてるんだな、と思いながら食卓に置いてある携帯に目をやると、着信が入っている。

こんな時間にだれだろう。

確認すると、新大久保のオモニからだった。着信時刻は風呂に入った直後の午前二時頃だったが、留守電にメッセージはない。

何かあったんだろうか。不思議に思った。ちょうどヤッさんのことが気にかかっていたこともあり、午前二時半を回っていたが念のため折り返してみると、電源を切ってしまったのか繋がらない。

また明日連絡しよう。

欠伸をしながらマリエはベッドの布団をめくり、熟睡しているヨナスの横に滑り込んだ。

## 6

気がつけば梅雨が明けて七月も下旬に入り、連日の猛暑が続いている。

なのに今日は、早朝から梅雨に逆戻りしたかのように雨が降っている。ここ最近の気候変動のせいなのか、熱帯夜だった前日の熱気も冷めやらぬ中、まとわりつく湿気にうんざりするが、それを押しても今日は豊洲市場に行かなくては、と再びマリエは水産棟を目指した。

もう一度、ヤッさんと話したかった。先週の深夜に着信があったオモニに何度か電話を入れたが、ずっと繋がらない。何かあったんだろうか。コロナショックのときオモニは、自分の店も休業を余儀なくされたのに、若い飲食店経営者たちを支援するために奔走していたらしい。いろいろと無理を重ねているだけに、まずはヤッさんに会わなければ、と思った。

忙しさにかまけて週が明けてしまったが、とりあえず二つ確かめたいことがあるからだ。

一つは、先夜、ヨナスから聞いた話を確認したかった。倉垣親方がヨナスに目をかけてくれていることはありがたいが、ヨナスのために本当にそこまでやってくれるのか。なぜそこまでやってくれるのか。独立の行方を左右するだけに気にかかった。

もう一つは、なぜヤッさんは芝生広場で別人みたいだったのか。あのときは別人でも、いまは以前のヤッさんに戻っているのではないか。そんな期待も込めて、いま一度、きちんと話したかった。

今回もカネマサ水産を皮切りに、川上水産、浜中《はまなか》鮮魚商店、笹本《ささもと》瀬戸内水産と心当たりを探して歩いた。ところが、どの仲買店でも、

「さっき来たんだけど、どこ行ったかなあ」

と首をかしげる。

どこかで行き違ったんだろうか。なかなか会えないまま仲買店を回り終え、念のため、雨に濡れそぼる水産棟の駐車場も探していると、一台の大型トラックが走ってきた。

その助手席に目をやったマリエは、え、と二度見した。角刈り男が座っている。

「ヤッさん！」

慌てて呼びかけたが、トラックは水しぶきを立てて駐車場の出口へ向かっていく。傘を投げ捨て、ずぶ濡れになって追いかけたものの、とても追いつけない。

ああダメか、と諦めかけた直後に、出口の手前でプシッーとトラックが一時停止した。目の前を横切る幹線道路を車が往来している。

しめたとばかりにダッシュして、

「ヤッさん！」

助手席に向かって再度、呼びかけた。

すると雨粒が滴る窓ガラス越しに、ヤッさんがひょいと片手を上げるのが見えた。顔は前を向いたままだった。マリエの存在に気づいているのかいないのか、おう、と挨拶したようにも、じゃあな、と別れを告げたようにも見えたが、どう判断したものか。

こうなったら強引に乗せてもらおう。とっさにマリエは助手席に駆け寄り、びしょ濡れの手を伸ばしてドアを叩こうとした瞬間、トラックが轟音とともに発車した。幹線道路を行きかう車が途切れたらしく、そのまま加速をつけて走り去っていく。

もう追いつけなかった。降雨を撥ね飛ばして遠ざかっていくトラックを見送るうちに、そういえば、と昔の記憶がよみがえった。

まだ弟子だった頃、最後にヤッさんとトラックに乗せてもらったのは瀬戸内へ行くときだった。当時ヤッさんは、築地の仲買店『笹本瀬戸内水産』から、一本釣り名人の清治《せいじ》から真鯛の入荷が途絶えている、と相談された。清治自身も行方不明だと知ったヤッさんは、

「よし、行くぞ」

マリエを促し、旧知の運転手に頼んで瀬戸内の小島にある清治の家に出向いたのだった。

すると、清治がいなくなったのは同棲中の春菜《はるな》と結婚するためだと判明した。二人は春菜の父親に結婚を反対されていたが、その父親こそ板前割烹くらがきの倉垣親方だった。不安定な板前稼業で苦労してきた親方は、一人娘は安定した相手に嫁いでほしい、と望んでいた。なのに春菜

は、倉垣親方のもとで修業を積んだ板前の清治と恋に落ちた。

怒った親方は二人の仲を引き裂いた。失意の清治は一人密かに島に帰郷して老父の船を受け継ぎ、漁師になった。それでも諦められない春菜は東京の実家を飛びだし、清治の家に駆け込んで同棲をはじめた。以来、親方とは音信不通になってしまったが、このままではいけない、と思い詰めた清治は、親方の許しを得ようと漁師を辞めて安定した仕事に就こうとしていたのだった。

この状況にヤッさんは、

「こんなんじゃ、みんなが報われねえだろうが！」

と息巻き、瀬戸内の漁港を駆けめぐって画策し、清治に転身を思いとどまらせた。

一方で親方には、清治の漁師の腕前を知らしめ、あいつなら大丈夫だ、許してやってくれ、と説得し、おかげで晴れて清治と春菜は入籍に至った。

これぞヤッさんの面目躍如とも言うべきエピソードだった。あの頃のヤッさんには、そんな気骨と行動力があったし、この一件を通じて倉垣親方とヤッさんには太い絆が生まれた。外国人のヨナスがその後、ヤッさんの仲介で倉垣親方の店に修業に入れたのも、その絆ゆえだった。

そう考えると、おそらくヤッさんは、ヨナスの独立について倉垣親方からじかに聞いたに違いない。その際、保証人になってやってくれ、と親方に頼み込み、ヤッさんがそう言うなら、と親方も腹を括ってくれたのだろう。

ただ、そこまで情に厚いヤッさんが、ここにきてなぜマリエに冷たい態度を見せてきたのか。あたしはヤッさんに見限られたんだろうか。そうだとしたら、あたしの何がいけなかったのか。

佳奈が言っていた。リスペクトしていたマリエさんを嫌いになりそうだった、と。その言葉を借りれば、いまマリエは、リスペクトしていたヤッさんを嫌いになりかけている。長年にわたる師弟の絆が、こんなに儚いものとは思わなかった。

いずれにしても、もうヤッさんを頼るのはやめよう。雨の豊洲市場から遠ざかっていくトラックを見やりながらマリエは思った。さっきヤッさんが片手を上げたのは、やはり、あたしに別れを告げたのだ。

失意を抱えてマリエは帰途についた。いつまでもヤッさんに未練を残していても仕方ない。もう本当に頼るのはやめよう。そう自分に言い聞かせ、神楽坂までの道すがら、無理やり気持ちを切り替えた。

最後のチャンス、と告げられた高柿課長との打ち合わせをどう乗り切るか。いまはそこに集中すべきときだ。ここまで舐められたからには、グルメフェアなんか撥ねつけてやる、と切れそうにもなるが、ここで出店を諦めたら、これまで頑張ってきた苦労と苦悩はどうなる。あの下膨れ課長にしてやられるなんて、あまりに悔しすぎる。

ただ幸いにして、まだ槇野美和とは繋がっている。先週、丸東百貨店からの帰り際、彼女は従業員通用口まで追いかけてきて、

「今日はあたしの勇み足で、すみませんでした！　でも、あたしはまだ諦めていません。もう一度、マリエさんと作戦を練り直して、絶対にあのおやじをやっつけます」

と宣言されたのだが、彼女と組めば、まだ逆転の可能性があるはずだ。

負けてたまるか。

篠突《しのつ》く雨の中、自分を鼓舞しながら神楽坂の店に戻ると、ジーンズのポケットで携帯が震えた。

期せずして当の美和からだった。

　再び店の外に飛びだし、もしもし、と濡れた軒下で応答した。

「すみませんマリエさん、いまいいですか？」

　切迫した声だった。

「何かあったの？」

「実は、さっき脅されちゃいまして」

「え、だれから？」

「うちの高柿」


　その晩、マリエは再び新橋のからすに足を運んだ。

　加寿子ママと話したかった。いつものようにぐだぐだと話しながら、この状況をどう乗り切るべきか、気持ちを整理したい。そんな心境になって電話を入れると、

「だったら夜八時前においでよ。早い時間だったらどうせお客はいないし、振りの客が来たら貸し切りだって追い返しちゃうからさ」

　マリエの思いを察してくれた加寿子ママが笑いながら言った。

　それならば、と今夜は佳奈にも声をかけた。ぜひ一緒に、と誘うと、佳奈も察して付き合ってくれた。

　定時に店を閉め、夜八時前に新橋に辿り着いたときには、いつのまにか雨が上がっていた。縄暖簾《のれん》が掛かっていない店内を覗くと先客がいた。追い返せなかった客なのか、コップ酒を飲んで

いる。

　まともに話ができるだろうか。心配しながら引き戸を開けると、

「久しぶり！」

「ああ、シオリさん」

　ほっとした。かえってありがたい先客だった。このシオリさんこそ、初めてマリエをからすに連れてきてくれた人だからだ。

　彼女は銀座コリドー街にある父親がオーナーシェフのビストロ『フィーユ』で働いている。仕事中はロングヘアをお団子に巻いているが、今日は休みだそうで、長い髪をさらりと伸ばして加寿子ママと談笑していた。

　佳奈を二人に紹介した。

「あら、けっこう飲めそうね」

　加寿子ママが微笑みかけると、

「日本酒、大好きです」

　佳奈がうなずいた。すかさず加寿子ママはコップ酒を差しだし、マリエには黙ってさんぴん茶を注いでくれて、今夜は縄暖簾を掛けないからね、と自分はビールを手酌している。

「しばらくぶり！」

　みんなで乾杯して、まずはシオリさんの話になった。父親が料理修業をしたベルギーで生まれ育ったこと、もうじき結婚の予定があること、相手は父親のもとでセカンドシェフを務めている年下の男性だということなど、のろけも交えて披露してくれた。

ほどよく場が温まったところで、加寿子ママがさりげなくマリエに目配せし、

「じゃ、そろそろ愚痴ってもらおっか」

軽い調子で振ってくれた。

加寿子ママらしい気遣いに感謝しつつ、グルメフェアの件についてシオリさんに話した。かつてはシオリさんにもいろいろ相談に乗ってもらっていただけに、この際、知恵を借りようと思った。

大方の経緯を説明し終えたところで、槙野美和から、高柿課長から脅された、と電話がきたことも伝えた。

「何を脅されたわけ？」

シオリさんが聞く。

「今日の午前中、だれもいない会議室に呼びだされて、おれに逆らったからには、どうなるかわかってんだろうな！　って」

「逆らったらどうなるわけ？」

加寿子ママも聞く。

「こうなる」

首をカットする仕草をした。

「そんなことでクビにされちゃうんですか？」

佳奈が声を上げた。上司に反論したぐらいで、あんまりです、と憤っている。

「だけど、そう簡単にクビにできるかな」

シオリさんは首をかしげた。そんなのパワハラもいいところだし、そもそも社員の雇用は法律で守られているという。

「ただ、美和さんは契約社員らしいのね」

外部の人間にはわかりにくいが、一括りに百貨店の従業員といっても厳格なヒエラルキーがある。正社員ならともかく契約社員や派遣社員、パートやバイトは切ろうと思えば、どうとでも理由をつけて切れる。

「要は、いまどき、どこの会社も自由に入れ替えできる人材として雇ってるわけ」

「じゃあ正社員以外の人は、何を言われても黙って従ってるわけ？」

「ていうか美和さんの話だと、正社員でも何も言えずに委縮してるか、課長におもねって動くか、どっちかなんだって。だから高柿みたいなやつは、やりたい放題ってわけ」

早い話が、部下に無理難題を押しつけ、成功したら高柿課長の手柄、失敗したら部下に責任を負わせる。どこかの国の政府さながらの保身システムを作り上げた。

事実、最初にマリエの店の鯖サンドを見つけたのは、実は美和だった。なのに、その手柄を横取りしようと高柿課長がしゃしゃり出てきて、マリエが言いなりにならないとわかるや、棚橋を窓口に据えた。最悪の場合の責任転嫁先を担保したというわけだ。

そんな輩とわかっているだけに、正社員たちの忖度はなおさら激しくなる。その筆頭が棚橋で、臆病かつ従順な性格ゆえに高柿課長には絶対服従。やさしそうな見た目とは裏腹に、課長の顔色を窺いながら平然と冷酷な振る舞いに及ぶから始末に負えない。棚橋経由で高柿課長にさんざん振り回されたあげく、ばっさり切られた出店希望店や出入り業者は数知れないという。

「なのに美和さんは、唯一、言いたいことを言っちゃうタイプだから、契約社員の分際で生意気だ、と高柿課長は日頃から目のかたきにしてたみたいなのね。その鬱憤がついに爆発して、脅してきたってわけ」

「で、美和さんはどうしたの？」

　しばらく黙っていたシオリさんだった。

「もちろん、彼女も黙っていられなくて、それはパワハラです、って抗議したらしいんだけど、それでも高柿課長が脅し続けるから、さすがに耐えられなくなって、こんなとこ、あたしから辞めます！　って啖呵を切っちゃった」

　ため息まじりにマリエが言うと、

「そっかあ」

　シオリさんが小さく舌打ちし、

「美和さんの気持ちもわからなくはないけど、つい先走っちゃったんだろうね」

　遠くを見てコップ酒を口にする。

　マリエはふと佳奈を見た。唇を固く結んで下を向いている。あ、と気づいてマリエも俯いた。佳奈は先日、マリエを嫌いになりそうだと言って辞意を告げてきた。撤回はしてくれたものの、いま佳奈がどんな心境かと思うと、至らなかった自分が後ろめたくなる。

　すると加寿子ママが口を開いた。

「でもまあ、忖度まみれのこの時代に、気骨のある女子がいたもんだよ。保身のために虚勢を張ってる姑息な上司に、そこまで噛みつけるなんて、丸東百貨店も惜しい人材を失ったもんだよね」

顔をしかめてビールを呷り、

「ただ、そうなると、あんたはどうするわけ？」

マリエを見る。もう出店から手を引くの？　と聞いている。

「それは」

一瞬、言葉に詰まったものの、居住まいを正して答えた。

「このままじゃ悔しいし、どうしようかと思って」

「まだ頑張るってことかい？」

挑発するように問い返された。

でも実際、こんなの悔しすぎると思う。マリエの店のために、美和は進退までかけてくれたのだ。ここであっさり手を引いてしまっては、一途な彼女に申し訳なさすぎる。

こんなとき、ヤッさんだったらどうするだろう。また角刈り頭が目に浮かんだ。もうヤッさんを頼るのはやめよう、と割り切ったはずなのに、まだ未練が残っているんだろうか。

そんな自分に驚きながらも、ヤッさんだったらどうするだろう、と改めて考えた瞬間、ふっと腹が決まった。

もう一度、美和さんと一緒にぶつかろう。

ヤッさんだって、ここぞというときは、信頼すべき人と手を取り合って決着をつけていた。美和さんの心意気に応えるためにも、マリエを信じて翻意してくれた佳奈の期待を裏切らないためにも、ここでけじめをつけなければ女がすたる。

よし、と自分を奮い立たせるなりマリエは佳奈に向かって勢い込んで告げた。

「あたし、もうひと勝負する。美和さんと一緒にがつんと、ぶつかってくる！」

いつになく青臭い宣言になってしまったが、加寿子ママとシオリさんが顔を見合わせ、うんうんとうなずき合っている。

## 7

久しぶりにタイトスカートのスーツを身に着けた。

高柿課長に最後の勝負を挑む当日。マリエの意気込みをアピールするためにも、服装から気合いを入れた。

ただし、今日も靴はローヒールにした。お腹の子のためには、もう絶対に転べない。

午前九時五分前。転倒することなく食品企画室に到着すると、棚橋が一人で現れた。また課長に逃げられたか、と内心舌打ちしてしまったが、こうなったら仕方ない。棚橋と決着をつけるまでだ。

覚悟を決めて打ち合わせテーブルに腰を落ち着け、いざ口火を切ろうとしたそのとき、高柿課長がのっそりと姿を見せた。あえて遅れて登場してみせたのか、正直、意表を突かれたものの、願ってもない。改めて身を引き締めていると、

「十五分しかないんで、よろしく」

のっけから釘を刺された。もはや敬語も使わない横柄な態度だった。

えらく舐められたものだが、かまわずマリエは保温袋から鯖サンドを二つ取りだし、打ち合わせテーブルに置いた。今日も五つ作ってきたが、高柿課長と棚橋だけしか食べないと見越して、あえて二つしか出さなかった。

「これ、どこが違うのかな」

包装紙を開けながら課長が聞く。

「食べていただければわかります」

淡々と答えた。課長は、かすかな不快感を見せたが、何も言わないままかぶりつき、

「どこが違うんだ」

憮然とした顔でまた聞く。棚橋もひと口齧って、きょとんとしている。

「どこも違いません」

きっぱり告げた。

「は？」

「本日も、マリ・エ・カフェのオリジナルのままお持ちしました」

「舐めてんのか？」

課長が声色を変えた。

「いえ、自信をもってお持ちしました。これが、うちの鯖サンドです。これ以外はあり得ない、という結論に達しましたので、店売りの商品をそのまま食べていただきました」

いかがです？　とばかりに目を見据えた。途端に罵声を浴びせられた。

「馬鹿かおまえは！　これが最後のチャンスだと言ったろうが！」

それでもマリエは冷静に続けた。

「最後のチャンスだからこそ、熟考を重ねた上で、この味しかありません、と申し上げているんです。今回の出店は、コロナ後の成長を目指す丸東百貨店さんにとってもチャンスです。新路線に舵を切って、新たなお客さんを獲得できる絶好の機会なんです」

「なんだ、その言い草は。ああ、そうか、美和の入れ知恵か。あの撥ねっ返り娘にたぶらかされて血迷ったか。ったく冗談じゃない。何を言われたか知らんが、もうあいつは、うちの人間じゃない。老舗の伝統の力でようやくコロナショックから立ち直りかけてるうちに、新路線なんてものはいらんのだ！」

唾を飛ばして言い募る。

「あ、そうですか。でしたら、これは引っ込めます」

すかさずマリエは、課長と棚橋の食べかけの鯖サンドを奪い取り、包装紙にくるんでトートバッグに捻じ込んだ。

「ちなみに、槇野美和さんの退職については存じ上げております。食品企画室も優秀な人材を失ったものだと、心からお悔やみ申し上げます」

皮肉を込めてぺこりと頭を下げてみせると、課長がふっと薄笑いを浮かべた。

「そうか、せっかくチャンスをくれてやったのに、天下の丸東百貨店への出店を放棄しようってわけだ。まあ鯖サンド屋だったら、ほかにもあるし、そっちに声をかければいい話だが、ただ、このわたしにも情ってものがある。のちのち後悔せんように、そうだな、あと十秒だけ猶予をやろう。十秒以内に土下座のひとつもして謝罪すれば、今日のことは特別に大目に見てやる」

もったいぶって言い放つなり、数えろ！　と傍らの棚橋に命じた。

すると棚橋は躊躇することなく腕時計に目を落とし、一、二、三と数えはじめる。

やだマジ？

マリエは噴きだしそうになった。何の茶番か知らないが、あたしが泣きつくとでも思っているんだろうか。そこまでして、うちの鯖サンドがほしいわけ？

瞬時に見切ったマリエは、六、七、八、と間抜けなカウントが続く中、バンッと両手をテーブルに叩きつけ、

「うちの味は変えません！　こっちから願い下げ！」

決然と吐き捨てた。

「てめえ、このおれをだれだと思ってんだ！」

課長が青筋を立ててテーブルを叩き返してきたが、マリエは動じることなく声を押し殺し、

「だれだと聞かれれば、保身命《いのち》の哀れなアナクロおやじとしか言いようがないですね」

しれっと告げるなり席を蹴った。

銀座の空は心地よく晴れ上がっている。

このところは銀座を訪れるたびに背中を丸めてとぼとぼ歩いていたから、空などまったく目に入らなかったが、今日は鼻歌を歌いたいほど痛快な気分だった。

天を仰いで風を切って歩いていると、溜まりに溜まっていた鬱屈も、つわりの怠さも吹き飛んでいく。

今日は最初から断るつもりで出向いた。ここ最近のヤッさんには釈然としないものがあるものの、かつてのヤッさんは、いまも心の中の師匠だ。当時のヤッさんなら、こうするに違いない、と考えた作戦を携え、

「きっぱり断ってくるけど、いいよね」

佳奈に確認すると、もちろんです、と笑顔で送りだしてくれた。

ただ、あの場に臨むまでは、もうちょっと大人の態度でキャンセルするつもりでいた。なのに、あのカウントダウンだ。あまりの馬鹿馬鹿しさに呆れ果て、芝居がかった啖呵を切ってしまった。それでも、思いの丈を吐きだしたマリエに後悔はない。食品企画室を後にするとき、背後から再度、課長の罵声が飛んできたが、そのだみ声ですら痛快さに輪をかけてくれた。

あたしだって、やるときはやるんだ。あとは、もうひとつのけじめをつけるために前進あるのみだ。

いつにない昂揚感とともに、地下鉄銀座駅に程近い喫茶店へ急いだ。サラリーマン御用達のその店は、雑居ビルの二階にある。ドアを開けて店内を見回すと、窓際のテーブル席に美和がいた。

「お待たせ」

先にコーヒーを飲んでいた美和の向かいに腰を下ろし、マリエがホットミルクを頼んだところで、

「どうでした?」

早速、問われた。

「ビシッと突っ撥ねた」

くだけた口調で答えると、

「すみませんでした」

美和が恐縮した顔で頭を下げる。

「何言ってるんですか。あたしが決断できたのは美和さんのおかげなんだから、謝る必要なんて全然ない」

「でも」

「あたし、美和さんに出会って、二度目のカフェをオープンした当時を思い出したんですよ。一度失敗した人間として、どんな店を開いたらいいかって、いろいろ考えたんだけど、カフェっていう場所にこだわってる人たちに長く愛される店にしたいと思ったんです。店の居心地はもちろん、コーヒーとかランチとかも、うちでしか提供できないものでもてなそうって。なのに鯖サンドが思いがけなくブレイクして、コロナショックの頃が嘘のような大忙しになったら、いつのまにか初心が吹っ飛んでた。そこにグルメフェアと夫の独立とあたしの妊娠が重なったから、気がついたときには追い詰められちゃって」

「あの、マリエさん、ご懐妊なんですか？」

「ええ、そうなの。まだ安定期には入ってないけど、妊娠の初期って情緒不安定になりがちみたいで、それもあってか、いま考えると恥ずかしくなるほど混乱しちゃって。出産を諦めようと思ったこともあるぐらい、自分を見失ってたんですよね。だから」

言いかけたところにホットミルクが運ばれてきた。給仕されるのを待ってマリエは続けた。

「だからとにかく、ここしばらくは頭の中がぐだぐだになってて、高柿課長から最初に無茶ぶりされたときも、ろくに考えないまま応じちゃったんですね。でも、よくよく考えたら、好きな店の料理の味が急に変わったら、だれだって、え、って思うでしょ？　なのにあたしったら、美和さんから指摘されるまでそれに気づけなかった。そう考えると、あたしの店がダメにならなくてすんだのは美和さんのおかげだって心から感謝してるんです。ただ、そのために美和さんが大事な職を失っちゃったわけで、それが申し訳なくて」

「とんでもないです、マリエさんのせいじゃないです。もともと、あたしのほうから応援したいって言いだしたことなんですから」

「いいえ、あたしのせいなの。そもそもあたしが自分を見失わなければ、こんなことにはならなかったわけで」

「全然違います。あたしのほうこそマリエさんを巻き込んじゃって、本当に反省してます。あたしって昔から突っ走っちゃうほうなので」

　もともと食べることに目がなかった美和は、都内の高校を卒業後、昔から好きだった丸東百貨店のバイヤーになろうと考えた。でも、高卒女子にはハードルが高かった。それでも諦めきれず、どうにかして潜り込もうと、地下食品街のテナント総菜店のバイト店員になったのだという。

　すると四か月後には、親しみやすい童顔と物怖じしない行動力が奏功してか、お客さんにぐいぐい食い込んで、同店の店員中、月間売上げトップに躍り出た。そればかりか半年後には、同店の月間売上げを地下食品街全店の上位に押し上げる立役者になった。

　ところが、この破竹の勢いがテナント総菜店の古株女性店員から反感を買ってしまった。ほどなくして、店の制服を隠されたり、接客の邪魔をされたり、業務連絡を伝えてくれなかったりと、陰湿な嫌がらせがはじまった。

「それがあまりにも酷かったので、ある日、店内巡回中の社員さんに声をかけて、こっそり相談したんです。ほんとは社員さんに相談するのは筋違いなんですけど、まだそんなこともわからなかった頃なので。そしたら、たまたまその人が当時の食品企画室の課長だったんですね。テナント店の売上げを押し上げた撥ねっ返り女を面白がってくれたみたいで、食べることが好きなら、うちにこないか、って引っ張ってくれたんです」

もちろん、待遇はバイトのままだったが、願ってもない部署に転じた美和は本領を発揮した。一年後には契約社員に引き上げられる大躍進を遂げたが、その直後に課長が交代して、いまの高柿が上司になった。

「それからはさんざんでした。何か言うたびに課長から否定されて。なぜそうなっちゃうのか、最初のうちは戸惑ってばかりで落ち込んでたんですけど、あるとき気づいたんです。あの課長にとって食べものって、手柄を立てて昇進するための道具なんだって。でもあたしは、出世とかそんなことは、どうでもいいんです。食いしん坊のお客さんに、おいしい！　って喜んでほしいだけなんです。なのに、たった一人、あんな人がいるせいで周りのみんなが抑圧されちゃうなんて」

好きで入った丸東百貨店だけに、なおさら耐えられなかった、と美和は唇を噛む。

その頬には光るものが伝っている。表向きの押しの強さとは裏腹に、根は繊細な女子なのだろう。そっと涙を拭って目を伏せると、コーヒーの残りを口にしている。

どんな会社にいようと、上司に恵まれないとこうなる、という典型だった。マリエもまた丸東百貨店が好きだっただけに、この結末は残念でならないし、また、もったいない話だと思った。

「ねえ美和さん」

マリエは穏やかに声をかけ、口調をやわらげて続けた。

「実はね、ここからが今日、改めて美和さんと会いたかった本当の理由なんだけど、もしあなたさえよければ、これからもあたしと一緒にやっていかない？　あなたみたいな女性の力を生かせる道がきっとあると思うの」

「あ、あの、どういうことでしょう」

「今回のことでは、あたしも美和さんも痛い目に遭った。でも、あたしたちは絶対に間違ってなかったし、そんなあたしたちがここで終わっちゃいけないと思うのね。で、いろいろ考えたんだけど、美和さんがフリーになったこの機会に、一緒にお店をやってみない？」

「お店？」

「あたし、今回のことを教訓にして、ほかへの出店はやめて、もう一店舗、新しい店をオープンしようと思ったの。自分たちの思う通りにやりたいなら、自分たちでやろうって」

「支店ってことですか」

「支店っていうより、姉妹店って感じかな。うちで働いてる佳奈も、あたしと同じ方向を目指しているから、彼女と千夏っていう若い従業員が神楽坂の店、あたしと美和さんは新しい店、それぞれに理想の店を模索しながら頑張っていけたらと思って」

これもまた、ヤッさんだったらどうするだろう、と考えた末に思いついたことだった。

飲食店には〝企業〟と〝家業〟がある、とヤッさんから言われたことがある。企業は利益と成長にこだわるが、家業は自分の誇りと生きがいにこだわっている、と。もちろん、そのためには利益もちゃんと上げなければならないし、どっちが善い悪いとは一概には言えない。でも、どっちの道へ進むにしても、その点をきちんとわきまえていないと迷宮に迷い込むぞ、と諭された。言葉を換えれば、豊洲市場の屋上でも投げかけられた〝自分の頭で考えろ〟ということだ。

　そう振り返ってみると、美和は企業の中にいながら、当初から自分の頭で考えて動いていた。あんな課長の部下でありながら、職を賭《と》してまで自分の意志を貫き通した。本来は家業のはずのマリエが、企業との狭間で揺れ動いていたというのに、あの一途さは年下ながら尊敬に値する。

「だから、これからも、あなたと一緒にやりたいの。姉妹店でも鯖サンドは売りたいとは思うけど、それ以外の部分はどうしたらいいか、それも美和さんと話し合いながら決めていきたいの。美和さんとなら素晴らしい店ができる。鯖サンドだけじゃなくて、ほかにもやれることが、いくらでもあると思うし」

　どうかな、と瞳を見つめると、美和が静かに息をついてから言った。

「面白そうですね」

「でしょ？」

　マリエが微笑むと、

「うん、すっごく面白そう！」

　一転して美和は声を張り、今日初めて屈託のない笑顔を見せた。

＊

翌朝、目覚めるとヨナスがいなかった。

時計を見ると午前十時を回っている。今日のマリエは定休日だが、ヨナスの店は営業日。熟睡している妊婦を気遣って、そっとベッドを抜けだして出勤していったようだ。

ありがと、とマリエは心のうちで感謝を告げ、両手を高く上げて伸びをした。

それにしても昨日は盛りだくさんだった。銀座の喫茶店で意気投合した美和が、

「いますぐお店に行きたいです」

と前向きなことを言ってくれたからだ。

美和とともに店に戻り、まずは高柿課長との対決の一部始終を佳奈と千夏に報告した。

「マリエさん、かっこいい！」

二人とも手を叩いて喜んでくれた。

そんな二人に、美和さんが仲間になってくれます、と改めて紹介すると、二人はまた笑顔で拍手してくれた。すると、その歓迎ぶりに応えるように、また美和が言いだした。

「いまから働かせてください」

「いまから？」

「ええ、早く仕事を覚えたいし」

「ありがとう！」

マリエが礼を言うと、すぐに美和は店のエプロンを着けて佳奈と千夏の仕事を手伝いはじめた。

その働きぶりにマリエは目を見張った。素晴らしい戦力だった。仕事覚えは早いし、機転は利くし、接客も手慣れているしで、かつて〝月間売上げトップ〟の実績に偽りはなかった。佳奈と千夏にも自然に溶け込み、閉店時間まで和気藹々《あいあい》と仕事に励んでくれた。

思いがけない仲間の登場に、店を切り回していた佳奈も嬉しかったのだろう、

「マリエさん、明日は定休日だし、もし体に影響がなければ、いまから歓迎会をやりません？」

後片づけのときに提案された。

「ああ、いいわね。だったら、シオリさんと加寿子ママにも声かけよっか」

あの二人がいなければ、こんな展開にはならなかった。ぜひみんなで盛り上がろう、と二人に電話を入れ、酒やつまみを買いに走って、にわか歓迎会に突入した。

急な話だけに加寿子ママは来られなかったが、シオリさんは仕事終わりに駆けつけてくれて、みんなで大いに盛り上がった。

楽しい宴だった。飲んで食べて笑っているうちに瞬く間に時は流れ、気がつけば終電間際になっていた。慌ててみんなを帰してマリエ一人で後片づけをしてタクシーで帰宅したのは、深夜の二時前。妊婦だというのに頑張りすぎてさすがに疲れたが、それでも、最後まで本当に充実した一日だった。

さて、今日はどう過ごそう。

ベッドから抜けだしたマリエは、パジャマ姿のままミルクを温めはじめた。そのとき、携帯が振動した。加寿子ママからだった。

「ゆうべは、ごめんね。結局、お客さんに粘られちゃって」

「とんでもない、こっちこそ急な誘いでごめんなさい。また愚痴をこぼしにいくからね」

笑いながら言って、マリエは昨日一日のことを話して聞かせた。

「それはよかったわねえ。マリ・エ・カフェの新しい歴史がはじまりそうね」

「でしょう。みんなも同じ気持ちだったみたいで、盛り上がったついでに、三つの約束までしちゃったの」

一つ、神楽坂店と姉妹店も含めて、今後は店を広げすぎない。一つ、おいしい商品を開発して結果的に売れるのはいいけど、売るためだけの商品は開発しない。一つ、けっしてお客さんを裏切らない。

「へえ、いい約束じゃない。正直、今回は心配してたんだけど、あんた、よくやったわよ。課長に啖呵切ったのもかっこいいし、最後に美和さんを仲間に入れちゃったのも、なんかこう、ヤッさんみたい」

「やだマジで？」

びっくりした。シオリさんからもゆうべ、同じことを言われたからだ。

「そりゃシオリだってそう思うわよ。あんたは今回、周りの人たちを上手に巻き込んで、みんなが納得できる落ちをつけた。それってヤッさんがやってたことだし、もしヤッさんが知ったらきっと褒めてくれると思う」

いつになく持ち上げられて照れていると、加寿子ママがふふっと笑って言葉を継いだ。

「実はね、ずっと言わないでいたけど、あんたが久々にうちの店にやってくるちょっと前に、ヤッさんが立ち寄ってくれて、頼まれたことがあるの。マリエが愚痴をこぼしに来るはずだから、聞いてやってくれ。おれはもうマリエに関わってやれねえから、加寿子ママが支えてやってくれって」

「ええっ、そんなこと言われたの？」

急に冷たくなったヤッさんが、こっそりフォローしてくれていたとは思わなかった。

「ああ見えて、ちゃんとした人なのよ。ヤッさんをパワハラおやじと勘違いする人もいるけど、どこやらのパワハラ課長との違いもそこなの」

「けど、フォローされたってことは、逆に、あたしがヤッさんに見捨てられたってことじゃない？」

「違うわよ。ヤッさんは、あんたのことをすごく褒めてたし、もうマリエにおれは必要ねえ、ってことだと思うよ」

それでも信じられなくてマリエは聞いた。

「ちなみに、いまヤッさんはどうしてるの？」

「わかんない」

「わかんない？」

「ヤッさん、あのあと、どっかに消えちゃったのよ」

「消えた？　また京都とかに出掛けたんじゃなくて？」

最近は様子がおかしかったし、里心がついて、若い頃に住んでいた出町桝形商店街をぶらついたりしてるんだろうか。

「そんなんじゃないと思う」

ヤッさんと親しい仲買人や料理人も、だれも行方を知らないのだという。

だったらオモニは？　と聞きかけてマリエは思い出した。

「そういえば、オモニに電話が繋がらないんだけど」

「え、そうなの？」

「なんか気になってたんだけど、それってヤッさんが消えたことと関係あるのかな？」

「うーん、あの二人が揃っていなくなっちゃったってことは、やっぱ何かあったのかねえ」

加寿子ママがため息をついている。

「ほんとに、どうしちゃったんだろう」

マリエも途方に暮れて、携帯を握り締めたまま天を仰いだ。

# タカオの矜持

# 1

真菜《まな》が種箱から白身魚の柵を取りだした。

短く刈り揃えた髪に、すっぴん顔。女ながら男前に決めた調理白衣姿も凛々しく、柵を俎板《まないた》に寝かせて柳刃包丁で二切れ、手早く削ぎ切りにした。

「ソゲです」

さらりと言ってカウンター、ではなく、つけ台に置いてくれる。

「ソゲ？」

タカオは首をかしげた。

「一キロ以下の鮃《ひらめ》をそう呼ぶんです。夏場の鮃は猫またぎ、なんて貶す人もいますけど、このソゲみたいに、いいものもあるんですよ」

まずは塩でどうぞ、と勧められた。おろしたての山葵《わさび》と塩をちょいとつけて口に運ぶ。心地よい嚙み応えに続いて、ほの甘い白身の旨みが口中に広がった。すかさず辛口の純米酒を合わせると、さらに旨みが引き立つ。

「へえ、もう八月頭だってのに確かにいける」

タカオは口角を上げた。脂の乗った冬場の寒鰤は、きめ細かい身質と深みのある甘みが特長だが、また違ったおいしさだなあ、と目を細めていると、

「別の調味料でも試してみます？」

真菜が弟子の勇斗《ゆうと》に合図した。坊主頭の勇斗は名前の通り男だが、機敏に反応して新たな小皿を差しだしてくる。

小皿には薄口醤油っぽい色の調味料が入っている。もう一切れのソゲを、ちょんと浸して食べると、出汁《だし》の旨みと甘み、そして酸味も感じられる。醤油よりポン酢に近いやわらかさが、ソゲにまた違う味わいを加える。

「これは変わった醤油だね」

「醤油じゃなくて〝煎《い》り酒《ざけ》〟って言って、室町時代から使われていたらしいです」

いまは醤油が主流になってしまったが、白身魚にいいよ、と同業者に教わったという。

「どこで売ってるの？」

「最近はスーパーでも買えるけど、自分でも作れます。日本酒に鰹節と梅干を入れて、とろ火でことこと煮詰めるだけ」

「ああ、これって梅干の酸味なのか。うちの店でも使ってみようかな」

タカオは蕎麦打ち職人の妻ミサキとともに、築地場外の店舗兼自宅で蕎麦屋を営んでいる。蕎麦前と呼ばれる酒のつまみに合わせられそうだと思った。

「ただ、合わない魚もあるから、いろいろ試したほうがいいかも」

そう言うと真菜は、つぎの魚の準備にかかる。

西麻布《にしあざぶ》の『鮨まな』は、芸能関係者が幅を利かせるチャラいイメージのこの街にあって、鮨を食べ慣れた大人が集まる店だ。高級鮨店で定番の〝おまかせ〟だけでなく、昔ながらの〝お好み〟もやっているから、真菜とおしゃべりしながら、お勧めの魚を切ってもらい、好きな鮨種を握ってもらう至福のひとときを過ごせる。最近は忙しくて二か月ぶりになったが、シングルデーを利用して、客が少なくのんびりできる口開けに予約を入れている。

シングルデーとはミサキの提案ではじめた特別な日だ。夫婦で店をやっていると四六時中、顔を合わせっぱなしになる。とりわけ去年は新型コロナ騒ぎで二か月余りもこもりきりで、夫婦仲もギスギスしがちだった。そこで今年から月に一、二度、夫婦それぞれが一人で出掛ける日をつくろう、と決めたのだった。

「そういえば鮨まなは、もうじき開店六周年だよな。早いもんだなあ」

続いて出された煮《に》鮑《あわび》をつまみながらタカオは言った。

「ほんと、早かったです。でも何年やってても初めてのお客さんから、女の親方かよって舐められたり、女が握る鮨なんぞ食えるか、って帰る人がいたりするから嫌になっちゃう」

「そりゃ酷いなあ。真菜は男だ女だを超越した立派な親方なんだし」

「そう言われると照れますけど。でも、別の意味で超越した存在だと勘違いして、ひょっとして女好きかい？　ってニタニタ笑いながら聞くおやじも相変わらずいるし」

二重の意味で失礼ですよ、と嘆いている。

「けど、よく怒らないね」

「一応、六秒ルールでやってますから」

以前、お客さんから教わったそうで、相手の言葉や態度に腹が立ったら、怒りがピークになる六秒だけ黙る。その六秒で、いまの言動は許せるか、と冷静に考えると、多少のことは許せて無用な衝突が避けられる。

「それでも許せなかったときは？」

「追いだします」

「おお、さすがは真菜親方だ」

「万一のときはガタイのいい男子もいますし」

隣の勇斗に目をやる。小柄な真菜とは対照的に、学生時代は柔道をやっていただけに、胸板の厚い筋肉質の体つきをしている。

「しかし勇斗も、立派な親方のおかげで成長したよな。最初はドジばっかりだったのに」

タカオは冷やかし、グラスの酒を口にした。

実際、かつては常温の注文なのに沸騰せんばかりの熱燗にして怒られたり、つまみの鰆《さわら》を炙りすぎて、焼き魚か、と真菜親方に突き返されたりしていたが、弟子入りして四年。真面目な性格も手伝って、いまや仕込みも客あしらいもそつなくこなす。あと数年もすれば独立も夢じゃない成長ぶりだ。

「勇斗は頑張ってくれてると思います。その前は、とんでもない弟子ばっかりでしたけど」

真菜が肩をすくめる。言われてみれば、弟子入りして一か月もしないうちにいなくなった女の弟子もいた気がする。

「一か月じゃないです、弟子入りして一週間目に買い物を頼んだら、そのまま帰ってこなかった」

「あ、そうだったっけ」

　なにしろ開店して数年は弟子を雇うたびにごたついていた。男女含めて目まぐるしく入れ替わっていたから、どんな弟子がいたかタカオも覚えていないほどだ。

「ほんと、あの頃は大変でした。鮨職人に命を懸けます！　なんて意気込んでたやつに限って、一週間どころか弟子入り初日の昼にいなくなっちゃったり、店の酒をペットボトルに詰めて持ち帰って寝酒にしてたり、閉店後にレジのお金をごっそり持ち逃げして姿をくらましたり、そんなのばっかり」

「ああ、金に手をつけられるとヤバいよね。おれの店じゃ、京都から流れてきた板前に騙されて、仕入れの金をピンハネされかけたし」

「そんなことがあったんですか」

「まあ悪いのは安易に雇ったおれなんで、いまもミサキには頭が上がらないけど」

　タカオが舌をだすと、真菜が笑う。

「結局、おたがいに人を見る目がなかったってことですよね。小器用で口八丁のやつがくると、つい飛びついちゃうんだけど、まずダメなことが多くて。最初は不器用で口下手でも、勇斗みたいくコツコツやり続ける真面目さがあれば、ここまで成長できるわけで」

「おい勇斗、親方に褒められたぞ」

　冷やかしながらグラスに目配せすると、

「とんでもないっすよ」

勇斗が照れ笑いしながら二杯目を注いでくれる。話しながらでも客の気持ちを察して素早く対応する。そんな暗黙の接客ができるようになったのも、真菜親方の指導の賜物といっていい。

「それにしても、ろくでもない元弟子たちは、どこでどうしてるんだろうな」

「さあ、どうしてるんでしょう」

真菜が小首をかしげる。レジの金をくすねた弟子だけは郷里の実家に隠れているとわかり、真菜が乗り込むと持ち逃げした金は親が弁済してくれた。それで示談にして事を荒立てずに帰ってきたというが、ほかの元弟子は消息不明のままだそうで、

「なんか虚しくなりますよね」

真菜が小さく嘆息した。

そのとき、帳場にある店の電話が鳴った。勇斗がさっと飛んでいき、ぼそぼそ話して電話を切り、すぐ戻ってきて真菜に耳打ちした。

真菜が表情を曇らせている。いつになく深刻そうな気配に、

「何かあったの？」

タカオが聞くと、真菜は黙って首を横に振り、勇斗はバツが悪そうにしている。

「なんだ、二人とも水臭いな」

冗談めかしてタカオが笑いかけると、真菜がふと顔を上げ、

「そろそろ握りましょうか」

取りなすように、ぎこちなく微笑んだ。

妻のミサキが蕎麦打ち場で、せっせと生地を捏ねている。

朝から昼までの忙しい時間帯を終えて、午後休憩の賄いを食べたばかりだというのに、早くも店内の蕎麦打ちブースに入り、大きな捏ね鉢にギュッギュと両手を圧《お》しつけている。

その背中には赤ん坊が背負われている。四か月前に生まれたばかりの女の子が、蕎麦と格闘している母親をよそに、小さな口をぽかんと開けて寝入っている。

名前は〝カナサ〟という。そもそもは店で使っている常陸《ひたち》秋そばというブランド蕎麦粉の産地、茨城県の金砂郷《かなさごう》にあやかったのだが、ネット検索したところ、沖縄の方言でカナサは『愛、慈しむ』という意味だとわかった。これは初めての子にぴったりだと夫婦とも気に入って名づけた。

「しかし赤子を背負って蕎麦打ちかい。いまや夫も育児に参加する時代じゃないのかい？」

常連客からはよく言われた。もちろんタカオだってオムツ替えや入浴など積極的にやっているが、ただ、妊娠中も胎教と称して蕎麦を打っていたミサキは根っからの職人気質だ。

「蕎麦打ちだけは、カナサと一緒にやりたいの。だって、あたしの手打ちの一部始終をカナサが背中で感じてくれてるんだよ。こんな素晴らしいことないじゃない」

この娘は天性の職人になるわよ、と親馬鹿全開で嬉しそうに蕎麦生地の〝のし〟にかかる。

夫婦二人、築地の場外市場で営んできた『そば処みさき』は、現在、朝昼の営業がメインで、夜営業は午後四時から七時までと短い。それでもミサキは、お客さんに打ち立ての蕎麦を食べてもらいたい、と朝昼の疲れをものともせず赤子を背負って奮闘している。

その意気込みは一年半近く前、コロナ禍のときも変わらなかった。政府から発出された緊急事態宣言を受けて一度は休業に入ったものの、やっぱあたし、蕎麦打ちたい、と言いだした。時期を同じくして子を身ごもったとわかったにもかかわらず、

「蕎麦を打ってなきゃ死んじゃうよお！」

と駄々っ子のごとく涙声で迫られた。

困ったあげく、急場しのぎに生蕎麦のネット通販をはじめた。通販なら自粛要請中も営業できるし、店舗営業と違って接客に追われることもない。妊婦にはちょうどいい運動にもなると思ったからだが、甘かった。

驚くほどの注文が殺到したのだ。外出自粛で自宅ごもりの人たちに麺類が人気だったことに加えて、〝女蕎麦職人の手打ち〟というキーワードが受けたらしく、瞬く間に情報が拡散。全国から注文が舞い込みはじめたからたまらない。以前と変わらないペースで蕎麦を打っても注文に追いつかない。ちょうどいい運動どころか、流産しかねないほどのハードワークになってしまった。

慌てて〝一日限定五十食〟と受注数を絞り込み、それでミサキも無理なく蕎麦を打てるようになった。もちろん、臨月に入ってからは蕎麦打ちをやめさせ、ゆったりと出産に臨ませたが、ミサキにとってはそれが逆にストレスだったのだろう。出産後は五日間の入院予定だったのに、三日目の朝には一人で勝手に退院して、麺打ち台の傍らにベビーベッドをセットして再び蕎麦を打ちはじめた。

これにはタカオも呆れたが、おかげで店舗営業の再開まで店を維持できたのだから、ミサキの職人魂に助けられたかたちだった。

赤子を背負ったミサキが最後の仕上げ、〝麺切り〟にかかった。トントントンと小気味よく麺

生地に包丁を落として切り刻んでいく。その動きに合わせるように背中のカナサもゆさゆさゆさと心地よさそうに揺れている。なんとも微笑ましい母娘の姿に見とれていると、タカオの頬までとろんと緩んでくる。

これが幸せってものなんだろうな。

つくづく思う。このささやかな幸せを喜べるようになるまで、世の大変動にどれだけ揺さぶられてきたことか。

わずか数年のうちに築地場内市場の豊洲移転、世界を震撼させたコロナショックと、これほど大きな事件が立て続けに降りかかってくることなど、まずないのではないか。

とりわけタカオは、豊洲移転のさなかに半端なく迷走してしまった。真菜にもちょっと話したが、京都から流れてきた板前にまんまと騙され、店を高級蕎麦懐石の店に衣替えしようと突っ走り、仲買店から仕入れる金をピンハネされかけたのだ。これにはミサキも激怒して離婚寸前にまで追い込まれた。ヤッさんが救いの手を差しのべてくれなかったら、どうなっていたことかと冷や汗をかく。

ただ、そんな時期を乗り越えたからこそ、再びミサキと手を携えてコロナ禍に立ち向かえた。まだ完全には終息していないものの、今後も店を続けていけそうだ。そう考えると、人生、悪いことだけではないが、これ以上のごたごたは勘弁してほしいと心から思う。

いまや全盛期の六割ほどの店しか残っていない築地場外市場にあって、やっとここまで持ち直したのだ。親子三人、この幸せが続きますように、と母娘の姿を見やりながら祈るような気持ちでいると、蕎麦打ちブースの傍の電話が鳴った。

タカオが席を立とうとすると、ミサキが娘を背負ったまま応答し、

「鮨まなの弟子からだけど」

ひょいと振り返って言った。その反動で、ぶんっと揺さぶられた背中のカナサが、わっと泣きだす。

「こら、こんなことぐらいで泣く女は嫌われちゃうぞ」

ミサキが笑いながらあやしている姿を横目に、ゆうべ内緒で鮨まなに行ったのがバレるかも、と恐る恐る電話に出ると、

「勇斗です」

やけに思い詰めた声だった。

「なんだ、親方と喧嘩でもしたか？」

「いえ、姐《ねえ》さんと喧嘩なんて」

勇斗は真菜を姐さんと呼んでいる。

「じゃあ、何があった」

「それが」

勇斗は言い淀み、直接会って話したいという。いつになく思い詰めているようだ。

「ちなみに、ヤッさんには相談したのか？」

こういうときはヤッさんの出番だと思った。

「いえ、ヤッさんは最近、顔を見せてないんで、ぜひタカオさんに相談したいんです」

とにかくまいっちゃってまして、と勇斗は深いため息をついた。

## 2

店の後片づけを終えてカナサを風呂に入れていたら、午後九時半になっていた。

ヤバっ。あとはミサキにまかせよう、と慌ててカナサを預けて出掛けようとすると、

「どこ行くの？」

シングルデーは三日前に取ったばかりよね、と咎められた。

「いや実は、知人から頼まれごとがあってさ」

先に寝てていいからよろしく、と言い残し、タクシーを飛ばして神田《かんだ》へ向かった。

めずらしく神田まで足を運んだのは、築地周辺には知り合いが多いからだ。勇斗がわざわざ電話してきたからには深刻な相談事に違いない。だれかに聞かれてもいけないと思い、おたがいの店が休みの前夜、ちょっと離れた神田のショットバーで待ち合わせたのだった。

十五分遅れで店に駆け込むと、

「すみません、ご多忙のところ」

黒光りするカウンターの隅に座っていた勇斗が席を立ち、頭を下げた。

「いやいや、こっちこそ遅れてすまん」

タカオも謝り、とりあえず生ビールを注文したところで、

「で、真菜とはどんな喧嘩をしたんだ？」

まずは軽口を飛ばした。

「いえ、喧嘩なんてとんでもないっす。姐さんにはマジで感謝してるんすから」

コロナで休業したときも真菜自身の貯えを切り崩し、徳島の実家にも支援を仰いで店を守り、勇斗の休業補償までしてくれたそうで、

「あんな素晴らしい親方はいませんし、マジでリスペクトしてるんす」

真顔で強調された。

「いやすまん、冗談だ冗談」

タカオは頭を掻きながらまた謝った。真面目な勇斗に、つまらない軽口を叩くもんじゃない。いまや勇斗にとって真菜は、冗談も通じないほど大きな存在になっている。

実際、真菜は鮨職人としても経営者としても卓越した力を有している。コロナ休業を乗り切って店を再開したときも、心配していた常連客が続々と来店してくれ、経営状況は急速に改善した。西麻布の高級鮨にしてはリーズナブルではあるものの、それでも客単価は二万円台の店だ。真菜の腕と人柄なしには、そうそう客を呼べるものではないし、勇斗がリスペクトする気持ちはタカオにもわかる。

ただ、そんな鮨まなに、ここにきて異変が起きているという。

「姐さんは黙ってますけど、厄介なことになってましてね」

苦悩の表情を浮かべて勇斗は生ビールを一気に半分空け、勢い込んで話しはじめる。

きっかけは三週間ほど前、七月も中旬に入ろうとする頃だったという。

ある日、めずらしく八人の予約電話が入った。日時は二週間後の午後七時だったが、鮨まなは全十席の小さな店。客単価も高めとあって二人客か三人客がせいぜいで一人客も多い。そこに八

人となれば、かなりの大人数だ。貸切はやらない方針なのに、貸切に近い状態になるだけに、真菜親方は迷ったものの、結果的には八人の予約を受けた。そればかりか、せっかくだからゆっくりさせてあげよう、と残り二席は予約を断って空けておいた。

なのに、いざ当日、午後七時になっても八時になっても八人客が現れない。しびれを切らして控えてあった電話番号に連絡したが、繋がらない。結局、何の音沙汰もないまま閉店時間の午後十時半まで店は空っぽだったそうで、早い話が連絡なしの無断キャンセル。ホテルやレストランの業界用語で言う〝ノーショー〟というやつだった。

「そりゃ酷い話だな」

タカオは吐き捨てた。高級鮨にしてはリーズナブルといっても、八人となれば二十万円近い売上げが吹っ飛んだ計算だ。しかも、余った鮨種は持ち越せない。〝兄貴〟と呼ばれる古い鮨種など、高級鮨を食べ慣れた舌の肥えた客には一発で見抜かれて見放される。

「だったら海外の高級店みたいに予約確認のリコンファームを求めて、ノーショー客からはキャンセル料を取るようにすればいい」

何かで読んだのだが、昨今は日本でも、ノーショー客から確実にキャンセル料を取れる予約サイトを使う高級店も増えているらしい。

「でも姐さんは、それを嫌ってるんすよ。わざわざ予約してきたお客さんを疑うのは失礼だし、あたしは性善説でいきたいって」

「いや、気持ちはわからなくないけど、いまどきは性悪説でなきゃリスクが大きすぎるよ」

「ぼくもそう思うんすけど、結局は、ドタキャンした八人客の電話番号をブラックリストに載せるぐらいしかできなかったんすね。そしたら今度は、別の客から入った予約もノーショーになって」

そのときは二人客だったから油断していたそうで、それを境にノーショー客が増えはじめた。しかも一回の人数は大人数ではなく多くても三人。一人客もけっこう多いが、電話番号はそれぞれ違うから、いくらブラックリストに載せても追いつかない。ある週末など、別々の電話番号から入った予約で満席だったのに全部ノーショーで、結局、来店したのは常連客が二人だけで店はガラガラだった。

「そういえば今回、おれが行ったときも、ほかの客がいなかったな」

あのときは口開けゆえだと思っていたが、帰るときまで、ほかの客は一人も来なかった。

「あ、気づきました？」

「気づくもなにも、じゃあ、あのとき店に電話があったのも予約電話だったのかい？」

勇斗がこくりとうなずいた。いまや予約が入るたびに憂鬱になるそうで、実際、その予約もノーショーになった。

「このままじゃ店が持たないし、もうコロナより酷いっすよ」

ビールグラスを握り締めて憤っている。

「しかしそれって、だれかに狙われてんじゃないのか？　ここにきて急にエスカレートしてるなんて、どう考えてもおかしいし」

「もちろん、ぼくも疑ってます。これはだれかの嫌がらせじゃないかって」

「まあ確かに悪意が働いてるとしか思えないよな」

「だからぼくも言ったんすよ。嫌がらせっすよ、って。なのに姐さんは、考えすぎだって」

「考えすぎかなあ、性善説にもほどがある」

「そうっすよね。姐さんはもう何も言わなくなっちゃったんすけど、内心、かなり悩んでると思うんす」

「うーん、そういうことだったか」

タカオは眉間に皺を寄せ、生ビールの残りを喉に流し込んだ。

豊洲市場には築地時代からの知り合いがたくさんいるが、最近は、めったに行かなくなった。いまも築地場外に店を構え、天ぷらや蕎麦前に使う魚介は近所の『平《ひら》埜《の》水産』から仕入れているから、あまり行く必要もない。

逆に豊洲市場からは、仕入れ帰りの料理人や仕事終わりの仲買人が、わざわざミサキの蕎麦を手繰りに立ち寄ってくれる。おかげで豊洲市場の状況は何となくわかっているつもりだが、今日ばかりはタカオ自身が足を運ばなければならない。飲んだ翌朝だというのに、いつもより早く五時半に起床した。

ヤッさんに会いたかったからだ。

ヤッさんだったら真菜のピンチに妙案を授けてくれるに違いない。そう考えて、昨夜、勇斗と別れてから久しぶりにオモニに電話したのだが、繋がらなかった。

オモニが営んでいる『韓国食堂　オモニの家』は深夜まで営業しているのに、どうしたのか。不思議に思ったが、こうなるとヤッさんに連絡をつけられない。仕方なく、ヤッさんのルーティンになっている早朝の豊洲市場に出向こうと思い立った。

「めずらしいね、豊洲に行くなんて」

出掛けに寝ぼけ眼のミサキに聞かれ、

「そろそろ蕎麦前の新作を開発したいんで、ヤッさんに相談しようと思ってさ」

とっさにそう答えた。ここにきて二回もシングルデーを取った夫を怪しんでいる気配を察して、新作開発という言い訳を思いついた。

もちろん、真菜の一件を打ち明ければ話は早いが、こっそり鮨まなに行ったとなればまた焼き餅を妬かれる。タカオにとって真菜はそんな存在ではないし、ミサキと真菜は同じ女職人同士、仲が悪いわけでもない。江戸時代の川柳に〝女房の　妬くほど亭主　もてもせず〟なんて名句もあるほどなのに、女心とは微妙なものだ。以前からタカオ一人で鮨まなに行くたびにチクチクやられていただけに、一応、気遣ったのだった。

午前六時、豊洲市場に到着したタカオは、久しぶりの水産棟に入った。お盆休みが近づく中、鮮魚の仲買店が軒を並べる場内は、コロナの頃に比べてかなり活気が戻っている。

六時半を回れば真菜が仕入れにくるはずだから、鉢合わせするとまずい。さっさとヤッさんを見つけようと、まずは昔馴染みの仲買店『カネマサ水産』に直行し、店頭のトロ箱をチェックしている正ちゃんに声をかけた。

「おはよう！　今日、ヤッさんは？」

「おお、しばらくだな。実はヤッさん、いなくなっちまってさ」

「どっかに行っちゃったってこと？」

「それはわかんないんだけど、ほかの連中も、ここんとこ見かけてないみたいだし」

「どうしたんだろう」

「どうしたんだろうなあ。おれもヤッさんには世話になってるから気にはなってるんだけど、まあ、そのうちにどっかから、ひょっこり帰ってくるかもしれないし」

　気長に待つしかないかもな、と首を大きく左右に振る。どうやらこれ以上掘り下げても情報はなさそうだが、ところで、と前置きしてキャンセル問題も投げかけてみた。

「なんだ、タカオんとこもやられたのか」

「いや、うちは予約とかする店じゃないから関係ないけど、知り合いの店がやられてるみたいで」

　鮨まなの名は伏せた。市場で妙な噂になってもいけない。

「だったら知り合いに言ってやるといい。その手のキャンセルは、昔は外国人観光客の気まぐれノーショーが多かったんだけど、いまはライバル店潰しや、恨みつらみでやってるケースも多いらしい」

「え、マジか」

「これもコロナの後遺症だと思うけど、酷え業界になったもんだよな。へたすりゃ隣の店主が潰しにかかってたり、遺恨を残して辞めた従業員が仕掛けてたりするってんだから」

　たまんねえよな、と正ちゃんは舌打ちした。

　タカオも呆れた。いまこそ飲食店同士が助け合わなければならない時代だというのに、冗談じゃない、と悪態をつきたくなったが、忙しい時間に長居しても申し訳ない。正ちゃんに礼を言って、つぎの仲買店へ向かった。

鮪《まぐろ》専門の老舗として同業者からも一目置かれている『川上水産』も、ヤッさんとは何かと縁があり、タカオもいろいろと世話になってきた。しばらくぶりに店を覗いてみると、店主の川上さんは奥の帳場にいた。

いまや仲買店の中でも重鎮と言われている人だけに、恐縮しながら声をかけると、

「ヤッさんがいなくなった？　どうせまたどっかの漁港にでも行ってんだろう。そもそもが風来坊だ、なに、心配することたねえ」

恰幅のいい体を揺らしてはっはっはと笑う。

思いがけなくあっさりした態度に拍子抜けしたが、ここも掘り下げすぎないほうがよさそうだ。すぐにキャンセル問題に話を切り替えると、

「ああ、ノーショーってやつな」

これまたあっさりしたもので、諭すように続ける。

「まあ、うちに出入りしてる店主らも、よくぼやいてるんだが、いまどき飲食店は戦国時代だ。汚い手を使うやつなんざいくらでもいる。それでもしたたかに生き残っていけるかどうか、そこが店主の器量ってやつだから、傍から心配してもしょうがねえんだ。うちだって、どんだけ修羅場を乗り越えてきたかわからねえしよ」

タカオも腐ってねえで、ガンガンいくっきゃねえぞ、と発破をかけられた。

ほかにも『篠塚宗一郎《しのづかそういちろう》商店』、『笹本瀬戸内水産』、『浜中鮮魚商店』といった、ヤッさんゆかりの仲買店に立ち寄って聞いてみたが、結局、行方はわからない。キャンセルについても、だれに

聞いても、今後ますます悪質度が増していくだろう、といった暗い見通ししか聞けなかった。

ヤッさんの二番弟子だったマリエに相談してみようか。そうも思ったが、それはやめた。最近は神楽坂のカフェが多忙だと伝え聞いているし、それにも増して、一番弟子のおれが事を収めなくては沽券《こけん》にかかわる。

となれば、どうしたらいいのか。こんなときにヤッさんがいないなんて不運もいいところで、いつにない焦燥感に駆られた。

タカオにとってヤッさんは人生の師だ。若くして金も家も失い、段ボールを敷いて寝ていたタカオを弟子として拾い上げて、社会復帰させてくれた。数年後にも再び助手という名目で薫陶を与えてくれた。その恩義に報いたくて、市場が豊洲に移転した際は、プロ向けの入場許可証が入手できるよう、そば処みさきの名誉従業員になってもらったほどで、いまもタカオはだれよりもリスペクトしている。

それは真菜も同様で、ヤッさんが救った彼女が再び危機に瀕しているのだ。いまこそヤッさんの出番じゃないか、と思うほどに、ますます焦りが募った。

## 3

店の後片づけを終わらせ、カナサを入浴させてミサキにバトンタッチすると、すぐに授乳がはじまった。

ミサキは居間のソファに腰を下ろし、出産後、やけに大きく膨らんだおっぱいをはだけて、小さな口をぱくぱくさせているカナサに乳首を含ませる。

カナサが、うぐうぐと口元を動かしながら母乳を吸いはじめた。ミサキは、よしよし、とあやしながら娘の旺盛な飲みっぷりに目を細めている。

何度見ても心休まる光景だった。このままずっと眺めていたいところだが、ただ、今夜はそうもいかない。

話すなら、いましかない。そう見定めたタカオはソファの隣に座り、

「ちょっと聞いてくれるか」

と前置きして鮨まなの現状を打ち明けた。

案の定、ミサキは不機嫌になった。

「あのさあ、よけいなことに首突っ込まないでくれる？　どうせ真菜さんにいい顔したいだけなんでしょ」

うちだって大変なんだから、とおっぱいを吸い続けるカナサの背中を愛おしむように撫でてみせる。

「だけど放っとけないだろう。ほんとはヤッさんの力を借りようと思ったんだけど、どこかに消えちゃったし」

「ヤッさん、消えたの？」

目を見開いている。

「実は今日、相談しようと思って豊洲市場を探したんだけど、だれも行方を知らないんだ」

「だれもって、オモニも？」

「オモニには電話が繋がらなくて」

「オモニも一緒に消えちゃったってこと？」

「いや、まだ消えたと決まったわけじゃない。ただ電話が繋がらないだけかもしれないし」

「のんきなこと言わないでよ。オモニとヤッさんは、あたしの第二の両親なんだよ」

中学三年生の頃、函館《はこだて》の実家から家出してきたミサキは、ヤッさんに拾われてオモニの店舗兼自宅に同居させてもらっていた。一方でヤッさんは、函館にいるミサキの実の母親を訪ねて仲を取り持ってくれたり、中学卒業後の蕎麦打ち修業先を手当てしてくれたり、縁もゆかりもない二人が我が子のごとく世話を焼いてくれた。

カナサが生まれた四か月前も、オモニに電話で伝えると、孫が生まれた祖父母のごとく二人とも大喜びで駆けつけてくれた。なのに最近のミサキは育児と仕事で忙しく、電話もしないでいただけにショックだったようで、

「真菜さんも大変かもしれないけど、オモニとヤッさんのことも心配してよ」

カナサを抱いたまま憮然としている。

話す順序を間違えたかもしれない。といって、鮨まなの件もないがしろにできないだけに、タカオは慎重に釈明した。

「いやもちろん、オモニとヤッさんのこともすごく心配してる。たまたまどこかに出掛けているだけなのか、何か事情があるのか、どこにいるのか、きちんと調べなきゃいけないと思ってる」

「だったらすぐに」

「まあ聞いてくれ。いまも話したように、真菜のことも放っとけないだろう。いまこそヤッさん

の出番なのに居場所がわからないから、一番弟子だったおれが動くしかないんだ。だから、まずは鮨まなのピンチを救いつつ、ヤッさんとオモニの捜索も進めていく。どっちも対処していけば問題ないだろう」

「けど、それだと店はどうなるの？　いまはカナサだっているんだよ。タカオが京都の板前に騙されたときと違って、あたし一人じゃ店を回しきれないの」

当てこするように反論された。

実際、あのときのタカオは店そっちのけで駆け回っていて、一人で店を切り盛りするミサキを見かねた常連が自分でビールを抜いたり、酒肴や蕎麦をセルフで運んだりして助けてくれた。

「あの件はマジですまなかったと思ってる。だからこの際、ミサキがワンオペのときだけベビーシッターとか雇ったらどうかな」

「そんな都合のいい人いる？」

「香津子《かつこ》さんに相談してみる。彼女の店は、忙しいときだけ助っ人を呼んでるし」

香津子さんは築地場外の老舗卵焼き店『玉勝屋《たまかつや》』の三代目だ。昔からヤッさんと付き合いがあったため、ヤッさんと一緒にタカオも何度となく助っ人に駆けつけたものだった。

「助っ人ねえ」

ぽつりとミサキは呟いて、ふう、と小さく息をつくと、満腹になってうとうとしはじめたカナサから、そっとおっぱいを外した。そのままベビーベッドに寝かせ、しばらく宙を見つめていたかと思うと、静かにタカオに向き直った。

「わかった。こうなったら鮨まなのピンチとヤッさんの捜索、両方とも頑張ってちょうだい。もしベビーシッターとかの助っ人が見つからなくても、シングルマザーになったと思えば多少は無理が利くだろうし」

気がつけば夜十一時半になっている。ぐっすり寝入っているカナサを夜泣きさせてもいけない。タカオは一階の店に降りて勇斗に電話を入れた。

「その後、どんな感じかな？」

さほど変化はない気がしたが、ミサキの同意を得られてほっとしたこともあり、現状を把握しておきたかった。

すると、仕事を終えて自宅に帰る途中だという勇斗が、

「すみません、帰ったら電話しようと思ってたんすけど、キャンセル問題は解決しました」

思わぬことを言う。

「そんな簡単に解決したのか？」

「実は姐さんが、思いきって予約を中止にしたんすよ」

「中止って、それはまずいだろう」

「ぼくもそう思って、紹介制にしたらどうです？　って提案したんすけど、振りのお客さんが入れなくなるのは嫌だからって、今後は来店順に受け入れることにしたんすよ」

「うーん」

タカオは唸った。確かにそれならキャンセルなど発生しようがないが、それでやっていけるんだろうか。

「やっていける、って姐さん、スパッと割り切ったんす。もともと鮨屋なんて通りすがりの人がふらりと立ち寄るものだし、うちもオープン当初は予約なしのお客さんばかりだったんだから、それでいい、って。まあさばさばしたもんすよ」

いかにも真菜らしい男前な決断だと思った。言われてみればタカオが真菜と出会った頃は、ふらりと鮨まなに立ち寄れた。人気店になるにつれて予約なしには入れなくなってしまったが、そもそもはそういう店だった。

「しかも実際、来店客が増えたんすよね。常連さんたちの口コミで予約中止の情報が広まったみたいで」

「じゃあ、結果的には正解だったわけだ」

それならよかった。鮨まな問題は解決だ、と安堵した途端、ただ、と勇斗は声を低める。

「キャンセル問題はそれで何とかなったんすけど、今度はネットが荒れはじめたんすね」

「予約中止が悪いってのか？」

「いえ、そうじゃなくて、うちの店はグルメサイトとかに載っちゃってるんすよね。向こうが勝手に載せたんすけど、めんどくさいから放っておいたら、ここにきて急にコメント欄でバッシングがはじまっちゃって」

そもそも鮨まなの味は、虎《とら》ノ門《もん》の『鮨吟《すしぎん》』という本格江戸前鮨の流れを汲んだ王道の仕事を基調としている。なのに突如、得体の知れないレビュアーが、シャリが酸っぱすぎるだの、小鰭《こはだ》はもっと生っぽく締めろだの、女だったらもっと女らしくしろだの、的外れな悪口をアップしはじめた。その手の誹謗中傷はサイト運営者に見つかれば削除される仕組みなのだが、見つかる前に

ＳＮＳなどにも転載されて一気に拡散されてしまう。

　時を同じくしてクレーマーっぽい客も来店しはじめた。ふらりとやってきた一人客が、真鯛が寝かせすぎだの、酒の銘柄選びが雑だの、お茶の差し替えのタイミングがなってないだの、いちいちケチをつけて、ほかの客がむっとするほど横柄な口を利いて帰っていく。しかも、その日のうちに同じクレームをグルメサイトやＳＮＳに書き込み、それがまた拡散されるからたまらない。

　これには常連客もうんざりして、

「店にも客を選ぶ権利があるんだから、あんな野郎は断っちゃいなよ」

と不満をぶちまけはじめた。のんびり旨い鮨を楽しめる憩いの場だった鮨まなが、突如出入りしはじめた無粋な客のために、いまや棘々しい空気に包まれているという。

「そりゃあんまりだなあ」

　タカオは憤慨した。

「でしょう？　姐さんだってガチで怒ってると思うんすけど、親方がキレたらおしまいだからって、どっしり構えて耐えてるんすね」

　勇斗は、あと一、二年、真菜のもとで腕を磨いたら独り立ちしようと考えている。その大切な師匠の店が、いいように踏みつけにされているのが悔しくてならないらしく、

「このままだと姐さんがまいっちゃうと思うし、ぼくのほうが先にキレそうっすよ」

　怒りで声を震わせている。

　タカオは携帯を握り直した。これはもう単なる嫌がらせを超えている。無断キャンセル騒ぎにも意図的な悪意を感じてはいたが、ここまでくると、もはや、だれかが本気で〝鮨まな潰し〟に

かかっているに違いない。

「よし。これはもうかなり深刻な状況だと思うんで、ちょっと探ってみる」

それだけ告げて電話を切った。

さて、どうしたものか。

深夜の長電話を終えて二階に上がったタカオは、居間のソファに腰を下ろして腕を組んだ。勇斗にはああ言ったものの、どこから手をつけたものか思いあぐねていると、

「また何かあった？」

カナサに添い寝していたミサキが居間に出てきた。とりあえず鮨まなの状況を話すと、ミサキもヤバそうだと察したのだろう、

「あたしに何かできること、ある？」

早速、協力を申し出てくれた。

「ありがとう。だったら申し訳ないけど、明日の朝、香津子さんに助っ人の相談をしてみるから、一日、店をまかせていいかな」

ここで考え込んでいてもしょうがない。ミサキの言葉に甘えて、とりあえずは荒れているネットを鎮める方法から探ってみようと思ったのだが、

「わかった。明日はまかせて」

ミサキは即座にうなずき、タカオの背中をぽんと叩いた。

翌朝、蕎麦前の下拵えと開店準備を終えたタカオは、築地東通り沿いの玉勝屋を訪ねた。

ショーケースを並べた店頭では、試食用の厚焼き卵を手にした若い女店員が呼び込みの声を上げている。女店員に目顔で挨拶し、店の奥にある調理場に入っていくと、調理白衣姿の香津子さんが五台のコンロを器用に操って厚焼き卵を焼いていた。

「あら、めずらしいわね」

手を休めずに笑いかけてきた香津子さんに、

「実は相談事があって」

と告げると、手際よく厚焼き卵を仕上げながら、忙しいからいま話して、と急かされた。

そう言われると気が楽になる。遠慮なく助っ人の件を打診すると、

「子守りだったら、うちの母に手伝わせてよ。父が亡くなってからがっくりきて朝しか店に出てないし、カナサちゃんに元気づけてもらえる気がする」

と即座に請け合ってくれた。二代目の父親が他界したばかりの頃と違い、三代目の風格が漂ってきた香津子さんらしい即断即決だった。その面倒見のよさに感謝しつつ、タカオは地下鉄で渋《しぶ》谷《や》へ向かった。

かつてヤッさんは、トラブルに直面するたびに聞き込みからはじめていた。それに倣って聞き込みからはじめよう、と昨夜のうちに思い定めたのだが、そのとき、以前勤めていたＩＴ企業を思い出した。元同僚に会えればネットバッシングについて何かわかるかもしれない、と考えてネット検索したところ、会社はまだ渋谷にあった。

今日も三十五℃超えを予感させる猛暑の中、渋谷に降り立ったタカオは、携帯の地図を頼りに会社を探した。在籍当時は小さなベンチャー企業で狭い雑居ビルに入っていたのだが、その後、

移転したらしく住所が変わっていた。しばし迷いながら辿り着くと、そこには眩いばかりに輝く高層ビルがそびえ立っていた。

こんなにご発展とは知らなかった。仕事着の白シャツに綿パン姿で来てしまったタカオは気後れした。それでも、午前九時を回るのを待って代表番号に電話を入れ、記憶に残っている社員の名前を何人か挙げたところ、同期だった上原《うえはら》がまだ在籍していた。

しめたとばかりに電話を繋いでもらい、近くに来たんで会わないか？　と誘いかけると、

「おう、久しぶり。タカオだったら、いつでもウェルカムだ。すぐ来いよ」

あっさりオッケーしてくれた。

二十四階のビジネスフロアに上がり、ロビーの受付嬢に名前を告げた。五分ほどして現れた上原は、柄物の開襟シャツにストライプのジャケットを羽織ってラフに決めている。

「すまんな、忙しいところ」

タカオがぺこりと頭を下げると、上原は元同僚の仕事着姿を一瞥するなり、

「実は急に、会議が入っちゃってさあ」

と頭を搔いた。どうやら値踏みされたらしく、かちんときたが、

「十分ほどでいいんで、頼む」

拝むようにして同じビルの下層階にあるカフェに連れ込んだ。

「いまおれ、こんな感じなんだよな」

再会の挨拶もそこそこに、上原が名刺を差しだしてきた。肩書は〝新規開発部長〟。成長著しいＩＴ企業は昇進も早いらしく、どうだ、とばかりにタカオにも名刺を促す。仕方なく蕎麦屋の

ショップカードを渡すと、

「へえ、一国一城の主ってやつか、大したもんだなあ」

マウントを取るかのように持ち上げられて、またかちんときたが、在籍中は馬が合って飲み歩いていた仲だ。知人の店がネットバッシングされて困っててさ、と切りだしたところ、

「ああそれ、代行屋を使って仕掛けられてんだろうな」

即答された。

「代行屋？」

タカオは問い返し、もうおれ、ＩＴは素人なもんでさ、と照れ笑いしてみせた。

「ああ、蕎麦屋さんだもんな。要は〝口コミ代行屋〟とか〝削除代行屋〟とかの業者がいるわけよ。バイトを雇ってグルメサイトで自店を絶賛させたり、他店をこき下ろさせたりするのが口コミ代行屋。嘘をついてでも繁盛店に伸し上がりたい店や、ライバル店を潰したい店が依頼してる。一方で、ＳＮＳやブログに書かれた誹謗中傷コメントを削除してくれるのが削除代行屋。貶められた店が対抗措置として依頼してるんだけど、ただ、口コミ代行も削除代行も同じ会社がやってることが多くて、早い話がＩＴ時代の徒花《あだばな》ってわけ」

プレゼン慣れした口調で、すらすらと説明する。

「けどそれ、けっこう金がかかるんだろ？」

「もちろん。だから依頼してんのは、企業系の飲食店が大半で、こう言っちゃなんだが、ビジネスのためなら法をも犯す連中だ。ただ、個人的な恨みつらみで依頼するやつもいるらしいから、そこが厄介なとこでさ」

「となると、ぼくの知人も金をかけて削除してもらわなきゃダメだと」

「そうとも限らないけど」

「じゃあ、どうすればいいのかな？」

すがるようにたたみかけると、

「それはまあ、なんというか」

上原は急に口ごもった。突然訪ねてきて、そこまで聞くか、と言わんばかりに顔をしかめると、ふと腕時計に目を落とし、

「ごめん、そろそろ会議なんだ」

恐縮する素振りを見せながら、タカオに文字盤を見せる。どこやらの高級ブランド時計だったが、すぐに引っ込めて早くも腰を浮かせている。

「ちょ、ちょっとすまん、電話でもいいんで、時間があるとき詳しく教えてくれないかな？」

慌てて食い下がったものの、

「またゆっくり飲もうぜ！」

上原は作り笑いを浮かべて社交辞令を残すと、さっさとオフィスに戻っていった。

ふう、とタカオは息をついた。奇妙な屈辱感が残っていた。多忙な中、アポなしで訪問された上原としては精一杯の対応だったのだろうし、ネットバッシングのやり口を教わっただけでも御の字なのかもしれない。なのに、出世した元同期の上から目線に、得体の知れない負い目を感じてしまった自分が情けなかった。

いずれにしても、ネットバッシングもキャンセル問題と同様、ライバル店を潰しにかかってい

るのか、恨みつらみで嫌がらせしているのか、そこを特定しなければ対処のしようがない。近頃はネットを駆使した陰湿な個人犯罪も増えているらしいし、鮨まなの場合、どっちなのか。

そこまで考えて、ふと豊洲市場で聞いた正ちゃんの言葉が浮かんだ。

〝遺恨を残して辞めた従業員が仕掛けてたりするってんだから〟

かつて鮨まなでは、弟子を雇うたびにごたついていた。その元弟子のだれかが、さっきのタカオのように卑屈な心境に追い込まれたあげく、逆恨みしていないとも限らない。

もちろん、確証はない。しかし、何の手掛かりもないからには、まずはその線から探るのが近道かもしれない。

## 4

上越新幹線は満席だった。

お盆が明けた平日の午前中とあって、スーツ姿でパソコンを広げている出張族と夏休み最後の旅に出掛ける旅行客が混在して、車内は奇妙な賑やかさに包まれている。

そうした中、タカオは一人、浮かない顔でいた。今日もミサキは赤子を背負って蕎麦打ちに追われている。蕎麦前の仕込みとオムツ替えはやってきたし、香津子さんの母親に子守りを頼んだものの、ミサキに店をまかせきりで、自腹を切ってまで現地を訪ねる意味などあるのか。そんな思いがまだ燻《くすぶ》っている。

真菜に遺恨を残していそうな元弟子はだれか。あれから再び勇斗に電話して聞いたところ、最初に挙がったのは、勇斗が弟子入りした頃にレジの金を持ち逃げした男だった。

結果的には、真菜が男の実家まで足を運び、持ち逃げ金を親が弁済してくれたため示談にしたという。真菜が口をつぐんでいるから、それ以上のことはわからないそうだが、事を荒立てなかったことが裏目に出て、逆恨みされている可能性は十分にある。

そんな姑息な男がネットバッシングを依頼する金など持っているのか、という疑問もなくはない。それでも、勇斗が記憶していた男の実家、新潟県長岡《ながおか》市栃尾《とちお》の『下澤《しもさわ》豆腐店』を訪ねてみようと思い立ったのだった。

東京から一時間五十分ほど。長岡駅で下車して路線バスに乗り換えた。目指す栃尾までは約四十分。長岡市街を東へ向かったバスは、途中から山間の登り坂に入って長いトンネルを抜け、カーブが続く山道をさらに進んでいく。

こんな山奥にわざわざ行く意味があるんだろうか。さっきの自問がまた頭をもたげた。その瞬間、ヤッさんの怒声がよみがえった。

〝馬鹿野郎！　たとえ無駄足になろうと、自分の足と目で確かめることに意味があんだよ！〟

すっかり忘れていたのに、なぜかリアルに響いた。そればかりか、怒声を反芻するうちに、不思議とタカオ自身の立ち位置が見えてきた。おれが動かなくて、だれが動くんだ。そんな前向きな意識が再び湧き上がってきた。

ほどなくしてバスは、山間の川沿いに広がる集落に入った。栃尾の町だった。バス停で降りると、木造二階建ての商家が軒を連ねる商店街があった。商家の軒先にはそれぞれ、アーケードに似た雁木《がんぎ》と呼ばれる雪除けの屋根が設えてある。冬場には雪深くなる町ならではの風情を味わいながら、五分ほど歩いて下澤豆腐店に辿り着いた。

　不勉強なタカオは知らなかったが、この小さな栃尾の町には、豆腐屋が十数軒もある。いずれも、ふつうの油揚げの三倍も大きくて分厚い〝栃尾のあぶらげ〟を製造販売していて、都内のスーパーでも人気を集めている。

　物好きな観光客のふりをして店のガラス戸を開けた。店頭のショーケースには自家製の豆腐とあぶらげが並べられ、傍らの厨房では丸刈り頭の男があぶらげを揚げている。下澤豆腐店の店名が入った白いTシャツ姿からして、店の若旦那のようだ。

「いらっしゃいませ」

　タカオに気づいて挨拶し、おい、お客さん、と店の奥に声をかけたが、だれも出てこない。

「すみません、何にしましょう」

　若旦那が手を休めてタカオのもとにきた。

「昔、鮨まなにいた大樹《だいき》くんかい？」

　いきなり尋ねた。

「あ、はい」

　戸惑いの色を見せている。

「実は、真菜親方と懇意にしていてね」

　そう告げてタカオは名乗り、言葉を繋ごうとしたところに、

「どうしたの？」

　二階から女性が降りてきた。長い髪を後頭部で結び、同じ店名入りの白Tシャツを着ている。

真菜の弟子時代、大樹は独身だったそうだが、どうやら奥さんらしい。

「突然、申し訳ない。いまちょっと真菜親方が困っててね。大樹くんが何か知らないかと思って訪ねてきたんだが」

ここは隠し立てせずに迫ったほうがいいと判断し、鮨まなへのネットバッシングについて話した。途端に大樹は首を左右に振り、

「ぼくはそんなこと、してません」

困惑顔で否定する。すかさず奥さんが大樹の前に立ち塞がり、

「勝手に主人を疑うのはやめてくれますか。鮨まなさんへの償いは済ませましたし、いまは真面目に店を継いで頑張ってるんです」

実家に戻って以来、鮨職人に負けず劣らず多忙な豆腐職人の仕事に励んでいるという。毎朝五時から豆腐を作りはじめ、名物のあぶらげを揚げ、店独自の稲荷鮨をこしらえ、接客に事務仕事に翌日の仕込みと、すべて終わるのは午後八時過ぎ。一日十六時間以上も働き詰めだそうで、

「ネットで悪さしてる暇なんて、全然ない人なんです！」

目を吊り上げて声を荒らげる。

「ちょ、ちょっと待て」

慌てて大樹が止めに入った。奥さんの剣幕に驚いたらしく、

「あの、もちろん、もともと悪いのはぼくなんです。ただ、ちょっと座ってお話しさせてもらえませんか」

店の奥を指さす。

奥は自宅の座敷になっているらしく、母親らしき老婆が座卓でお茶を飲んでいる。タカオが躊躇していると、大樹は奥さんに店番をまかせ、母親は二階に上がらせた。

こうなるとタカオも引き下がれない。覚悟を決めて座卓に着くと、大樹は神妙な面持ちで向かいに座り、唐突に話しはじめた。

「ぼくが東京に出たのは、正直、この店の跡継ぎから逃げだしたかったからなんですね。まあ、ありがちな話なんですけど、両親は一人息子のぼくに店を継がせると決めてました。でも、まだ十代じゃないですか。この田舎町で一生豆腐を作り続けるのかと思ったらうんざりしてしまって、店を継ぐふりをしながら、いろいろ調べてたら、東京の鮨屋が募集してたんです。もともと食べもの屋で育ったので、飲食業なら勤まる気がしたし、鮨も好きだったから、東京の鮨屋で修業すると言えば実家を出られると思って。ただ、冬休みにこっそり面接に行ったら、そこの親方は、ごっつい体育会系だったんです。下手こいたら殴りつける、みたいな。でもそういうのは怖いので、面接には受かったけど断っちゃいまして」

そんなとき、鮨屋関係のサイトで女鮨職人の店があると知った。女の親方なら、やさしいだろう、と安易に考えて面接を受けたら、また受かったことから、高校卒業と同時に親の反対を振り切って上京してしまった。

「ところが、いざ弟子になったら真菜親方も怖かったんです。ごっつい体育会系の怖さじゃなくて、仕事に対する姿勢が半端なく厳しくて。いなせな鮨職人になって華の西麻布を伸し歩いてやる、みたいな馬鹿な夢を見てたのに、朝から掃除だ仕込みだ接客だって追われっぱなしで、一日が終わるのは夜中じゃないですか。それでも田舎には帰りたくないから、体育会系に殴られるよりはましだ、と考えて一年近く働きました」

そんな折に、父親が入院した、と母親から連絡がきた。地元の友だちから居場所がバレたらしく、もう長くないから帰ってこい、と。さすがに無視できなかったが、給料日前で金がない。給料は厳しい修業の憂さ晴らしに、夜更けの盛り場でそっくり使ってしまっていた。そればかりか借金までしていた有様で、困ったあげくに、つい魔が差して持ち逃げした金で帰郷したのだという。

「そんな息子のために、母は実家に飛んできた真菜親方に土下座して謝り、持ち逃げした金を弁済してくれました。そしたら、金を受け取った親方が、別の封筒を取りだしたんです。ぼくのために給料天引きで貯めてくれていたお金でした。まだ一年分で少ないですが、お母さんにお預けします、って。恥ずかしかったです。消え入りたいほど恥ずかしかった」

店を継ごうと決めたのは、そのときだった。

翌日から余命わずかな父親の入院先に通って、店の仕事を口頭で伝授してもらった。その意気込みが父親にも伝わったのだろう、苦しい治療に耐えながら懸命に教えてくれた。それでもわからない部分は、長年一緒に働いてきた母親に聞いて、早朝から夜遅くまで店の厨房にこもって身につけていった。

父親が逝ったのは三か月後だった。そして四十九日の法要明けには、大樹が店主となって下澤豆腐店を再開した。父親の生前の仕事にはとても追いつけない状況だったが、以来、近所の常連さんからも叱咤激励されつつ、今日まで精進し続けてきた。

「でも、こうなってみて初めて気づいたんです。これって真菜親方のやり方と同じじゃないかって。毎日地道に仕事に打ち込む大切さを教わっていたからこそ、曲がりなりにもぼくは店を継げた。そう思うと、いまはもう親方に、感謝という言葉しかありません」

大樹は目元に滲んだ涙を拭った。

タカオとはまた違うかたちの上京譚だった。青森から上京して大学卒業後、勤めていたＩＴ企業を一年で辞めて路頭に迷っていたタカオは、ヤッさんに拾われたおかげで再起を果たせた。そんな過去を抱えているだけに、いまの大樹の心境は痛いほどわかる。

それは真菜も同じだったのではないか。徳島から上京して鮨吟の親方に拾ってもらい、男社会の中で孤軍奮闘して独立を果たした。ところが、飲食業界に生きる人たちの機微に疎いばかりに、当時の築地市場の仲買人から突き放された。ひょんなことからヤッさんに出会って助けてもらわなかったら、いまの鮨まなは存在しない。それが身に染みているだけに、未熟な弟子たちに呆れ返りながらも、温かい目線を持ち続けていられるに違いない。

「大樹くん、いい師匠に恵まれたね」

疑って申し訳なかった、とタカオが謝ると、大樹が座卓を立った。そのまま店の厨房に行ってお茶を淹れると、さっき揚げたばかりのあぶらげと稲荷鮨を持ってきた。

「お昼がわりに召し上がってみてください」

まずはあぶらげから、と勧められ、ひと口食べて目を見張った。表面はサクッとした歯ざわりで、嚙み締めると、ふつうの油揚げとも違ってスポンジのように柔らかい。

「これは旨いね」

タカオは口角を上げた。このあぶらげで作ったという稲荷鮨も食べてみると、これまた独特の食感で、切れのいい酸味が利いたシャリが、あぶらげの滋味深さを際立たせている。

「稲荷鮨は店を継いでから新たに開発したんですが、うちのあぶらげと、真菜親方から教わったシャリの技を生かして商品化しました」

あぶらげのサクサク感を生かした稲荷鮨に仕上げるには、鮨まなのキリッとしたシャリが打ってつけだったという。

「なるほど、確かにシャリがマッチしてる」

「ありがとうございます」

大樹は照れ笑いすると、

「この稲荷鮨もそうですけど、結局、真菜親方がいなければ店を継ぐことも、店を続けてくることも、できなかったと思います。まだまだ駆けだしで偉そうなことは言えませんが、でも、いつの日か一丁前の豆腐職人として親方の店を訪ねて、きちんとお礼を言うつもりでいます。ですのでタカオさん、今回、真菜親方にはこれだけお伝えください。その節はありがとうございました、大樹は元気でやっています、と」

よろしくお願いします、と額を畳に擦りつけんばかりに平伏する。

タカオはいたたまれない気持ちになって、そっと店頭を覗き見た。すると、店番しながら耳をそばだてていたのだろう、奥さんもまた深々と頭を垂れている。

物事、ちゃんと調べてみなければわからないものだ。持ち逃げ事件の顛末は、想像とはかなり違っていた。真菜が多くを語らなかったせいでもあるが、それは責められない。

かつてヤッさんから投げかけられた言葉が改めて浮かんだ。

〝自分の足と目で確かめることに意味があんだよ！〟

帰りは長岡駅まで大樹の奥さんが、店のワゴン車で送ってくれた。聞けば、奥さんは長岡市の中心街の出身で、まだ結婚一年目。たまたま栃尾まで豆腐を買いにきたとき、大樹が作るあぶらげのおいしさと豆腐職人っぷりに惚れて一緒になったと、のろけられた。ただ、プロポーズのときに大樹は、鮨まな時代の汚点を正直に告白し、こんな男でいいのかい？　と確認してきたという。

「はい、ってすぐ答えました。店を継いでからの彼を見れば、素敵な親方のおかげでちゃんと更生できたとわかりますから」

過去は過去として、いまの大樹を信じたい。ハンドルを握りながら言い切る奥さんの姿に、大樹はいい女性に出会えたものだと思った。長岡駅前に着いたときも、さっきはつい興奮しちゃって、すみませんでした、と再度謝ってくれた奥さんに、お幸せに、と手を振って別れた。

帰りの新幹線は意外に空いていた。夏休みの旅行客は宿に泊まっていくのだろう。日帰り出張らしきビジネスマンがやけに目立つ。

さて、つぎはどうするかだ。

座席に落ち着いたタカオは早々に頭を切り替えた。大樹の潔白がわかっただけで栃尾まで足を運んだ意味はあったものの、ほかにも疑惑の元弟子がいる。

下澤豆腐店からの帰り際、念のため大樹に、

「元弟子ばかり疑われるのは不本意だと思うけど、ほかの元弟子の潔白を証明するためにも、消息を教えてもらえないかな」

と頼んだところ、そういうことなら、と二人挙げてくれた。

一人は、店の酒をペットボトルに詰めて持ち帰って寝酒にしていた男だ。もともと宮崎の出身で、東京で遊びたくて六本木《ろっぽんぎ》でバイトしている同郷の先輩を頼って上京した。その折に、隣街の西麻布に女店主の鮨屋があると聞いて、鮨職人になればモテそうだし、女の親方なら修業も楽だろうと弟子になった。

しかし入店後は、修業より夜遊びのほうが楽しかったようで、仕事終わりに大樹と連れ立って深夜の六本木に繰りだしていたという。

「いまは名古屋にいるみたいです」

その頃に行きつけだったキャバクラのキャバ嬢が、名古屋に帰郷して栄《さかえ》の店で働きだした。それを追いかけて、その娘のマンションに居ついてヒモ状態らしい。

一見、真面目そうに見えて人当たりもいい男だけに、真菜親方もつい雇ってしまったようだが、実際は何をやっても適当で長続きしない性格だったそうで、

「ネットを駆使して貶めるとか、そんな面倒臭いことはやらない男だと思うんですが」

と大樹は言っていた。

もう一人の疑惑の主は、やはり大樹が鮨まなにいた頃、一週間で店を辞めてしまった女の弟子だ。

「彼女は東京の下町出身なんですけど、当時、まだ高校を出たばかりの若い娘でしてね。女性な

がら鮨職人になった真菜親方の紹介記事をネットで見て、憧れたらしいんです。でも、見た目はかわいいんですけど、根がひ弱な性格で」

いつもおどおどしていて、矢継ぎ早に指示を飛ばす親方に怯えているようだった。世話役をまかされた兄弟子の大樹にも心を開くことなく、店を飛びだしてしまったという。

「そのときは、ぼくも責任を感じて探し歩いたんですが、それっきりでした。なのに最近になって、弟子時代に付き合いがあった料理人から噂を聞きましてね。彼女はいま六本木で、自分の鮨屋をやってるらしいんです」

「え、鮨まなの隣街でやってるんだ」

思わぬ話だった。一週間で辞めた彼女が、どうやって親方を張るまでになれたのか。

「詳しいことはわかりません。ただ、ぼくの印象からすると、彼女もネットバッシングとかに走るタイプじゃないし、そんな資金もない気がします」

一週間しか一緒にいなかったから自信はない、と付け加えられたが、そう言われるとタカオとしても迷う。

とはいえ、とりあえずは二人のどちらかに会わなければ事が進まないし、まだまだ先は長そうだ。

こういうとき、ヤッさんだったら、どう対処するだろう。

改めて思いを馳せながら、車窓を流れる夜景に目を向けた。あと三十分ほどで東京に到着する。

## 5

築地場外の店に戻ると、シャッターが半分だけ閉まっていた。もうじき午後八時になるから、そろそろ後片づけが終わる頃合いだ。

「ただいま」

シャッターをくぐって店内に入るなり、

「ねえ大変！」

ミサキが飛んできた。後片づけを終えて待ちかねていたそうで、傍らのベビーベッドでは早くもカナサが寝入っている。

「ごめんな、やっぱ大変だったか」

「そうじゃないの、香津子さんのお母さんと常連さんのおかげで店は大丈夫だったんだけど、オモニの店がなくなっちゃったの」

「なくなった？」

声を上げた途端、ベビーベッドのカナサがぴくりと動いた。起こしてしまったか、と焦っていると、むにゃむにゃと口元をうごめかしただけでまた眠りに落ちる。

ミサキが声をひそめた。

「実はね、今日の午前中、マリエさんに電話してみたの」

「なんで電話したんだ」

まさかミサキがマリエに連絡するとは思わなかった。

「なんでって言われても、今日もオモニに電話したら繋がらないから、どうしてタカオはマリエさんに聞かないんだろう、って思って」

「い、いや、マリエはカフェが繁盛してて忙しいみたいだから、雑音を入れたくなくてさ」

とっさにそう釈明したものの、冷や汗をかいた。カフェが多忙なのも事実だったが、一番弟子のおれが事を収めなくては沽券にかかわる、と意地になっていたのが本当のところだ。狭量な根性を見透かされた気がして焦ったものの、そうとも知らずミサキは続ける。

「で、マリエさんに聞いたのね、最近オモニに会いました？　って。そしたら、一か月ぐらい前の真夜中に、オモニから着信があったんだって。あとで気づいて折り返したけど、それっきり電話が繋がらなくなったらしいの」

「うーん、やっぱヤバい感じだなあ」

「でしょ。しかもマリエさん、オモニの着信からしばらくして、ヤッさんがトラックに乗って豊洲市場を出ていくのを見たっていうの。それっきりヤッさんも消えちゃったから、一度、新大久保のオモニの店に行こうと思ってたそうなんだけど、タカオが言ったみたくカフェの仕事に追われてたみたいで」

　だったらあたしが行こう。そう思い立って、この暑さの中、午後休憩の時間にカナサを背負ってオモニの店を訪ねたのだという。

「そしたら、店がそっくり空室になってた」

「マジかよ」

オモニの店はアパート一階の一室にある。もともとは近くの別のアパートで営業していたのだが、数年前、立ち退きに遭って引っ越してきたばかりだった。なのに、店名看板は外され、店舗兼自宅の2DKは空っぽ。ドアには〝入居者募集中〟という貼り紙があった。

「もうびっくりしてアパートの住人に聞いてみたんだけど、ある日突然、店がなくなってたってことしかわからなくて」

店の常連にも聞きたかったが、連絡先がわからない。どうしよう、と途方に暮れていると、どうかしました？　と買い物袋を提げたおばさんが声をかけてきた。

赤子を背負って佇んでいるミサキを不審に思ったらしく、慌てて事情を説明した。第二の母がいなくなってしまって、とカナサをあやしながら不安を口にすると、それは心配ね、とアパートの大家に連絡してくれた。

「そのおばさん、アパートの斜向《はすむ》かいに昔から住んでる人で、大家さんを知ってたのね。で、大家さんに聞いたら、ある日、一夜にして店がなくなってて、その日の午後、白髪頭の弁護士が訪ねてきたっていうの」

弁護士はオモニの委任状を携えた代理人だった。オモニに代わって丁重に詫びた上で、『勝手に退去して申し訳ありません』と記したオモニの謝罪文と、契約途中に退去した違約金を大家のもとに置いていったという。

「大家さん、怒ってたろう」

タカオは聞いた。

「ていうか、逆に心配してた」

郵便はがき

料金受取人払郵便

牛込局承認

7395

差出有効期間
2023年6月
1日まで

162−8790

新宿区東五軒町3−28

㈱双葉社

文芸出版部 行

| | | | |
|---|---|---|---|
| ご住所 | 〒 | | |
| お名前 | (フリガナ) | ☎ | |
| | | 男・女　　　歳 | 既婚・未婚 |
| 職業 | 【学生・会社員・公務員・団体職員・自営業・自由業・主婦(夫)・無職・その他】 | | |

ご購読ありがとうございます。下記の項目についてお答えください。ご記入いただきましたアンケートの内容は、よりよい本づくりの参考とさせていただきます。その他の目的では使用いたしません。また第三者には開示いたしませんので、ご協力をお願いいたします。

書名（　　　　　　　　　　　　　　　　　　　　　）

●本書をお読みになってのご意見・ご感想をお書き下さい。

|   |
|---|
|   |

※お書き頂いたご意見・ご感想を本書の帯、広告等（文庫化の時を含む）に掲載してもよろしいですか？

1. はい　2. いいえ　3. 事前に連絡してほしい　4. 名前を掲載しなければよい

●ご購入の動機は？

1. 著者の作品が好きなので　2. タイトルにひかれて　3. 装丁にひかれて
4. 帯にひかれて　5. 書評・紹介記事を読んで　6. 作品のテーマに興味があったので
7.「小説推理」の連載を読んでいたので　8. 新聞・雑誌広告（　　　　　　）

●本書の定価についてどう思いますか？

1. 高い　2. 安い　3. 妥当

●好きな作家を挙げてください。

（　　　　　　　　　　　　　　　　　　　　　）

●最近読んで特に面白かった本のタイトルをお書き下さい。

（　　　　　　　　　　　　　　　　　　　　　）

●定期購読新聞および定期購読雑誌をお教えください。

（　　　　　　　　　　　　　　　　　　　　　）

歌舞伎町《かぶきちょう》に隣接する土地柄、夜逃げや無断退去はめずらしくないらしく、代理人を立ててけじめをつけて去ったオモニには、憤りよりも、よっぽどの事情があったんだろうね、と同情を寄せていたという。

「じゃあ、突然閉店した理由もわかったのか？」

「それはわからない。とにかく夜逃げみたく急に消えちゃったらしくて」

「うーん、夜逃げかあ」

タカオは天を仰いだ。そういえばコロナ禍のとき、オモニは自分の店を休業して若い店主たちの支援に奔走していたという。テイクアウト用の容器を買い集めて配り歩いたり、家賃が払えない店に運転資金をカンパしたり、気前よく自腹を切っていたらしい。

「ひょっとして、支援しすぎて自分の首が回らなくなって、ヤッさんの手助けで夜逃げしたとか」

「うん、あり得るよね。下手したらオモニとヤッさん、どっかで心中してたりして」

「縁起でもないこと言うなよ」

「けどやっぱ、夜逃げの線はありだと思う。あんだけ交友関係が広い二人なのに、だれも行方を知らないなんておかしいし」

「まあそうだよなあ」

タカオは唇を噛んだ。あまりに突拍子もない状況に、頭がついていけなかった。

それはミサキも同様なのだろう。小さく息を吐いて考え込んでいたかと思うと、不意に顔を上げ、

「そういえば、栃尾の元弟子のほうはどうだったの？」

唐突に話を変える。

「ああ、そっちは結論から言うとシロだった。ていうか、やっぱ真菜は男前な女だって再認識させられた」

率直な感想とともに、大樹から打ち明けられた持ち逃げ事件の真相を話した。

「へえ、真菜さん、すごい」

そこまでフォローしてたなんて、大きい人ね、と感心している。

「結局、ヤッさんみたく自分の足と目で確かめなきゃダメってことだよな。おかげで、つぎの容疑者の目星もついたし」

「だれなの？」

「まずは六本木で鮨屋をやってる元弟子の女。それもシロだったら名古屋にいる元弟子に会いに行くつもりだ」

「そっちも大変なことになってきたね」

「まあ、ヤッさんとオモニの行方も気が気じゃないけど、真菜のこともヤッさんに代わって動くからには手を抜けないし」

いまや、どっちも先行き不透明とあって、正直、タカオは気が塞いだ。

気がつけば午後十時半を回っている。

あれこれ話しているうちに、瞬く間に夜が更けてしまった。

明日も朝から店の仕事があるのだが、

「ねえ、なんだかお腹すいちゃった。久しぶりに屋台ラーメン、食べに行かない？」

とミサキが言いだした。猛暑の夏とはいえ、夜風を浴びながらのラーメンは旨い。いまから夜食を作るのも面倒だし、さくっと食べてこようよ、と立ち上がる。

「けどカナサは？」

「さっき寝ちゃったから、ベビーカーに乗せて連れてけば大丈夫」

タカオ家のベビーカーは、背もたれを倒せばベッドにして移動できる。夜中の授乳で起きる前に食べちゃお、と腕を引っ張る。

本音を言えば栃尾への日帰りで疲れていたが、それは店を切り盛りしていたミサキも同じことだ。その頑張りを労うためにも、よし行くか、とタカオは腰を上げた。

屋台ラーメンは、築地から程近い新大橋通り沿いで、屋台一筋のおやっさんが営業している。タカオは弟子時代に、よくヤッさんに連れていってもらった。蕎麦屋を開いてからも何度かミサキと食べに行ったが、築地場内市場が豊洲に移転してからは、何かとごたついていて行けないでいた。

ベビーカーを押して新大橋通りをぶらぶら歩いていくと、シャッターを閉じた雑居ビルの前に〝ラーメン〟と書かれた赤提灯を吊り下げた屋台があった。

「いや相変わらずだなあ」

いつも通り営業していたことに、ほっとしながら近づくと、やけに体格のいい無精髭だらけの青年が茹で鍋の前に立っている。

「あれ？　おやっさんは？」

不思議に思って青年に聞くと、

「おやっさん、引退したんすよ。二代目の健吾《けんご》といいます」

以前はここの常連客だったそうで、よろしくお願いします、と厳つい顔を綻《ほころ》ばせる。

「おやっさん、体でも壊したの？」

「いえ、元気なんすけど、ご家庭に事情がありまして」

ある晩、突如、廃業すると聞いた健吾青年は仰天して、おやっさんのラーメンがなくなるなんて耐えられません、受け継がせてください、と申し出た。いまの仕事は辞めますから、とまで言う青年の熱意に動かされたおやっさんは、後継者に値するかテストした上で屋台を託してくれたのだという。

「それはいい話だねえ」

思いがけない代替わりに驚きながらも、椅子代わりの瓶ビールの箱に夫婦並んで腰かけ、ラーメンを注文した。

「すみません、少し時間がかかりますが、よろしいですか？」

いま茹で鍋に水を足したばかりだそうで、沸騰まで時間がかかるらしい。

「もう茹で湯が足りなくなるなんて、繁盛してるね」

さすがはおやっさんの後継者だ、とタカオが持ち上げると、

「いえいえ、ちょうど最初のピークが過ぎたところなんすよ。まだまだおやっさんには追いつけません」

健吾青年が照れ笑いする。

「ちなみに、後継者のテストって、どんなことをやったわけ？」

ふと興味が湧いた。

「それがけっこうきつかったんすよね」

まずは丸一日かけて、おやっさんが長年かけて作り上げてきた屋台ラーメンのレシピを口伝えで教わった。それをもとに健吾青年が一か月かけて屋台ラーメンを再現し、おやっさんに試食してもらった。

「つまり一発勝負ってわけだ」

「そうなんす。もともとラーメンマニアだったんで家でもよく自作してたんすけど、あんなに緊張したことはなかったっすね」

言いながら中華麵を揉みほぐし、茹で鍋に投入した。茹で湯が沸いたようだ。

「それにしても、一発合格はすごいね。ラーメンマニアだからって、そう簡単におやっさんの味は真似できないと思うし」

「ていうか、ぼくだけの力じゃないんすよ。ヤッさんっていう食の達人が応援してくれたおかげです」

「え、ヤッさんって、宿無しの？」

「お客さんもご存じなんすか？」

「ていうか、彼の弟子だったことがある」

「へえ、そうなんすか。ぼくは常連同士ってことで偶然知り合ったんすけど、本当にお世話になったんすよ。屋台を受け継いでからも何度か味見に来てくれたんすけど、一度、激怒されたことがありましてね」

「まあ怒りっぽい人だしな」

「違うんです。そのとき、あるお客さんから、麺半分で作って、って注文されたんすね。でも、屋台を受け継いだ直後だったし、麺の量を減らすとおやっさん直伝の味のバランスが崩れる気がして、やってません、って断ったんです。そしたら、隣で食べてたヤッさんに、馬鹿野郎！　って怒鳴りつけられて」

それはもう、すごい剣幕だったそうで、

「いいかよく聞け！　世の中には、ラーメン好きなのに、歳のせいで小食になってたり、持病のために制限されてたりで一人前じゃ多すぎる人がいるんだ。かといって、食べ残す前提で一人前注文するのはラーメン好きとして忍びないだろ？　だから麺半分って頼んでんのに、断るなんて失礼な話はねえだろが！」

青筋を立てて怒声を浴びせ、手にしていた割り箸をベキッとへし折ったという。

たかが麺半分を断ったぐらいでガタガタ言うな、という人もいるだろう。されど麺半分だ。半分でも値段は同じだよ、と牽制する店もあるが、そういう客は値引きを期待しているわけじゃない。心ある店は黙って値引いてくれるにしても、それとこれとは別の話だ。

「正規の値段を払ってでも麺半分にしてほしい人がいるんだから、味のバランスも麺半分に合わせるのがプロってもんだろが！」

ヤッさんは最後まで怒り心頭だったという。

「それはヤッさんらしいなあ」

タカオは笑った。実際、タカオ夫婦の店でも、ヤッさんの教えに従って客の要望には柔軟に応えている。麺の多い少ないはもちろん、天ぷら蕎麦の〝ぬき〟と言われれば蕎麦抜きで天ぷらとつゆだけを蕎麦前として楽しんでもらう。天丼《てんどん》の〝あたま〟と言われればご飯抜きの天丼も出す。ご飯抜きじゃ、ただの天ぷらじゃね？　と笑う人もいるが、天ぷらに丼つゆをかけるところがミソで、これも蕎麦前になる。

「そう、そうなんすよ。それが真っ当な対応なのに、そんなこともわかってなかったんすから、いま考えるとマジで馬鹿野郎っすよ」

自分を叱りつけるように言うと、健吾青年はふと表情を引き締め、醤油のかえしを注いだどんぶりに鶏ガラスープを張った。

すかさず茹で上がった麺を流れるような手捌きで湯切りしてスープに沈め、叉焼《チャーシュー》とメンマを盛りつけて刻みネギを振る。

「お待ちどおさまです」

どんぶりを差しだしてきた。タカオは割り箸を割り、まずはスープを啜った。

「ああ、確かにこれはおやっさんのスープだ。けど、さらに進化してるのがすごいなあ」

タカオの言葉にミサキもうなずいている。健吾青年が安堵の表情を浮かべた。

「ぼくがおやっさんのテストを受ける前に、ヤッさんも同じことを言ってくれたんすよ。〝味を受け継ぐってことは、コピーすることとは違うんだ〟って」

要は、おやっさんが作った味を自分なりに解釈し、独自に進化させる力がなければ受け継ぐ意味がない、と諭してくれた。

「あの言葉がなければ、いまのぼくはないと思うし、おやっさんはもちろんっすけど、ヤッさんにも本当に感謝してるんす」

健吾青年は目を瞬かせる。

「じゃあヤッさんは、いまも食べに来てるのかな？」

もしや、と思って聞いた。

「いえ、最近は来てませんけど」

「うーん、やっぱ行方不明のままかあ」

かすかな期待が外れてミサキとともに落胆していると、

「あれ？　知らないんすか？　ヤッさん、いま北海道っすよ」

さらりと言う。

「北海道？」

ミサキと同時に声を上げてしまった。

## 6

二日後の夕方、タカオは六本木へ向かった。

栃尾の大樹から聞いた、一週間で辞めた女の弟子は、いま六本木で鮨屋をやっているという。

とりあえず〝六本木　女親方〟とネット検索すると一発でヒットして、グルメサイトにも掲載されていた。

　店名は『本格江戸前　果奈枝《かなえ》の鮨』。親方は北村《きたむら》果奈枝。表示されている客単価は三万から四万円台と、鮨まなより二万円近く高い。場所は六本木だが、地図を見たら鮨まなから歩いて十分ほどの距離にある。レビュアーのコメントは、いずれも高評価で、併記されている六本木の鮨屋ランキングでは二位につけている。

　この人気ぶりだと予約が取りにくいかもしれない。案じながら電話を入れてみると、運よく午後六時に予約が取れた。一人客の場合、直前に電話を入れると当日キャンセルで席が空いていることがよくある。しかもこの日は、そば処みさきの定休日。ミサキに負担をかけなくてすむのもラッキーだった。

　ただ本音を言えば、すぐにでも北海道へ飛びたかった。

　ヤッさんは北海道にいる。健吾青年の言葉にタカオとミサキは狂喜したものだった。聞けば、きっかけは七月半ば。屋台ラーメンを食べにきたヤッさんから、

「北海道へ行くトラックを知らねえかな」

と聞かれたという。

　かつて健吾青年は、秋田の叔父が経営する運送会社のトラック運転手だった。秋田と築地を往復するうちに屋台ラーメンの常連になったそうで、後を継ぐ際に応援してくれたヤッさんへの感謝も込めて、秋田の叔父に連絡して北海道便の運転手を紹介したのだった。

　となれば、北海道の市場を探し歩けばヤッさんの居場所がわかると思うのだが、鮨まなの件にも目途をつけなければならない。迷った末に、まずは近場からだと判断して六本木に出掛けるこ

とにした。

果奈枝の鮨の営業形態は、予約客が全員揃ってから一斉におまかせコースをスタートする、という近頃流行《はや》りのスタイルだった。昼は正午からの一回転、夜は午後六時と八時半からの二回転でやっている。

予約が取れた午後六時の五分前に、タカオは店がある雑居ビルに到着した。エレベーターで五階に上がると、六本木らしくチャラチャラした男女十数人の予約客が開店を待っていた。ところが、六時になっても店が開かない。開店時間の厳守は飲食店の基本だ。じりじりしながら五分ほど待っていると、ようやく着物姿の女店員が暖簾《のれん》を掛け、待ちわびていた客がぞろぞろと店内に入る。

思ったより広い店だった。十人座れる鉤形のつけ台と半個室のテーブル席が二つ。合わせて二十四席ほどある。内装もそれなりに凝っていて、高級ホテルのテナント鮨店を彷彿とさせる造りになっている。

タカオはつけ台の一番端に席を与えられ、さらに十分ほど待たされた。クラブの同伴と思われる中年男と若い女の二人連れが遅れてきたため、時間通り来店した全員が待たされるはめになり、またしても苛つかされた。

ようやく客が揃ったところで、つけ場に若手と年配の男鮨職人が二人並び立ち、店の奥から親方の果奈枝が舞台の主演女優のような物腰でつけ場に現れた。見た目はまだ二十代後半といった印象で、長い髪を後ろで結び、ピンクの作務衣《さむえ》をまとっている。おしゃれのつもりか、前髪は目元まで長く伸ばし、見栄えのする卵型の顔にはメイクを施している。

「大変お待たせいたしました。本日は、ごゆるりとお楽しみくださいませ」

果奈枝親方が微笑みを浮かべ、深々と腰を折った。やけに芝居がかった口調と仕草だったが、それがこの店のお約束なのか、お客たちもまた畏《かしこ》まった面持ちでお辞儀を返す。

タカオは噴きだしそうになった。それでも親方と客は大真面目らしく、その後も終始、違和感だらけの時間が続いた。

魚はそこそこ良いものを使っていた。高級店としては当たり前のことだが、ただ、提供の仕方がいただけない。一斉スタートしてシャンパンやら日本酒の特別大吟醸やらの高級酒が行き渡るなり、客のペースなどおかまいなしに、つまみをどんどん出して、すぐさま握りはじめ、一貫ごとに右端の客から順に配っていく。

握りの形は回転鮨に毛が生えたレベルで、そこそこ良い魚もこれでは台無しだ。しかも、一貫握るたび客に手のひらを差しださせ、ひょいと手渡しする。手巻きの鮨に限って手渡しする店はあるものの、すべて手から手に直接なのだから、どうにも気持ちが悪い。

若い女から手渡されて、男が脂《やに》下がるとでも思っているんだろうか。それにしては女性客にも同じようにしている。

「つけ台に置いてくれるかな」

たまりかねて言った。テーブル席の客には、一貫ずつ若手の男職人に皿で運ばせている。それと同じでいい、と念押ししても、

「うちの流儀ですから」

どこ吹く風で、はい、とまた手渡ししようとする。さすがに手を出さないでいると、果奈枝は

拗ねた表情を作り、困ったちゃんね、とばかりにほかの客に流し目を送りながらつけ台に置く。

その〝女〟を強調した仕草が、いちいち芝居がかっていてまた鼻につく。どの客も果奈枝の登場シーンから携帯でSNS用の写真を撮りまくっているから、それが客へのサービスだと思っているのだろう。握っている途中で歌舞伎のようなポーズを決めてみせたり、日本刀ばりに刃渡りの長い柳刃包丁を、えいやと振るってみせたり、

「この魚は何？」

と客に聞かれれば若手男職人に丸ごと持ってこさせて、こちらでございます、と魚を掲げてポーズを決めてみせる。まさにアイドルの撮影会さながらの時間がたびたび差し挟まれ、もっと鮨に集中してくれ、と何度注文をつけそうになったことか。

おまけに中盤からは、スタート時の十五分遅れを取り戻さんと、二人の男鮨職人もつぎつぎに握りはじめ、俎板に並べ置かれた鮨を果奈枝が客に手渡ししていく。いわばバケツリレー方式で、これまた気持ち悪い。

いまや職人たちは八時半からの二回転目のことしか頭にないらしく、スローペースの客は食べる速度が追いつかない。まだ前の鮨を食べていないのに、つぎの鮨を手渡されてあたふたしている。のんびり酒を飲んでいる客にも急かすようにどんどんお酌してペースを上げさせる始末で、もはや食事を愉しむどころではない。

こうして慌ただしい二時間、いや正確には一時間四十五分が瞬く間に過ぎた。いくら魚がそこそこだったにしても、鮨の味などろくに覚えていられない。そして最後は、果奈枝親方が客全員と記念写真を撮ったところで一回転目はお開きとなったが、写真をパスしたタカオは、心底、呆

れ返った。

後日、鮨屋の知人に聞いたところ、こうした高級鮨店は意外に増えているのだという。男の親方の店であっても、一斉スタートで鮨を手渡ししたり写真用に見得《みえ》を切ったりするのはもちろん、売れないピン芸人のような冗談を飛ばしまくったり、客全員にダンスの振りをやらせたりもする。つけ場を舞台と勘違いしたかのようなこの手の店は、〝劇場系〟とか〝パフォーマンス系〟とか称され、

「またそういうのを喜ぶ客がいるんだよ」

と知人は笑っていた。

果奈枝の鮨もまた〝果奈枝劇場〟と呼ばれて、いまや親方の妖艶なパフォーマンスに魅せられたファンまでついているという。こうなると、もはや鮨屋の親方というよりは鮨パフォーマーと言うべきだろうが、これで基本は三万円台。勧められた高い酒を飲んだら四万五万いってしまうのだから、根っからの鮨好きには納得がいかない。

もちろん、好みは人それぞれだし、これが好きな人は好きでいい。それでも、本格江戸前を謳っていながら、あんまりだろう、とタカオは腹が立った。

これを真菜は知らないんだろうか。

ふと思った。一週間で飛びだした元弟子が、近くでこんな店をやっていると知った日には、どんな顔をするだろう。

「それって鮨版のメイドカフェじゃん」

その晩、帰宅してミサキに報告すると、世の中、いろんな商売を考えだす人がいるもんね、と嘲笑した。

「まあ実際、あれで高い金を取れちゃうんだから、やめらんないだろうな」

タカオも笑うと、

「やっぱ一週間で逃げちゃう女なんて、その程度のやつってことよね。これはクロかも」

ミサキが嫌疑を向ける。

「おれもそう思う。今夜は二回転目が終わるまで待つ時間がなかったけど、今度、折を見て本人を直撃しようと思ってる」

「折を見て、なんて言ってないで、明日行ってきなよ。早いほうがいいし」

「けど店は？」

「また香津子さんのお母さんと常連さんに助けてもらうから大丈夫。ヤッさんがほんとに北海道にいるのか、そっちも気になるし、さっさと直撃したほうがいいよ」

そこまで言われたら明日行くしかない。

その晩は改めて深夜まで攻め口を考え、ろくに寝ないまま翌朝は五時に起床。店の掃除や蕎麦前の仕込みを終えた午前八時過ぎ、眠い目を擦りながら再び六本木へ向かった。

八時半を回れば果奈枝の鮨も仕込みに入っているはずだ。この時間が狙い目だと考えたのだが、ただ、いきなり押しかけても追い払われる。手土産を持参して懐柔しよう、とネット検索したところ、いかにも六本木らしくモーニング営業しているパティスリーを見つけた。これだ、とばかりに道すがら立ち寄り、チョコケーキを包んでもらった。

手土産を手に目指す雑居ビルの五階に上がった。まだ暖簾を掲げていない店の引き戸をガラガラと開ける。

「おはようございます」

遠慮がちに声をかけて店内に入った。

つけ場の中で若手の男職人が魚を捌いている。その傍らでは白髪頭の男鮨職人が、ぶつくさ小言を垂れている。どうやらタカオに気づいていないらしく、

「だから客のわがままなんてシカトしてりゃいいんだ。あんたの仕事は客あしらいだってことを忘れてもらっちゃ困るんだよ」

ねちねちと責め立てている。

責められているのは果奈枝親方だった。仕込みの手を止め、白髪の鮨職人の前で、しょんぼりとうなだれている。どっちが親方かわからない状況に面食らったが、

「あの、すみません」

改めて声をかけた。白髪の男職人が、ようやく気づいてこっちを見た。

「仕込み中、本当に申し訳ありませんが、ちょっと親方に」

「は？」

「ぜひ、ゆうべのお礼を言わせていただきたいと思いまして」

手土産のチョコケーキを差しだした。途端に白髪の職人は作り笑いを浮かべ、

「わざわざ、すみませんねえ」

ぺこりと頭を下げてケーキを受け取る。それを見て果奈枝親方も、

「ありがとうございます」

丁寧に頭を下げる。すかさずタカオは、

「ちょっとだけお話、いいすかね？」

恐縮した体《てい》で店の外に目配せした。果奈枝親方は一瞬、躊躇《ためら》いを見せたが、

「ちょっとだけ、ご挨拶してこい」

白髪の職人に促され、

「あ、はい」

前掛けを外して店を出ていく。タカオはほっとして白髪の職人に礼を言い、果奈枝親方の後を追った。

雑居ビルの一階に降りると、隣のビルにチェーンのカフェがあった。店頭のカウンターで、アイスラテでいい？　と果奈枝親方に確認して二つ買い、奥のテーブル席に着くと、

「覚えてるよね、ぼくのこと」

最初に聞いた。

「手渡しを拒まれた方、ですよね」

やはり目立ったのだろう、ちゃんと覚えていた。非難する口調ではなかったものの、お礼に来ただけではないと察したようで、緊張した面持ちでいる。

ここは直球で迫ったほうがよさそうだ。タカオはそば処みさきの名刺を渡して名乗り、

「実は、鮨まなと懇意にしていてね」

と言い添えて顔色を窺った。

明らかに動揺が見てとれた。舞台女優のごとく振る舞っていた昨夜とは別人のように、急におどおどしはじめる。かまわず続けた。

「いま鮨まなが、とんでもない被害に遭っていてね。真菜親方の代わりに元弟子の人たちを訪ね歩いてるんだけど、果奈枝さんは何か心当たり、ないかな」

形の整った大きな瞳を覗き込むと、果奈枝は顔を引き攣《つ》らせ、すっと目を伏せる。そのままじっと考えていたかと思うと、

「あの、ひょっとしてあたし、疑われてるんですか？　でも、あたし、ネットバッシングなんかやってません」

平然と答える。タカオは仰け反りそうになった。のっけから語るに落ちたというやつだった。鮨まながどんな被害に遭っているか、こっちはひと言も口にしていない。

それでも知らんぷりしてたたみかけた。

「とにかく鮨まなの危機なんだ。疑ってるとかじゃなくて、もし何か知ってるならぜひ話してほしい」

「そう言われても」

ぽつりと呟いたきり果奈枝は黙り込んでしまった。こんなにわかりやすい反応はなかった。果奈枝がどう関わっているのか、それはわからないが、まず間違いなくクロだろう。

となると、どう攻略すべきか。ここは性急に攻め込むより、じわじわ追い込んだほうがよさそうだ。

ふと考えていると、そのとき、男が一人、ずかずかと店内に入ってきた。茶髪の毛先をやたら

遊ばせたヘアスタイルに細身のスーツ。三十そこそこと思われるが、そのホスト然とした風体に目を奪われていると、男は果奈枝のもとに歩み寄るなり、

「のんきにお茶してる場合じゃねえぞ。聞いたぞ、ゆうべのこと」

威圧するように言い放ち、一緒にいるタカオを舐めまわすように見る。因縁でもつけられるのかと身構えていると、果奈枝が素早くタカオの名刺を仕舞い込んで席を立ち、

「すみません、仕事中なので」

あとでまた、と小声で言い置くなり、気色ばむ男とともにカフェを出ていった。

## 7

「あらら、もう帰ってきたの？」

築地の店に戻ると、ミサキがぽかんとしている。

今日は時間をかけて決着をつけてくる、と言い残して出掛けたのに、まだ午前十一時前だ。いささか拍子抜けしたらしく、当てが外れたの？　と顔を覗き込んでくる。

「ていうか、感触としてはクロだと思うんだけど、いろいろ裏事情がありそうでさ」

「裏事情？」

「詳しいことは、これからだ」

「じゃあ、北海道のほうにはまだ手をつけられない？」

「まあそうだな。あとでまた彼女と話せるかもしれないから、そこで落とせるかどうかで決ま

る」

「そっかあ」

ミサキが口元を歪めた。赤子を背負って働きながら気を揉んでいたのだろう。がっかりしているようだが、どうしようもない。

「とりあえず、昼からの仕事に集中するよ」

タカオはそう言うと、香津子さんの母親に電話して子守りをキャンセルし、仕事モードに切り替えた。

ほどなくしてランチの客が来店しはじめた。接客と蕎麦前作り、その合間にオムツ替えとバタバタしているうちに、時計は午後二時半。ここでようやく一段落して午後休憩に入り、賄いを食べ終えるなり睡魔に襲われた。

振り返れば昨夜は三時間も寝ていない。今日も朝から準備して六本木に行って店に立ってとフル回転だっただけに、くたくただった。

「夜営業まで昼寝してくる」

ミサキに告げて二階に上がり、居間のソファに倒れ込むなり、すとんと寝てしまった。

目が覚めたときには、窓の外が真っ暗になっていた。ヤバっ、と跳ね起きると、時計は午後十一時近くになっている。

まあよく寝たものだった。このところは肉体的なきつさに心労も加わり、思った以上に疲れていたようだ。まいったなあ、と大きな伸びをして冷蔵庫から冷たい麦茶を出して飲んでいると、傍らの携帯が振動した。

知らない番号からだった。もしや、と思い応答してみると、

「鮨職人の果奈枝です」

案の定だった。

「いまちょっと、お時間をいただけないでしょうか。タカオさんのお店の前にいます」

「え、うちの前？」

急襲もいいところだった。

「突然すみません。昼間は失礼しちゃったので、こんな時間にあれですけど、ちょっとだけでもお話しできればと思いまして」

店を早めに切り上げて飛んできたという。いまからかあ、と思ったものの追い返すわけにもいかない。

「わかった、すぐ降りる」

携帯を切って階段を降りかけると、

「やっと起きた？」

ミサキが寝室から出てきた。カナサを風呂に入れて寝かしつけたところだそうで、

「あなたも疲れてるんだね。いくら起こしても起きないから寝かせといた」

肩をすくめて微笑む。

「ごめんな。で、いま起きたら六本木の容疑者から電話があって、店の前にいるらしい」

まいったよ、と舌打ちしてみせた。

「あら、向こうから来てくれたんなら、飛んで火に入るってやつでラッキーじゃん」

あたしも会う、とミサキは意気込み、二人で階下に降りると、店のシャッターの前に、本当に果奈枝が立っていた。

メイクを落としたすっぴん顔でジーンズ姿。舞台女優のごとく振る舞っていたときとは別人のような暗い表情でいる。

何かあったんだろうか。容疑者とはいえ、さすがに気になって、店内に招き入れてテーブルを挟んで向き合うなり、

「昼間の男と何かトラブったのかい？」

タカオは聞いた。どこのだれか知らないが、やたら高圧的な物言いが印象に残っている。

果奈枝が言いづらそうに答えた。

「ゆうべうちの店で、タカオさんにだけ鮨を手渡しでなく、つけ台に置きましたよね。それでちょっと」

「文句言われたのかい？」

あの男に見覚えはなかったが、手渡ししなかったぐらいでガタガタ言ってくるとは、どういう輩なのか。

「あの人、実は、うちのエリアマネージャーなんです」

思わぬ言葉が返ってきた。

「けど、あそこって果奈枝さんの店だよね」

「ふつう、そう思いますよね。でも、表向きはあたしの店っぽくしてますけど、本当は隠れ飲食チェーンの店なんです」

これにはミサキが口を挟んできた。

「何なの？　隠れ飲食チェーンって」

ちょうどお茶を淹れてきたところだったが、訝《いぶか》しげにしている。慌てて果奈枝が説明する。

「店の名前や店構えは個人オーナーの店みたいなのに、本当は飲食チェーン会社が経営している店のことです」

素人には見抜きにくいが、いまどきは、あえてチェーン店に見えないように店舗展開している会社が増えているそうで、果奈枝の鮨も、その手の会社が経営しているのだという。

「じゃあ果奈枝さんは、飲食チェーンの支店長みたいなもの？」

またミサキが問う。

「支店長とは違います。店の広告塔っていうか、そんな感じですね」

企業の言葉で言えば、店のイメージ戦略の前面に立ち、販売促進に繋がる調理パフォーマンス接客に務める役職、ということらしい。

「わけわかんない」

ミサキが眉根を寄せた。タカオも戸惑ったが、とりあえず話を戻した。

「その広告塔の果奈枝さんが、今夜は何しに来たのかな？　けさは、ぼくが何も言わないうちから、ネットバッシングなんかやってない、って釈明してたけど」

皮肉を込めて問うと、

「いえ、あの、ほんとにあたしはやってないんです。けど、なんていうか、会社のほうが」

しどろもどろになっている。

「つまり、果奈枝さんはやってないけど、隠れ飲食チェーンが鮨まなのネットバッシングを仕掛けてる、ってこと？」

たたみかけると、こくりとうなずく。

「てことは、今夜は内部告発に来たわけだ」

これにも果奈枝はうなずき、

「前からだれかに言いたかったんです。でも、怖くてだれにも言えなくて」

消え入りそうな声だった。

「なのになぜ、ぼくに言うんだい？」

果奈枝の目を覗き込んだ。裏に何かありそうだ。そのエリアマネージャーとやらに何か吹き込まれてきた可能性もある。

「ですからそれは、タカオさんが真菜親方を助けるために動いているとわかったからです」

「は？」

「ていうか、ゆうべタカオさん、鮨をつけ台に置いてくれっておっしゃいましたよね。そう言われたときに気づいたんです。この人、あたしが鮨まなにいたとき、賄いを一緒に食べた人だって」

果奈枝にとっては、わずか一週間の鮨まな奉公だったが、ヤッさんと呼ばれていた角刈り男と、助手のタカオがやってきた日のことは、いまも忘れられないという。

真菜親方は外部の人間をつけ場に入れない。なのにヤッさんは、おう、と声をかけるなり、するっとつけ場に入ってきた。親方は何も言わなかった。助手のタカオに対しても同様で、そればかりか、その日に使う酢締めの小鰭をちょんと切って二人に味見させた。
お、酢を替えたな、とヤッさんは呟き、いけるじゃねえか、と口角を上げた。すると真菜親方は、でしょう？　とばかりに、はにかむような笑みを浮かべた。

そのやりとりだけで、ただならぬ間柄だと果奈枝は察した。賄いを食べはじめてからも、仲買人のトラブルについて語り合ったり、漁業資源を顧みない乱獲に憤ったり、旧知の酒蔵の杜氏《とうじ》の噂話に興じたり、和気藹々《あいあい》とした雰囲気ながら、食の世界に精通した人たちならではの会話が続いた。

果奈枝には話の半分もわからなかった。ヤッさんもタカオも、そして真菜親方も含めてすごい人ばかりだと圧倒された。あとで親方が、〝あの人がいなかったら、いまのあたしはないの〟と漏らしたことも強く印象に残っていて、こんな世界でやっていけるだろうか、と不安に駆られた。

「そんなヤッさんの助手だったタカオさんが、店に食べに来たわけじゃないですか。気づいたときは、本当にびっくりしました」

しかも、けさになって再び、真菜親方が被害に遭っている、と聞き込みにきた。それはもう二重の驚きで、とっさに否定してしまったが、すぐに後悔した。いま果奈枝がどんな立場で、どう関わっているのか、いずれ見抜かれる、と考えたら怖くなり、やっぱり真実を話そう、と会いにきたのだという。

「うーん」

タカオは唸った。こんなかたちでヤッさんが登場しようとは思わなかったが、いまひとつ納得がいかなかった。さて、どう追い込んだものか、と考えていると、

「ねえ果奈枝さん、なんかおかしくない？」

　ミサキに先を越された。

「だって、ヤッさんや真菜親方がすごかったって言ってるあなたが、なんで一週間で鮨まなから逃げだして、鮨まなをバッシングしてる会社にいるわけ？」

「いいえ、最初からバッシングしてたわけじゃなくて」

「けど結果的にはバッシングしてるわけでしょ？　話が支離滅裂だよ。いいかげん本当のことを言ってよ」

　語気を強めて果奈枝を睨みつける。

　そのとき、二階から泣き声が聞こえた。カナサが起きて夜中の授乳を求めている。間が悪いことこの上なかったが、ちょっとごめん、とミサキが席を立ち、二階に上がっていく。

　二人きりになった店内に沈黙が流れた。果奈枝は拳を握り締めたまま固まっている。

　タカオは黙ってお茶を啜った。カナサに水を差されたが、ミサキの追及に果奈枝がどう答えるか、それを待つしかない。

　腹を括ってじっと待ち続けていると、不意に果奈枝が顔を上げ、居住まいを正して口を開いた。

「どこから話していいかわかりませんが、ちゃんと話しますので、聞いていただけますか」

　あたしは東京の下町で生まれたんですが、子どもの頃から小心者で、いつもおどおどしてる子だったんですね。だから公園とかに遊びにいっても、仕切り屋の子とかいると怖くなって、砂場の隅にしゃがみ込んで一人で遊んでいたものでした。

そんな引っ込み思案な性格は、小中学校でも高校でも変わりませんでした。でも、これじゃいけない、と思ったのは高校卒業が近づいたときでした。もともと料理は好きだったので、飲食関係の仕事に就こうと思ってネットで調べていたら、たまたま真菜親方の記事を見つけたんです。

こんなかっこいい女性がいるんだ。あたしも女鮨職人になって強く生きていきたい。そんな憧れを抱きました。

それで思いきって真菜親方を訪ねたら、

「見習い弟子でよければ、修業にきたら？」

と言ってくれた。

舞い上がりました。あたしは生まれ変わるんだ、って熱に浮かされたような気分でした。

でも、いま考えると、そのときは、ただ女鮨職人っていう言葉に憧れていただけだったんですね。なにしろ当時は、鮨といったら回転鮨しか知らなくて、本格江戸前の鮨職人がどんなものかもわからないまま、ＯＬにでもなったつもりで初日はスーツを着てメイクして出勤したんですから。

真っ先に親方から叱られました。

「なにその顔は、すぐ洗ってきなさい！」

あとはもう一日中、仕事に追われっぱなしでした。兄弟子からも叱られてばかりで、とてもついていけない。もう初日から逃げだしたくなりました。

翌日にはヤッさんとタカオさんがやってきました。で、さっきもお話ししたように、こんなすごい人たちがいる世界だと思ったら、ますます怖くなっちゃって。

それでも一週間は頑張らなきゃ、って耐えたんですけど、定休日が明けた翌朝、もう辞めよう、って決めて出勤したんです。なのに怖くて親方に言えないでいたら、急に買い物を頼まれたので、結局、そのまま逃げちゃいました。

いま思えば、真菜親方には本当に迷惑をかけました。実家の両親にも呆れられたし、自己嫌悪にも陥りました。それで、いろいろ考えた末に、子ども時代から貯めていた貯金を下ろして鮨学校の三か月速成コースに通いはじめました。鮨修業に挫折した、と友だちに笑われるのも嫌で、せめて握れるようになろうと思って。

そんなとき出会ったのが、エリアマネージャーの鮫島《さめじま》です。『フーディズム旬』っていう隠れ飲食チェーンの社員で、高級鮨店を開くために鮨学校へスカウトにきていて、

「きみなら、いきなり親方に抜擢する！」

と熱心に誘われました。

でも、いきなり親方なんて、と尻込みしていたら、男の鮨職人が手助けするから大丈夫、きみは看板娘として愛敬を振りまいていればいいんだから、と迫られて、つい誘いに乗ってしまって。

開店したのは三か月後でした。鮨学校に通いながら開店準備を手伝っていたら、どうにか握れるようになったのですぐ店に立たされました。ただ、何万円も取る店なのに、握りの腕は回転鮨のパートレベルでしたから、魚は上物でも握り方で台無しにしちゃうみたいで、最初は全然お客が入りませんでした。

そしたら会社の幹部が、どうなってんだ！　って怒りだしたみたいで、慌てて鮫島が、

「実は隣町に、同じ女親方の鮨まなっていう強敵がおりまして。でも、うちの女親方のほうが若

くてかわいいので、今後は、いま流行りの劇場系に特化して差別化します」と、その場の思いつきで言い訳したんです。あんなおやじ向けの店とは競合しない、って開店前は笑ってたのに、しれっと鮨まなのせいにして、集客のために劇場系の特訓をはじめました。六本木のショーパブで舞台演出をやってる男を鮫島が連れてきて、

「舞台の発声法やポーズの決め方をビシビシ鍛えてもらって、女を武器にした看板娘キャラになりきれ！」

ってあたしに命じてきたんです。

正直、嫌でした。でも根が小心者だから逆らえなくて、黙って練習をはじめたら不思議なもので、気がついたときには女役者の仕草や流し目ができるようになっていました。

それでも不安な鮫島は、幹部に強敵だと言い訳した手前、鮨まなを牽制するためにノーショーとネットバッシングも仕掛けました。チェーンの正社員たちの携帯から予約を入れさせたり誹謗中傷させたりして、一方で果奈枝の鮨の絶賛コメントも書かせまくったんです。

おかげで店が賑わいはじめました。でも、それは鮨まなのお客さんが流れてきたんじゃなくて、六本木のチャラい人たちが集まってきただけだと思います。それでも幹部は大喜びで、これで突っ走れ、って発破をかけてきて。

あたしは複雑でした。何度も辞めたいと思いました。でも、辞めるなんて言ったら鮫島に怒鳴りつけられるに決まっているし、友だちからも、また辞めたんだ、って笑われる。

だから、いまは毎日が惰性です。ここまできちゃうと、やりがいも何もなくて、ただ言われた通り演技を続けているだけで、もうどうしていいかわからないんです。

あたし、どうしたらいいんでしょう。どう生きていけばいいんでしょう。

もう本当に、わからなくなっちゃって。

果奈枝が鼻を啜り上げた。堪え続けてきた鬱屈を吐露して感極まったのか、何度も涙を拭っている。

たまらずタカオは怒鳴りつけた。

「ありきたりな身の上話はそんだけか！」

果奈枝がビクッと震えた。とっさにヤッさんの常套句を口にしてしまったタカオ自身も驚いたが、それでも憤りは収まらなかった。

「そんな泣き言に、だれがほだされると思ってんだ。あたしは小心者だから、鮫島に怒られるから、友だちに笑われるから、って、やたら言い訳だらけの身の上話なんかにすがって生きてっから、ろくでもねえ連中に利用されちまうんだ！」

けっして隠れ飲食チェーンというビジネスが悪いわけじゃない。だが、勝手にライバル視した個人店を企業ぐるみで非道に潰しにかかる行為は、どう釈明しようと許せない。不本意と言いつつ加担している果奈枝だって、言うまでもなく同罪だ。

「世の中には、やっていいことと悪いことがある。一週間といえども親身に指南してくれた人を貶めてどうすんだ。どう生きていけばいいんでしょう、なんて間抜けな泣きごと言ってねえで、ちったあ自分の頭で考えろ！」

最後にまたヤッさんばりのべらんめえで怒鳴りつけてしまった。

# 8

機内の小さな窓から見える滑走路に、陽炎が揺らめいている。

もう九月上旬だというのに、ここ数年の世界的な気候変動のせいか、都内は連日、八月も顔負けの猛暑が続き、今日も午後三時過ぎだというのに厳しい陽射しが照りつけている。

羽田《はねだ》空港まで奮発したタクシーの運転手も、熱中症のお客さんの搬送が多いんですよ、と嘆息していたが、札幌《さっぽろ》はどうなんだろう。

さっき空港の出発ロビーから、函館の市場で働いているミサキの母親に電話したら、

「こっちはもう、すっかり秋空よ」

と言っていた。札幌も同じだとしたら、一泊二日といえども猛烈な暑さから逃れられると思うと、その点は嬉しい。

といって、浮かれてはいられない。久しぶりの札幌だが、現地に到着したら、その足でヤッさんを捜さなければならない。

その後、ヤッさんが札幌の地を踏んだところまでは確認できている。屋台ラーメンの健吾青年が紹介してくれた秋田の運送会社の運転手に連絡したところ、ヤッさんを同乗させた経路を教えてくれた。築地から茨城県の大洗《おおあらい》港へ行き、フェリーに乗って苫小牧《とまこまい》に上陸。そこから道央自動車道を辿って札幌市街に入り、札幌市中央卸売市場で荷下ろしするとき、ヤッさんも下車したという。

調べてみると、札幌市中央卸売市場は道内最大の市場らしい。ヤッさんが札幌に拠点を移したのであれば、足場にしている可能性は高い。もちろん、札幌以外の街に移動した可能性もなくはないが、先週、ミサキの母親に電話したら、函館の市場には出没していないようだった。さっき出発ロビーから電話したのも再確認のためだったが、

「やっぱ函館の市場には来てないみたい。どこ行っちゃったのかねえ」

と心配していた。

となれば、やはり札幌を拠点にした、と考えるのが妥当だろう。ただ、いまだに釈然としないのは、なぜ北海道を選んだのか、という疑問だ。かつてヤッさんは、冬が厳しい北海道で宿無し生活はきついから、立ち寄ることはあっても拠点にはしない、と言っていた。もうじき厳しい冬を迎えるというのに、わざわざ居ついたりするだろうか。

考えるほどに謎は深まるばかりだったが、いずれにしても時間がない。札幌に着いたら即、行動に移すしかない。

タカオは改めて気を引き締め、小窓の景色に目をやった。思いに耽っているうちに札幌便は羽田空港を離陸し、いつしかシートベルト着用サインも消えている。窓の外には紺碧の空が広がり、遠くに別の旅客機が飛んでいる。

そういえば、あれから果奈枝はどうしたろう。もうひとつの件も気になった。

実は、タカオが怒鳴りつけた翌日の午後、再び果奈枝から電話があった。

「昨夜は大変失礼しました」

まずは神妙に謝罪されて、一瞬、タカオは身構えたが、前夜とは一転、果奈枝は晴れやかな声

で続けた。

「タカオさんにひとつご報告なんですが、たったいま、フーディズム旬を辞めてきました」

　え、と声を上げそうになった。当然ながら鮫島は怒り狂い、いまさら辞めさせねえ、と凄んだそうだが、だったら労基に訴えます、と逆襲して強引に辞めてきたという。

「タカオさんのおかげで目が覚めました。ひと晩、寝ないで悩みましたけど、まずは会社を辞めることからはじめようと思って、生まれて初めて自分を貫き通しました」

　ありがとうございました、と今度は礼を言われた。

「しかし、これからどうするんだい？」

　急に責任を感じて問い返した。

「自分の頭で考えて動きます」

　それが答えだった。果奈枝の鮨で舞台女優のごとく振る舞っていたときとはまるで違う、彼女自身の意志が宿ったひと言だった。

　もちろん、これで鮨まなの問題が解決したわけではない。果奈枝の後釜が見つかったら、あの店は再開するはずだから、それまでに再度、果奈枝に会って新たな対応策を練っておく必要がある。

「落ち着いたら、また電話をもらえるかな」

　とりあえず、それだけ告げて電話を切ったのだが、できれば、真菜と三人で会って話したほうがいいかもしれない。

　つらつら考えているうちに、眠気に襲われた。札幌に着いたらまた忙しくなる。いまのうちに寝ておこう。シートを倒して目を閉じたら、そのまま眠りに落ちてしまった。

どれくらい寝ていたろう。夢も見ないで眠りこけていたら、機内アナウンスに起こされた。もうじき着陸態勢に入ると伝えている。新《しん》千《ち》歳《とせ》空港には午後五時過ぎの到着だというから予定通りのフライトだ。

今回の札幌滞在は、ミサキの負担を軽くしたくて、明日の定休日と絡めた一泊二日にした。それでも今日の夜営業は香津子さんの母親に助っ人を頼むはめになったが、

「子守りぐらい大丈夫。あたしもヤッさんのことは気がかりなんだから、頑張って捜してきてちょうだい」

と励ましの言葉が返ってきた。

ただ、札幌の街に着くのは午後六時頃になりそうだ。明日も午後の便を押さえたから、正味の滞在時間は丸一日ちょっとしかない。

うかうかしてはいられない。到着したら即座に行動開始だ。タカオは改めて自分に気合いを入れて、シートベルトを締め直した。

札幌市街の中心部、大通公園沿いのビジネスホテルにチェックインしたときには、すっかり陽が落ちていた。

時刻は午後六時半過ぎ。急いで部屋に荷物を運び込んだタカオは、すぐまた大通に飛びだし、走ってきたタクシーを拾った。

「札幌市中央卸売市場まで」

運転手に告げると、

「いまからですか？　もう何もやってないと思いますけど」

大丈夫ですか？　と訝しげに確認された。

「いや、明日の朝、もう一度行くつもりなんで、その下見です」

滞在時間が限られているだけに、効率よく回れるよう当たりをつけておきたかった。

「そういうことなら、場外の海鮮食堂は電話で予約しとけば、並ばなくてすみますよ」

「あ、そうなんですね。ちなみに、場内にも入れますかね」

念のため確認した。豊洲市場では、素人や観光客は見学コースにしか入れない。

「札幌市場は仲買店の前まで行って見学できます。一応予約が必要ですけど、観光客っぽくなきゃ、するっと入れちゃいますよ」

運転手は笑った。要は、仕入れ人のふりをしていれば大丈夫、ということらしい。

十五分ほどで到着した札幌市場は闇に包まれていた。明かりを灯した通用門には、時折、トラックが出入りしているが、人の行き来はほとんどなく静まり返っている。場外市場も歩いてみたが、こっちも変わらない。

そのまま市場を一周し、場内への出入口など位置関係を確認してから表通りに戻ると、運よくタクシーが走ってきた。すかさず止めて、つぎの目的地、ススキノへ向かった。

札幌随一の飲食店街といったらススキノだ。市場以外にヤッさんが立ち回る先は、そこしかないはずだ。

ただし、ヤッさんの守備範囲は広い。鮨屋、割烹、小料理屋など和食系のほか、フレンチ、イタリアン、洋食屋、中華料理屋と多彩だから、とてもひと晩では回りきれない。まずは回転しない鮨屋に絞って捜そうと思った。

午後八時前、ネオン煌くススキノの交差点に降り立ったタカオは、本格江戸前鮨が売りの店を検索し、順番に回りはじめた。といっても、その手の店は予約で埋まっていることが多いから、声かけ作戦でいくことにした。

予約がなくても素知らぬ顔で入り、ぐるりと店内を見回し、

「ヤッさん、来てます？　角刈り頭の」

慣れた口ぶりで店の人に確認し、いなければさっと立ち去る。とまあ、いたって単純な方法で一軒一軒、覗いて歩くことにした。

まずは頑張って二十軒近く覗いたろうか。店に入って確認するだけでも意外と気疲れするものだ。途中、さっぽろラーメン横丁で味噌ラーメンを啜って一服し、後半は小料理屋に切り替えてまた二十軒ほど覗き歩いた。

ところが、深夜零時を回ってもヤッさん本人はもちろん、知っている人にすら出くわせず、仕方なく今夜の捜索は打ち切った。

翌朝は五時半起きでホテルをチェックアウトし、再び札幌市中央卸売市場へ向かった。

早朝とあって流しているタクシーは少なかったが、どうにか拾えて午前六時前には仕入れ人のふりをして、するっと場内に入った。

懐かしい、と思った。遠くに手《て》稲《いね》の山並みを望める場内の通路を行きかうターレが、バタバタとエンジン音を響かせていたからだ。豊洲市場のターレは電動式で静かに走っているが、か

つての築地場内には確か平成の半ば頃まで、このエンジン音が響き渡っていた。魚介類を扱う仲買店が並ぶフロアも、パーテーションで仕切られた豊洲市場と違って、往年の築地場内さながらの開放的な佇まいだ。

急に昔に戻った気分になって、まずは、出入口の脇の仲買店でトロ箱を整理している小太りのおやじに声をかけた。

「ヤッさんっていう人、来てませんかね」

「は？」

「角刈り頭の中年男なんすけど」

「さあ」

小太りおやじはそっけなく答え、トロ箱を手に店の奥へ行ってしまった。

いきなりすぎたろうか。反省しながら近くの仲買店に移動して、

「すみません、人捜しをしてましてね」

今度は仕事の手が空くのを待って切りだすと、若い兄ちゃんだったが、は？　と目を合わせてくれた。

「ヤッさんっていう角刈り頭のおやじでして」

「角刈り頭？　けっこういるからなあ」

小首をかしげられ、それで終わった。

聞き方が悪かったのかもしれない。つぎは斜向かいの仲買店に、

「おはようございます！」

元気よく挨拶し、これまで以上に丁寧に説明したところ、逆にうるさがられた。

だが、めげてはいられない。こうなったら数打つしかない。仕入れ人の邪魔にならないよう〝ヤッさん〟〝角刈り頭〟というキーワードを続けざまに十軒以上、投げかけてみたが、やはりだれも知らない。昨夜同様、空振りばかりでへこみそうになったが、つぎの仲買店の前に立ったとき、奥の帳場が目に入った。高机《たかづくえ》の前に若女将が座っている。

女性のほうが観察眼が鋭いかもしれない。勇気を奮ってキーワードをぶつけてみると、

「写真とかないの？」

と問い返された。そうか、写真か。うかつだった。急いで携帯を取りだしてタカオの店の開業祝いの席で撮った写真を探しだした。

「うーん、ごめんね、やっぱ知らない」

またもや空振り。ほかの仲買店でも帳場の女性に写真を見せたが、反応は変わらない。

結局、目ぼしい店に声をかけ歩いたものの収穫はなし。最後に老舗っぽい大店の五分刈り胡麻塩頭のおやじにも写真を見せたが、

「知らんなあ」

さらりと突っ撥ねられて気力が尽きた。

昨夜は深夜まで飲食店を覗き歩き、けさもこの有様とあって、うんざりしてきた。

場内はこのへんにしとくか、と出入口付近に戻ってくると、最初に目を合わせてくれた兄ちゃんがいた。せっかくだから、と再び声をかけて写真を見てもらったが、またしても首を横に振られて落胆していると、

「おい、見せてみろ！」

出入口の脇の仲買店から声がかかった。あの小太りのおやじだった。仕事が一段落したのか、マグカップでコーヒーを飲んでいる。

慌てて写真を見せた。

「おお、この人か。おれは付き合いないけど、確か飲食コンサルだったかな」

顎をさすりながら言う。

「あ、ご存じですか。コンサルっていうか、東京の豊洲市場では、無料で相談に乗ってくれる宿無し男として有名だったんです」

「宿無し男？　じゃあ違うか。確か宮《みや》の沢《さわ》のマンション住まいでコンサルも商売らしいし」

がっくりきた。宮の沢とは市営地下鉄の駅名らしいが、マンション暮らしでコンサル商売となるとヤッさんではない。

「他人の空似ってやつかな」

小太りおやじはそう言って笑ったが、それ以上の情報は出てこなかった。

念のため場外市場もざっくりと聞き歩いたが、さしたる情報はなし。仕方ない、つぎはススキノに近い二条市場《にじょういちば》に行ってみるか。観光客向けの色合いが濃い市場だが、可能性はゼロではない。よし、と気合いを入れ直して通りに出ると、客待ちしているタクシーがいた。すぐさま乗り込み、行き先を告げる。

タクシーが走りだした。やれやれと息をついてタカオは車窓に目をやった。反対車線でも二人連れがタクシーを拾っているのが見えた。一人は仕入れ籠を抱えた中年男、もう一人はスーツ姿の角刈り男。

角刈り男？　と思わず二度見した。

ヤッさんだ！　なぜか似合わないスーツにネクタイを締めているが、他人の空似ではない。間違いなくヤッさんだ！

二人がタクシーに乗り、すぐ発車した。

「運転手さん、いまのタクシー、追ってください！」

とっさに声を張った。

「どのタクシーです？」

「逆方向に走っていったやつです！」

慌てて後方を指さしたものの、ヤッさんを乗せたタクシーは、すでに走り去っていた。

## 9

帰京して数日後の定休日。朝一番で真菜から電話が入った。

「急なことで申し訳ないんですけど、昼頃、ちょっとおじゃましていいですか？」

またしても鮨まなで異変が起きたんだろうか。ちょっと緊張したが、

「全然大丈夫だよ、今日は一日ごろごろしてるし」

あえて軽い調子でタカオは答えた。

真菜がやってきたのは、午前十一時半過ぎだった。カジュアルなパンツスタイルで、

「ごめんなさいね、せっかくのお休みに」

恐縮顔で挨拶された。いつも男前な親方姿を見慣れているだけに、やけに若やいで見える。店内に入ってもらい、昨夜の営業後、テーブルに載せた椅子を下ろしていると、

「これ、お昼ごはんにどうぞ」

手土産を差しだされた。

「あら、あたしも蕎麦を打ったのよ」

カナサを背負ったミサキが、打ち立ての蕎麦を入れた生舟《なまぶね》と呼ばれる箱を持ってきて見せる。

「だったら、昼めしがてら軽く昼飲みする？」

タカオは言った。リラックスして話したほうがいい気がして、おれは蕎麦前を作るからさ、と言い添えた。

「うん、賛成。ぜひ飲んで」

ミサキも賛同する。あたしは授乳があるから飲めないけど、遠慮なく、と。

「じゃ、お言葉に甘えて」

真菜が嬉しそうにうなずき、カナサの頰をつんつんと突っついて微笑んでいる。思ったほど深刻な話ではなさそうだ。

早速、タカオは厨房に立ち、板わさと山葵の茎漬け、そして栃尾のあぶらげを使った〝栃尾牡《か》蠣《き》〟も作ってテーブルに並べた。

「それって新作ですか？」

真菜が栃尾牡蠣を指さす。

「実は、持ち逃げ犯を訪ねた帰りに思いついたんだよね」

ミサキも気に入ってくれて、つい先週、店のメニューに加えたばかりだ。

作り方は簡単で、六等分した栃尾のあぶらげの断面に切れ込みを入れ、クリームチーズを薄く塗って牡蠣のオイル漬けを二つ詰める。コンロで軽く炙って小皿に盛ったら真菜直伝の煎り酒を回しかけ、茗荷《みょうが》のみじん切りと粉山椒を振れば出来上がり。

「ちなみに、あぶらげは持ち逃げ犯が直送してくれてるんだけど、けっこう人気でね」

ビールを注ぎながらタカオが言うと、

「まあ立派に更生したこと」

真菜がおどけて笑った。

大樹と会った件は、真菜にも電話で伝えてある。容疑者に会ったら新作蕎麦前ができたなんて、人と人の縁って不思議ですよね、と真菜は肩をすくめ、

「じゃ、あたしのお土産も開けてください」

と促す。では遠慮なく、と包みを開けると、経木《きょうぎ》の折箱に海鮮太巻きが入っていた。

「これ、さっき勇斗が巻いたんですよ」

「え、休みにわざわざ巻いてくれたのか」

「違うんです、今日は〝勇斗デー〟なので」

勇斗もそろそろ独立を見据えて、スキルの完成度を上げていく時期にきている。そこで、信頼できる常連客にだけ声をかけて、月に一回、定休日に勇斗デーと称して親方を経験させることにしたのだという。

もともと真菜は店の営業後、残った鮨種を弟子に握らせて賄いにしている。そんな日常を通じて弟子を育てるのも親方の仕事と心得ているそうだが、今回は勇斗がタカオに相談してくれたおかげで真菜は助けられた。その感謝も込めて、鮨種は同レベルでも勘定は抑えた勇斗デーを思いついたそうで、

「けどおれ、聞いてない」

タカオは拗ねてみせた。

「タカオさんは、いろいろ忙しいと聞いてますから、落ち着いたらご夫婦に声をかけます」

「しかし、勇斗一人でやれるのかい？」

「いえ、アシスタントの弟子がいますから」

「また新しい弟子を雇ったんだ」

「はい、果奈枝っていう新弟子を」

「果奈枝を？」

「ええ。彼女、あの会社を辞めてすぐ、うちに謝りにきたんです。弱い自分に負けて、あんな会社に踊らされて真菜親方にも迷惑をかけてしまって、申し訳ありませんでした。タカオさんに叱られて目が覚めました、って」

今日、真菜がわざわざ訪ねてきたのは、実はその報告とお礼のためだという。

「それはびっくりだな」

「あたしだって驚きましたよ。しかも彼女、長い髪をばっさり切って五分刈りにして、なぜ鮨まなから逃げたのか、なぜあの会社に取り込まれたのか、懺悔《ざんげ》してくれたんです」

「そこまでやったんだ」

まだ信じられない思いだった。

「でも、いまの果奈枝の言葉に嘘はないと思いました。だから思いきって、うちで修業し直さない？　ってあたしのほうから誘ったんです」

失敗を糧に一からやり直せば大丈夫、と諭したところ、よろしくお願いします、と最後は泣き崩れたという。

「真菜さん、すごいね」

ミサキが目を瞬かせている。タカオは胸を衝《つ》かれていた。大樹のときもそうだったが、やはり真菜という女性は器が違う。

「そんなことないですよ。あたしだって未熟だった頃、修業先の鮨吟の親方とヤッさんに、どれだけ助けられたことか。タカオさんとマリエさんも、そうだったんでしょ？」

「まあ、おれなんかヤッさんには、弟子と助手で二回も師事したしな」

苦笑いしながらタカオはビールを口に運んだ。ここにきて無意識のうちにヤッさんの台詞が口を突いて出たのも、その薫陶を受けたおかげだと思うのだが、

「ただ正直」

言いかけて、はっと口をつぐんだ。過去のヤッさんには、もちろん、感謝以外の言葉が見つからないものの、札幌で見かけたスーツ姿のヤッさんが目に浮かんだからだ。

あの件については、まだミサキにも香津子さんにも話していない。別人のようだったヤッさんをどう理解したものか、いまも心の整理がついていないだけに、再度札幌に飛んで真相を確かめ

るまで、ヤッさんは行方不明のまま、ということにしておきたいのだが、

「ただ正直、何ですか?」

真菜に問い返された。

「いやその、なんていうか、果奈枝のことはよかったけど、まだネットバッシングの問題が残ってるからなあ」

そっちの話にもっていった。

「ああ、それはもう放っておけばいいんです。果奈枝が辞めてすぐ、果奈枝の鮨も終わっちゃったので」

その後、果奈枝に代わる主演女優が見つからなかったらしく、あっさり閉店したのだという。それを境に、ネットバッシングもぱったり収まったそうで、

「さすがに隠れ飲食チェーンは、変わり身が早いですよね。ちなみに、果奈枝の鮨だった店舗は、いま羊焼肉の食べ放題店に改装してるみたいです」

真菜がくすくす笑う。

「やだマジで?」

ミサキも噴きだした。その笑い声に、ベビーベッドのカナサがぴくりと動いたが、すぐまた眠りに落ちる。

「まあ、しょせん、そういう会社ってことだよな。鮨にこだわってたわけでもなんでもなく、とにかく儲かりゃそれでいいって話で」

「哀しいですよね、そういうのって」

真菜がため息をつきながら続ける。

「あたしは、これからもヤッさんの教えを守り続けていきたいんです。あの隠れ飲食チェーンもとんでもなかったけど、いまの店をはじめた頃、あたしだって別の意味で勘違いしてました。鮨まなは完璧な本格江戸前鮨を目指して、百点満点の鮨を食べさせるんだ、って空回りしていてヤッさんに叱られたんです。飲食店ってもんは完璧だけを目指すもんじゃねえ！　料理を通じて人と人の絆を繋いでいかなきゃ長く続かねえぞ！　って。だからいまは、お客さんや仕入れ先の人たちを大切にするのはもちろん、弟子を育てることも人と人の絆を繋ぐことだと思ってるんです。いまどきは、いろんな子がいるけど、できる限りのことをしてあげようって」

　自分を鼓舞するようなその言葉に、

「ああ、だから弟子たちに給料天引きの貯金もさせてるんだ」

　大樹から聞いた話を思い出した。

「いえ、それもヤッさんが親しくしている割烹の倉垣親方がやっているって聞いたので、真似しただけです」

　真菜が謙遜する。すかさずミサキが言った。

「かっこいいね、真菜さん」

　からかっている口調ではなかった。タカオもまた心から、かっこいい、と感じ入っていると、

「褒めすぎですよ。柄にもないこと言っちゃいましたけど、いまどきの子は、ちょっと叱っただけでパワハラだなんだって騒ぐから、うんざりしてるんです。あたしもヤッさんみたく、すぱーんと痛快に叱れる人間になりたいです」

確かに、ヤッさんの叱り方は痛快だった。タカオ夫婦もマリエも、そして三番弟子だったショータも、最初はろくなもんじゃなかったが、すぱーんと叱りつけ、ときに褒め上げ、見事に社会復帰させてくれた。

ただ、そんなヤッさんに、いま何が起きているのか。あの日の札幌を思い起こすと、タカオはやるせなくなる。

その浮かない表情に気づいたのだろう。ミサキがふと我に返ったように、

「さ、二人とも飲んで！　あたしのぶんまでパーッと飲んで！」

明るく声を張って、真菜とタカオのグラスにビールを注ぎ足した。

*

最近、しばしば同じ夢を見る。

段ボールを敷いて寝ていたら、いきなり蹴飛ばされ、うわっ、半グレ襲来か、と飛び起きるとヤッさんが仁王立ちしている。

「若えくせして、こんなとこで寝てやがって、何があったんだ、言ってみろ！」、

脳天から突き抜けるような罵声を浴びせられ、仕方なく青森から上京して銀座のホームレスに落ちぶれるまでの経緯を語ると、

「ありきたりな身の上話はそんだけか！」

また怒鳴りつけられる。

たったこれだけのヤッさんとの出会いのシーンなのだが、なぜかしつこくリピートされるからたまらない。

それだけ強烈な記憶としてタカオの脳裏に焼きついているからだろうが、このリピート夢を見るたびに、札幌市場の近くでタクシーに乗り込んだヤッさんがオーバーラップする。

あれは他人の空似だったのだ。何度となくそう思おうとした。あのヤッさんが、仲買店の小太りおやじが言っていたように、マンション住まいでコンサルビジネスに走ったなんて考えられない。

もちろん、かつてのヤッさんの生き方は、社会的には異端でしかない。それでも、宿無し生活に矜持を抱き、飲食業界のごたごたに無償で立ち向かってきたヤッさんは、いまもタカオの心の支えになっている。

あの心意気は、どこへいってしまったのか。気概の塊のようだった言動は見せかけだったのか。そんな思いを反芻するほどに、タカオは焦燥感に駆られる。一刻も早く札幌を再訪し、腰を据えて真相に迫らなければ、と気ばかりが急く。

ただ、タカオの思いとは裏腹に、いまもスーツ姿のヤッさんのことを知らないミサキは、ここにきて別のことを考えはじめている。

「もしもの話はしたくないけど、このままヤッさんとオモニがいなくなっちゃったら、ひとつ考えてることがあるの。どうしても二人が見つからないときは、タカオとあたしがヤッさんとオモニみたくなったらどうかって」

「どういうこと？」

タカオが首をかしげると、ミサキは身を乗りだす。

「あたし、今回のことでタカオを見直した。これまでいろんな失敗をしてきたけど、なんかこう、タカオがひと回り大きくなった気がするの。このまま頑張り続けていれば、タカオはヤッさんの代わりになれるかもしれない。そう考えたら、あたしもオモニを見倣おう、って思ったのね。だって世の中には、あたしたち以上に大変な人たちがたくさんいるわけじゃない。あたしたちの力なんて、ちっぽけだけど、挫《くじ》けそうな人や挫けちゃった人の支えになっていけたらいいな、って」

　その気持ちはタカオにも理解できる。それが実現できるかどうかは別にして、先日、マリエからも同じことを言われたからだ。

　オモニが夜逃げさながらにいなくなった、とタカオが電話で伝えたときのことだ。オモニもヤッさんも姿を消してしまったいま、おれたち、どうしたらいいんだろう、とぼやいたタカオに、マリエは言った。

「ていうか、もし二人が消えたままだったら、あたしたち、ヤッさんとオモニの志を受け継ぐべきだと思うの。宿無し無一文でなくても、ヤッさんに育てられたあたしたちには、その気概を担う義務がある気がするんだよね」

　もちろん、まだヤッさんもオモニも消えたと決まったわけじゃない。それでも、妻と元弟子仲間から同じことを言われて、タカオ自身もいま、ヤッさんの後継者という未来を強く意識しはじめている。

　そんな思いが芽生えたからだろうか。ここにきてリピート夢から目覚めるたび、自分に言い聞かせている。札幌で見かけたヤッさんは幻だったのだ、と。矜持を捨てたヤッさんなんて、いまも信じたくない。できればなかったことにしたい。それでなければ、ミサキもマリエも心の拠り所を失ってしまうし、タカオのリピート夢も永遠に終わらない気がする。

# ヤスの本懐

# 1

やっと仕上げた文書が、一瞬にして消えてしまった。

Ａ４用紙、七枚分。左右の指一本ずつでしかキーボードを打てないから、クソ忙しい中、三日もかけて打ち上げたのに、客先に出掛ける直前、急いで印刷しようとしているさなかに悲劇は起きた。どこでどう操作を間違えたのか、いま振り返ってもさっぱりわからない。

冗談じゃねえや！

たまらず悪態をついた瞬間、自動バックアップという機能を思い出した。一か月ほど前に中古屋で買ったノートパソコンだが、運よく付属していた説明書通りにやれば文書を復元できるかもしれない。

慌てて説明書を持ちだして調べてみると、自動バックアップ機能は解除されていた。いつ解除したのかわからない。ほかの機能を設定しているどさくさに、うっかりいじってしまったんだろうか。だとしたら、どうすればいいのか。再びカタカナまみれの説明書に齧りついていると、頭がぐるぐるしてきてわけがわからなくなる。

ああもう！

ヤスは説明書に八つ当たりして床に叩きつけた。こんなとき、かつて弟子だったタカオがいてくれたら、とつくづく思う。ああ見えて昔はＩＴ会社に勤めていた。一年で会社は辞めてしまったが、パソコンはお茶の子さいさいというやつで、手元も見ずにパカパカ打っていた。

まあ、いまどきの若い連中は、だれだってそうなんだろうが、こっちは六十ならぬ五十代の手習いだ。デフォルトだのリブートだのプライマリパーティションだの、ずらずらと横文字ばかり並べられてもわけがわからない。

こんなことなら手書きでやりゃよかった。

ヤスはため息を漏らした。おこがましい話だが、これでも東京にいた頃は、そこそこ知られた存在だった。パソコンなんぞできなくたって、〝食の相談人〟として豊洲や築地に出入りしている料理人や仲買人のトラブルに立ち向かい、さくさく解決したものだった。

ところが、新型コロナウイルス騒ぎから一年余りが過ぎた七月下旬、のっぴきならない事情で札幌に移住してきた。その新天地でパソコンなんてものに手を染めるはめになろうとは、ヤス自身、想像だにしていなかった。

これでも移住当初はうまく立ち回っていた。事務所兼自宅用に一間の安マンションを借り、この街で飲食コンサルタントとして食っていくにはどうしたらいいか、考えをめぐらせた結果、まずは市場からだ、と思いついた。

ただ、伝手《つて》らしい伝手はないに等しい。長いこと宿無し生活を続けてきただけに、極寒の地はエリア外という意識でいたからだ。豊洲や築地で培った人脈を生かせば食い込めなくはないが、それはできない。この地に移住したことは限られた人にしか話していないし、それ以外の人に知られたら困る。

そこでヤスは一計を案じ、札幌市中央卸売市場の老舗仲買店『熊谷《くまがい》水産』に通いはじめた。毎朝六時に判で押したように間口の大きな店頭を覗き、何人もの従業員の手で大量に陳列されたトロ箱をじっくり品定めして、何を買うでもなく帰ってくることを日課とした。

一週間ほどで一人の従業員から声をかけられた。毎朝、品定めだけして帰っていく角刈り男に目が留まらないわけがない。

「何か探してんすか？」

こうなればヤスの面目躍如というやつだ。鮮魚のプロであれば、ちょっとやりとりしただけでヤスの造詣《ぞうけい》の深さは伝わる。ほどなくして従業員から一目置かれはじめ、毎朝、入荷した魚を前に魚談議に花が咲きはじめた。

それでもヤスは何も買わなかった。そんな様子を不可解に思ったのだろう、ある日、店の奥に陣取って業務を仕切っている熊谷社長に呼ばれた。深い皺が刻まれた四角い顔に、五分刈りの胡麻塩頭。温厚な人柄で取引先にも従業員にも慕われている二代目社長としては、黙っていられなくなったに違いない。

「毎朝通ってこられているようですが、何かご事情でも？」

耳打ちするように問われた。ヤスも小声で返した。

「実は、のっぴきならねえ事情で、この土地に骨を埋める覚悟で移住してきやしてね。飲食コンサルタントをはじめようと思ってるんすよ」

ただ、初めての土地だけに右も左もわからない。不躾ながら、老舗の熊谷水産で勉強させてもらおうと毎日通っている、と言い添えた。

「そういうことでしたか」

熊谷社長は口元を引き締め、

「差し支えなければ、のっぴきならない事情というのは？」

神妙な面持ちでまた問う。

ヤスは正直に答えた。この人なら、と腹を決め、料亭料理人を経て築地や豊洲に出入りしていたことからはじめて、札幌移住に至るまでの経緯を包み隠さず話した。

すると熊谷社長は静かに一礼し、

「そういうご事情でしたら、いかがでしょう、当面、うちの店頭に立たれてみては。アルバイト待遇で失礼がなければ、そのほうが地元の飲食業者とじかに触れ合えますし、何かのお役に立てるかもしれません」

と勧めてくれた。

願ってもない話だった。ヤスの事情を察した上で、若手従業員の刺激になれば、という経営者的な判断も働いたのだろうが、

「ぜひお願いしやす」

ヤスは深々と腰を折り、翌朝から早速、店頭に立ちはじめた。

にわかに登場した五十代の新人に、ご当地の料理人や店主たちから声がかかるようになるまで時間はかからなかった。熊谷社長の密かな後押しもあったのかもしれないが、飲食業の機微を知るヤスだけに、瞬く間に人脈が広がった。

すかさず念願のコンサル業をスタートさせた。朝は熊谷水産の店頭に立ち、昼は飲食関係者のもとを訪ねて相談に応える日々がはじまったのだが、ただ問題はそこからだった。
コンサル的なことは東京時代、長くやってきたから自信があった。報酬こそ取っていなかったが、対処法は知り尽くしているつもりでいた。ところが、いざフリーランスのコンサルタントとして活動しはじめてみると、どうもしっくりいかない。

当初は小手調べレベルの相談事が多かったため、ちょっとした助言を授けたり、飲食業者同士の縁を取り持ったり、ときに説教したり叱ってやったりすれば、難なく事を収められた。ただ、そんな単発仕事だけでは、とても商売にならない。ちょっと助言した程度では寸志がせいぜいで、まとまった売上げが立たない。コンサル業を成立させるには、多くの飲食業者と顧問契約を結ばなければ立ち行かない、と遅ればせながら気づいた。

情けない話だった。無償のコンサル的なものと商売のコンサルは別ものだった。なまじ経験があっただけに甘く見ていたが、このままでは安マンションの家賃すら払えなくなる。

危機感に駆られたヤスは夜も働きはじめた。熊谷水産で知り合った、札幌一の繁華街ススキノで割烹料理屋を営む店主に雇ってもらい、朝は仲買店、昼はコンサル、夜は板前仕事と、さらなる多忙な日々に突入した。

そんな折に、たまたま仕事をした飲食店主から不満を漏らされた。ヤスは顧問契約を意識しつつ親身に頑張ったつもりでいたのに、

「おたく、コンサル資料はないの？」

口頭だけの提案や指導ではノウハウが蓄積されない。コンサルだったら、ちゃんと資料にまと

めてほしいという。

それを機に中古のノートパソコンを入手し、ついでに古着のスーツも買った。そしてパソコンの習得に励む一方、慣れないスーツにネクタイを締めて札幌市場に通いはじめた。

「おや、お見合いでもするのかい？」

熊谷社長には笑われたものだが、そこまでして頑張ったのだ。苦労して打った文書が一瞬にして消えたことが悔しくてならない。

消えた文書は、札幌駅前に本店を構える海鮮居酒屋チェーン『磯大《いそだい》』の販売促進案をまとめたものだ。

熊谷水産の店先で出会った料理人の伝手で営業をかけ、やっとのことで提案の機会を与えられ、寝る間も惜しんで仕上げた労作だ。この提案が通ればチェーン全店の顧問契約も夢ではないだけに、チェーン各店を調査したり、担当者と飲み食いしたり、小樽《おたる》や根室《ねむろ》の漁港に出掛けたり、参考資料を買い集めたり、必要経費もかなり注ぎ込んできたのに、すべての努力が水の泡になる。

こうなったら、いまからでも手書きするしかない。ヤスはパソコンで打った内容を思い出しながら、急ぎ走り書きしはじめたが、
ああもう間に合わん！

仕方なく、ざっくりと粗筋だけ書き記した紙を手に、いまだ慣れないスーツを着てマンションを飛びだし、タクシーをつかまえた。


あっけなく討ち死にしてしまった。

磯大本店の二階の事務所に上がり、販促担当者に走り書きの紙を差しだすなり、案の定、不穏な空気が漂いはじめた。

それでも頑張って販売促進案をプレゼンした。メニューのラインアップに一貫性がない。目玉メニューに力がない。販売スタッフの制服に清潔さがほしい。といった細部にわたる問題点を丁寧に指摘して改善を迫った。

なのに、のっけから気分を害した担当者は、

「欠品が予想される食材は使えない」

「人員不足で対応できない」

「こんな提案をしても上司がうんと言わない」

と難癖ばかりつけてくる。

ヤスは苛ついた。コンサル資料などなくても提案自体は真っ当なものだ。ちゃんと実践すれば売上げはついてくる、と強調したものの、担当者はこれ見よがしに嘆息してみせる。その不遜な態度に、たまらず声を荒らげた。

「できない理由ばっかり挙げててどうすんだ！　どうすりゃできるか、それを考えるのがあんたの仕事だろうが！」

途端に担当者が、

「おまえは何様だ！」

罵声を放つなり席を蹴った。

万事休すというやつだった。ヤスは悄然《しょうぜん》として事務所を後にした。札幌駅前から自宅がある宮

の沢までは十キロ近くある。歩けば二時間近くかかるが、タクシーはおろか地下鉄を使うのも気が咎めて徒歩で帰宅した。

ったくもう！

道すがら何度となく悪態をついた。おれは何のために移住してきたのか。そう思うほどに先行きの不安に押し潰されそうになる。

これはもうヤスだけの問題ではないからだ。生涯のパートナー、オモニのためにも稼がなければならない。罵声を浴びようが追い払われようが、がっちり稼いでいかなければ、何もかもが立ち行かなくなる。

おれってやつは、こんなにもできねえ男だったんだろうか。改めて自己嫌悪に陥った。長年積み上げてきたつもりの自信もプライドも粉々に打ち砕かれた。

これでも若い頃は料亭グループを経営していた。結果的には潰してしまったが、多少なりとも経営の何たるかは知っているつもりだし、過去の失敗を糧に、これまで多くの人たちの力になってきた。なのに、たかだかコンサル資料ひとつで、ここまで追い込まれようとは思いもしなかった。販促担当者は上司に提出できる現物がほしかったのかもしれないが、ヤスは資料以上の提案をしたつもりだし、この結末はあんまりだ。

いずれにしても、これでまた赤字分は調理仕事で稼ぐしかない。このままでは自転車操業どころか、自転車のチェーンが外れて空回りしはじめる。いまの割烹料理屋に加えて、睡眠時間を削って深夜にも調理仕事をやるしかない。朝は市場、昼はコンサル営業、夜は二つの調理仕事と、毎日ふらふらになるだろうが、ここで挫《くじ》けるわけにはいかない。

悲痛な思いでマンションに帰り、スーツを脱いだ瞬間、着信音が鳴った。オモニのスマートフォンは封印し、新たに中古屋で買ったやつだ。慣れない手つきで操作して応答すると、

「熊谷社長にご紹介いただいた、葉月清子《はづきせいこ》と申します」

やけにしゃがれた年配女性の声だった。どうやら仕事の話のようだ。

これぞ絶好のタイミングとばかりに、

「お電話、ありがとうございやす」

思わず猫なで声をだしてしまった。

「わたくし、狸小路《たぬきこうじ》の『葉月亭』という洋食屋のものですけれど、一度、お目にかかってご相談したいことがありまして」

耳を疑った。コンサル業をはじめた当初に知ったのだが、葉月亭といったら創業六十年を超える老舗の洋食店だ。狸小路商店街に本店を構え、ほかに旭川《あさひかわ》、小樽、帯広《おびひろ》、釧路《くしろ》にも支店を展開している高名な店とあって、もっとコンサル業が板についてから営業をかけようと思っていたのだが、まさか先方から飛び込んでこようとは思わなかった。

「いつ伺いやしょうか」

嬉しさのあまり、つい声のトーンが高くなってしまったが、葉月清子は、ありがとうございます、と丁寧に礼を口にして、

「できれば早いほうが助かりますので、恐縮ですが、明日の夕方はいかがでしょうか」

性急な話だったが、異存はない。

「了解しやした。それでは明日の夕方に」

ヤスは携帯を握ったまま、お辞儀をした。

## 2

リハビリ室の扉を開けると、オモニが平行棒に摑まっていた。

ふくよかだった丸顔は、いまや頬骨がくっきり見えるほど痩せ細ってしまったが、左右の棒を両手で握り締め、よろり、よろり、と体を揺らしながら、じわじわ前に進んでいる。

傍らにはリハビリの専門職、理学療法士の女性スタッフがついている。オモニの一挙手一投足に目配りしながら、はい、大丈夫ですよー、とやさしく指示を与えている。

「お世話になりやす！」

ヤスが声をかけると、

「ああ、どうも。今日もお元気ですよ」

女性スタッフが微笑みを浮かべた。オモニも気づいたらしく、嬉しそうにヤスに目を向けてきたが、言葉は発しない。軽い失語症にかかっているため、こっちの言葉は理解できるが、当人はせいぜい、うあう、あうお、といった唸り声しか発せない。

「どうっすか、オモニは」

女性スタッフに聞いた。ここ数日、多忙にかまけて面会に来られないでいたから、ちょっと気がかりだった。

「二度目の発症にしては順調ですよ。毎日頑張って訓練なさっているので、このままいけば、杖を突いて歩く訓練に移れそうです」

「おお、素晴らしい。さすがはオモニだ」

ヤスが笑顔を向けると、また嬉しそうに目を細めている。

オモニが最初に脳梗塞で倒れたのは、二か月ほど前のことだ。いまにして思えば、そのさらに数週間前の梅雨どきから、最近、眩暈《めまい》がしたり右の手足が痺れたりするの、と漏らしていたから、それが前触れだったのだろう。ヤスも心配になってオモニの新大久保の食堂兼自宅に何度も泊まりにいき、調理や後片づけを手伝っていたのだが、倒れた晩は、いつになく長っ尻の客が多かった。客が引けてようやく二人で賄い飯にありつけたのは深夜の二時過ぎ。やれやれとビールを抜いて、オモニがキムチに箸を伸ばした瞬間、ぽろりと箸を落とした。

「おい、どうした」

声をかけると、言葉を返そうとしたオモニの呂律《ろれつ》がおかしい。

とっさにヤスは救急車を呼んだ。以前、知り合いの料理人が脳梗塞に見舞われ、手当てが遅れて他界したことを思い出したからだ。

救急車を待つ間、念のため、オモニの携帯から二番弟子だったマリエに電話を入れたが、深夜とあって出なかった。一番弟子だったタカオ夫婦には娘が生まれたばかりだし、二人の元弟子には事態が落ち着いたら知らせよう。そう決めたところに救急車が到着し、オモニは救急病院に搬送されて点滴治療を受けた。

幸いにも症状は軽度だった。ヤスの素早い判断が奏功し、投薬と通院を指示されただけで翌日にはけろっと治って帰宅できた。

ただ、帰り際に医者から忠告された。

「脳梗塞は、たとえ軽度であっても一度発症すると、一年以内の再発率が非常に高くなります。しかも再発後は重度の後遺症が残ったり、死に至ったりする確率も高いので、今後は塩分、飲酒、喫煙、肥満、ストレスなどに十分気をつけて再発防止に努めてください」

よろしいですね、と念押しされてヤスは頭を抱えた。

オモニは長年にわたって、新大久保の韓国料理店を一人で切り盛りしてきた。常連客と深夜遅くまで飲み食いすることも多く、医者から告げられたすべての禁止事項に抵触する生活を続けてきた。

それに加えてコロナショックのときは、若い飲食店主たちを助けようと、テイクアウト用の容器を配り歩いたり家賃をカンパしたり、私財を投げ打って日夜駆け回っていた。その疲れと精神的ストレスが積み重なったことで発症したに違いなく、オモニを新大久保に連れ帰ったヤスは、きっぱり告げた。

「オモニ、もう韓国食堂は閉めろ」

「え、それは無理だわよ。店を閉めたら暮らしていけない」

それでなくても、コロナショックの人助けで貯えも心もとなくなっている。まがりなりにも店をやっていれば日銭が入るんだから、と反発されたが、ヤスは首を横に振った。

「今後は、おれが働いて稼ぐから、とにかく店は閉めろ」

「そうはいかないの。そんなことしたら常連さんが許してくれないし、あんただって、みんなのヤッさんなんだから」

「馬鹿野郎！　常連のことより、おれのことより、おめえの命が一番だろが！　いままでみてえに頑張りすぎてたら、いつ再発するかわからねえんだぞ！」

「そう言われたって」

「とにかく、この機会に店は閉めろ。今後のことはおれにまかせとけばいい。これでも昔は料亭を経営してたんだ。オモニのためなら料理人だろうとコンサルだろうと何でもやる」

「けど」

「けども反吐《へど》もねえ！　ほかにどんな方法があるってんだ！」

たまらず怒鳴りつけた途端、オモニは口をつぐんだ。何を考えているのか、思い詰めた顔で目を伏せ、唇を嚙み締めている。

言葉がきつすぎたろうか。つい声を荒らげてしまったが、これがまたオモニのストレスになってもいけない。うかつな自分を悔やんでいると、オモニが静かに顔を上げた。

「だったらあたし、札幌に帰る」

「は？」

「あたしがススキノから歌舞伎町に流れてきたこと、話したことあったよね」

ああ、と思い出した。言われてみれば、はるか昔に聞いたことがある。ヤスにとってオモニは歌舞伎町時代の印象が強かったし、オモニ自身も札幌時代の話をしたがらなかったから意識していなかったが、もともとオモニは札幌生まれだ。

物心ついたときには母娘二人きりの生活で、母親は夜のススキノで働いていた。母親の親族は祖国の韓国にいたらしいが、すでに関係は途絶えていた。そのせいか生活は苦しく、異国の歓楽街で働く母親は苦労ばかりしていて、子どもの頃のオモニは毎晩一人ぼっちだった。母親との唯一の接点は料理だったそうで、いまもオモニが作っている韓国料理の大半は母親譲りだという。

　そんな母親を助けるために、オモニは中学卒業と同時に札幌市内の飲食店で働きはじめた。十八になった翌日からは母親と同じススキノの夜の店に移ったが、その三か月後に母親が亡くなった。苦労がたたっての病死だったそうで、本当の一人ぼっちになってしまったオモニは、それを機に上京したのだった。

　これ以上のことはオモニ自身が語ろうとしないから、ヤスも聞かないできた。ただ後年、家出娘のミサキを自宅に同居させたのは、同じ北海道で母娘二人暮らしだったミサキに、自分の境遇を重ねたからかもしれない。

「そうか、札幌に帰りたいか」

　ヤスは呟いた。なぜ急にそんな思いに駆られたのか。オモニの心境は想像するしかないが、脳梗塞は再発の確率が高く、再発後は重度の後遺症が残るか死に至るかだと医者から告げられている。その言葉がオモニに重くのしかかって里心がついたのではないか。せめて母親と暮らした地に帰りたい、と。

「わかった。だったらおれと一緒に札幌へ移住しよう」

　ヤスは即断した。こうなったからには、どこまでもオモニに寄り添ってやりたい。

「あんたも一緒に？」

「そりゃそうだ。病気を抱えたおめえを一人にしとくわけにゃいかねえ」

　途端にオモニは目を潤ませ、

「ありがと」

かすれた声を漏らした。

「よし、だったら明日にでもとっとと店をたたんで、そうだな、みんなを集めてお別れ会をやろうじゃねえか」

再発したら札幌移住どころじゃなくなる。早くみんなに伝えて一刻も早く札幌生活をはじめようと思ったからだが、

「それはいや」

なぜか拒まれた。

「何でだ？　どうせ札幌に帰るんなら早いほうがいいだろが」

「そういうことじゃないの。韓国食堂も何もかも投げだして故郷に帰っちゃうんだから、そんなこと、だれにも知らせたくない」

店の常連たちはもちろん、タカオ夫婦やマリエたちにも迷惑をかけずに、こっそり移住したい、と言い張る。

「それはまずいだろう。ミサキなんかオモニを母と慕ってんだぞ」

「第二の母でしょ。けど、もうあの娘に第二は必要ないの」

「いいや、必要だ。そんな無慈悲なことをしたら、ほかのみんなだって納得しねえし」

「納得とかそういうことじゃなくて、もうみんなを巻き込みたくないの。二年前に店を引っ越したときは、常連さんをはじめみんなが応援してくれたよね。コロナのときもみんなのおかげで店を休んで駆け回れた。そこまで応援してもらったのに勝手に閉店して移住しちゃうなんて、これ

以上、みんなの心を騒がせたくないの。いつか何かのかたちでお礼はしたいと思うけど、とにかく、ある日突然消えちゃったほうが、余計な負担をかけなくてすむし、みんなも諦めがつくと思う」

「しかし、それじゃ夜逃げ同然だろう」

「ていうか夜逃げでいい。もともとふらっと流れてきた女なんだから、最後もふらっといなくなっちゃったほうが、あたしの気持ちにもけじめがつく」

要は、去り際に未練を引きずりたくない、というオモニなりの別れの美学らしかった。それでも釈然としないヤスが翻意を促すと、

「ああそう、こんだけ言ってもわかってくれないならもういい。あんたとも別れる」

もはや取りつく島がなかった。


翌週の午後、ヤスとオモニは札幌駅前で落ち合った。

オモニは羽田空港から新千歳空港を経てＪＲで札幌駅に到着。ヤスは豊洲市場から、屋台ラーメンの健吾青年に紹介してもらったトラックに便乗し、茨城県の大洗港からフェリーで苫小牧に渡って札幌入りしたのだった。

「そんなめんどくさいことしないで、一緒の飛行機で行こうよ」

オモニからはぶつくさ言われたが、オモニが別れの美学を貫くなら、おれも札幌入りまでは宿無しの流儀でいく、と意地になった。

まずは移住を祝して一服しよう、と駅前のカフェに入った。こうなったら一刻も早く二人で暮

らす住まいを探し、ヤスは仕事をはじめなければならない。当面はオモニの貯えに頼るしかないが、なるべく減らしたくないから、うかうかしてはいられない。

「けど、ゆうべの夜逃げ、うまくいったかしらね」

オモニがコーヒーを啜りながら言った。

「まあ唐崎《からさき》のおやじのことだ、大丈夫だろう」

そう答えたもののヤスも気にはなっている。

オモニの別れの美学に折れたヤスは、あの翌日、歌舞伎町の唐崎弁護士事務所を訪ねた。

オモニと旧知の仲だった唐崎弁護士は、数年前、オモニと若い女性料理人がそれぞれトラブルに見舞われた際、ヤスと連携して無償で二人を救ってくれた。いま振り返れば、それなりに大変な案件だったのに、無償でやってくれたのには訳がある。

かつて酒癖が悪かった唐崎は、当時オモニが歌舞伎町で営んでいたクラブやスナックに出入りしては、常連客や店の女の子とトラブルを巻き起こしていた。そのたびにオモニが仲介に入り、常連客と手打ちさせたり女の子と和解させたり、どっちが弁護士だ、と突っ込みたくなるほどオモニの世話になっていた。

そんな唐崎なら、恩人とも言うべきオモニのためにひと肌脱いでくれるに違いない。

「オモニが、夜逃げさながらに移住したいって言い張るもんだから、まいっちまってよ」

嘆息しながら相談してみると、柔和な笑みが返ってきた。

「要は、急な引っ越しってことですよね。だったら、歌舞伎町界隈ではよくあることなので、大家さんにきちんと筋さえ通せば問題ないと思いますよ。ただオモニは入居のとき、大家さんにお世話になってますから、たとえば、わたしが代理人として契約関係の筋を通しておいて、病気や移住の件が落ち着いたところで改めてオモニから礼を尽くす、ということではどうでしょう。なにしろ歌舞伎町では、何か月分もの家賃を踏み倒して、物件を滅茶苦茶に荒らしたまんま夜逃げした、なんてことは日常茶飯事ですから。わたしが間に入れば、まず大丈夫だと思います」

「へえ、そういうものなんだ」

「いやもちろん、あくまでも歌舞伎町界隈では、ですけどね。考えてみればオモニも激動の人生でした。人様に迷惑をかけずに姿をくらまし、残りの人生は故郷でゆっくり過ごしたいんでしょう。そういう人には何度も出会ってきましたから、その気持ちはわかりますし、いまわたしがこうしていられるのは、掛け値なしにオモニのおかげなんですから、喜んでお手伝いします」

実際、これまでも歌舞伎町で追い詰められた人のために、〝夜逃げ屋〟と呼ばれる引っ越し業者を雇って何度もやっているそうで、店仕舞いと引っ越し作業、諸々の後始末まで含めてそっくり請け負ってくれたのだった。

「よし、ちょっくら唐崎のおやじに電話を入れてみっか」

オモニの携帯を借りて、札幌到着の報告も兼ねて唐崎弁護士に連絡してみると、

「こっちも無事に終わりました。新大久保のアパートは真夜中に手早く引き払い、大家さんのもとにはオモニが書いた謝罪文と違約金をじかに届けて、念のため常連さんには韓国焼酎をオモニの名前で送っておきました」

万事ぬかりはないから安心してくれという。

「しかし大家さん、怒ってなかったかな?」

「怒るというより残念がってましたね。詳しいことは一切話していませんが、彼もまたあの界隈の店子の特殊性は重々わかっています。のっぴきならない何かがあったんだろう、と察してくれました。いずれにしても、今後、札幌で何かあったときも遠慮なく相談してください。わたしは生涯、オモニの顧問弁護士のつもりですから」

最後は、そこまで言ってくれた。

その言葉に偽りはなく、宮の沢に安マンションを見つけたときも、電話一本で保証人になってくれたばかりか、都内のトランクルームに預けていたオモニの家財も手早く送ってくれた。これにはオモニと二人で、

「神様みてえな人だよな」

と手を合わせたものだった。

ただ、いまもヤスには小さな懸念が燻《くすぶ》っている。結局はオモニの別れの美学に押し切られてしまったものの、こういう移住で本当によかったのか。東京のみんなにちゃんと釈明しなくていいのか。いまだ後ろめたさが消えないでいる。だが、ここまできたら前を向いて進むしかない。病気の再発を防ぐためにも二人で楽しく暮らしていく。それがおれの責務なのだ、と自分に言い聞かせている。

ところが、二人の札幌生活は束の間だった。

ヤスがコンサル開業に向けて札幌市場に通いはじめた直後に、あろうことかオモニの脳梗塞が再発したのだ。ある朝、早起きして朝食を作っていたオモニの右半身に突如異変が生じ、その場にうずくまってしまった。

慌てて救急車を呼ぶと、そのまま入院となった。再発の原因はわからない。脳梗塞の恐ろしさは、この突発性にあるのだが、やはり移住が体の負担になったのかもしれない。

この地が故郷とはいえ、もはやオモニの身内はいない。友人知人とも縁が切れているから、見知らぬ土地も同然。それもストレスになったのか、移住当初から、あたしが死んだら葬式なんか簡単でいいし、骨は海に撒いちゃって、と弱気な言葉ばかり口にしていた。

それでも、かろうじて死は免れた。そのぶん右半身麻痺と失語症という後遺症が残ったものの、点滴や薬剤による治療のおかげで持ち直した。入院当初は立ち上がることもできなかったのに、リハビリに入ってからは平行棒を伝って動けるまでになった。

平行棒で歩けるようになったら、杖を使った歩行練習に切り替えるという。言葉のほうも、本人に話そうとする意欲があるので訓練しましょう、と言われている。回復期は通常、三か月から六か月と言われているから先は長いが、本当に頑張っていると思う。

「あうわ、やす、あうわわ」

オモニが何か話しかけてきた。意味はわからないが、ヤスは手を振って笑いかけた。

やはり、まだまだこれからだ。オモニの貯えが多少は残っているものの、今後の入院費と生活費を考え合わせると、底を突くのは目に見えている。懸命に頑張っているオモニを見るにつけ、おれが稼ぐしかない、と改めて追い詰められた気持ちになる。

葉月亭の仕事は絶対に成功させなければならない。単発仕事で終わらせることなく顧問契約を結ぶことが、オモニを支えていくための大きな一歩になる。

# 3

ススキノに程近い狸小路商店街は、東西一直線に九百メートルほどの長さを誇る、北海道最古の商店街だ。天蓋アーケードで覆われた道筋には、老舗の商店や飲食店、若者向けのチェーン店まで多くの店舗が軒を連ね、夕暮れどきのこの時間は人波で溢れている。

目指す葉月亭本店は、通りの西側にあった。歴史を感じさせる赤レンガ造りのビル。四つある支店も同じ赤レンガ造りらしい。

ただ、建物の佇まいとは裏腹に、重い木製ドアを押し開けて足を踏み入れると、時代に取り残された店といった印象だった。古びた英国調の店内には、塗装の剝げた木製テーブルがずらりと並んでいる。二階にも客席があるらしく意外にも大箱店だが、客はといえば背中を丸めた年配客がぽつりぽつりいるだけで、夕食には多少早い時間とはいえ、うら寂しい空気が流れている。

「葉月清子さんに会いにきたんだが」

暇そうに突っ立っている若い女性店員に声をかけると、挨拶もなしにレジ横のインターフォンにぼそぼそ話しかけ、

「好きなメニューを召し上がっててください、だそうです」

愛想のない言葉を返してきた。要するに葉月亭の料理を試食していてくれ、ということらしく、お勧めメニューの〝ビーフシチューと海老ドリアのコンボ〟を注文して食べた。

ちょうど食べ終えた頃合いに、赤レンガビルの四階に住んでいるという葉月清子が、どこから

か降りてきた。電話の声は中年女性だったが、媼《おうな》とでも呼びたくなる端正な顔立ちの老婆で、着物姿で白髪をおかっぱに整えている。

「ご足労をおかけしました、葉月清子です」

丁寧にお辞儀をすると、外で話しましょうか、と店を出ていく。

そのまま狸小路を離れ、二本裏手の路地沿いに佇む純喫茶に入った。この店もまた古びた造りで、店内には饐《す》えた匂いが漂っている。

清子媼《おう》はテーブル席の向かいに背筋を伸ばして座った。ヤスが名刺を手渡すと、

「いかがでしたか？　お味のほうは」

さっきの料理の感想を聞かれた。正直、お勧めメニューにしてはパッとしなかったが、

「おいしかったっすね」

無難な言葉を返した。すると清子媼は、おかっぱ髪のほつれを手櫛で直しながら、

「まずは葉月亭についてご説明しますね」

と店の歴史を語りはじめた。

「いまから六十二年前の夏、狸小路商店街に天蓋アーケードが設置されはじめた頃に、わたくしの父、葉月宗太郎《そうたろう》が木造二階家を借りて創業したのが葉月亭です。当初は経営に苦労したらしく、開業の二年後に起死回生の策として〝ビフテキと帆立のコキール　白アスパラガス添え〟を発売しました。いまではめずらしくありませんが、その時代にご馳走二本立ては画期的で、価格は千八百円。現在に換算すれば一万円ほどですからけっこうなお値段ながら、その贅沢感と飛びぬけた味が富裕層の人たちの話題になりました。なにしろ当時は戦後の復興期を経て高度成長がはじ

まった頃合いです。成長の波に乗った方々御用達の高級洋食店として、評判を呼んだのです」

　三年後には木造二階家を買い取り、赤レンガ造りの四階建てビルに建て替えた。その竣工記念としてメニューと価格を見直し、富裕層向けから脱して〝お値段ちょい高めのハイカラ洋食店〟として新装開店。すると、高度成長下の庶民層にも、ちょっと背伸びすれば手が届く店として一気に火がついた。

「その後は小樽、旭川、帯広、釧路と支店を増やして、オイルショックなどの危機も乗り越えました。ところが、バブル景気末期の三十年前、初代の葉月宗太郎が他界しまして、一人娘のわたくしの主人が店を受け継ぎました。もともと主人は板前でしたが、葉月家に婿入りしてからはコックに転身して、初代が亡くなる頃には葉月亭の総料理長として味と経営理念を継承していました。おかげで、バブル崩壊の影響で一時期は低迷したものの、初代に倣ってメニューと価格を見直し、〝狸小路の懐かしの老舗洋食屋〟というレトロイメージ戦略で店を立て直してくれました」

　まさに中興の祖とも言うべき二代目の夫だったが、これまた残念ながら三年前に他界した。仕方なく妻の清子媼が経営権を継承し、二代目の片腕だった古参の伊庭《いば》シェフを総料理長に据えて店を存続させたものの、その時点で清子媼は七十代。寄る年波には勝てないと早々に悟り、経営権継承の半年後、東京に嫁いだ娘の綾乃《あやの》に声をかけた。夫婦で札幌に移住して店を守ってくれないか、と。

「そもそも娘は店を継ぐ気がなくて、畑違いの銀行員、馬場正明《ばばまさあき》と結婚しました。ただ、すでに馬場は早期退職の声がかかる年代でしたし、二人の子どもも独立していました。綾乃がスーパーで総菜調理のパートをやっていたこともあって、経理に強い馬場と調理の現場を知る綾乃が力を合わせれば、経営を受け継げると考えたのです」

綾乃は逡巡の末に、清子媼の願いを受け入れてくれた。幼い頃から初代の祖父にかわいがられ、店の調理場が遊び場だった記憶がよみがえったことが大きかったらしい。夫にも打診したところ思いがけなく承諾を得られたため、ほどなくして札幌に移住してきた。

「最初のうちは心配で、しばらくは試用期間というか、ほかの社員と同じ立場に置いていました。それでも半年後には、大丈夫だろうと判断して正式に経営権を娘に譲り、夫の馬場は専務職に就けました。それからはコロナ禍の時期も含めて娘夫婦に店を切り盛りさせてきましたが、ただ、その判断が正しかったのか、いま悩んでおりましてね」

「何かあったんすか？」

ヤスは聞き返し、コーヒーを口にした。

「何かというか、どうにも釈然としないことが起きはじめまして」

清子媼は表情を硬くして続ける。

「まず娘夫婦に経営権を譲って半年余りで、二人の古参幹部が辞めてしまいました。初代の薫陶を受けて全店の調理場を仕切っていた伊庭総料理長と、全店のホールスタッフをまとめていた武石《たけいし》総ホール長。コロナショックの対応も含めて長年、貢献してくれていた二人が、知らないうちに退職していたんです」

そうと知ってショックを受けていると、追い打ちをかけられた。

「それがきっかけになってか、ほかの従業員も辞めはじめました。うちには昔から働いているベテランが多かったのですが、その人たちもいつのまにか辞めていて、いったい何が起きているのか怖くなってしまいまして」

「だったら、娘さん夫婦に事情を聞けばいいじゃないすか」

いまも店の四階に住まわせてもらっているなら、いくらでも聞けるだろうと思った。

「いえ、住まわせてもらっているのではなく、このビルは初代からわたくしが受け継いだままになっています。それでいまも四階に住んでいるのですが、ただ、葉月亭の経営権はそっくり娘に譲り渡したため、店の経営には一切干渉しないと決めたのです」

「ああ、そういうことでしたか」

ビルの所有権だけ清子媼のものだとは意外だったが、とにかく三階から下は別世界と考えて顔も出さないでいたという。

「でも、このままでは初代と二代目が命を削って守ってきた葉月亭が立ち行かなくなる気がするんですね。そこで、どなたかに助けていただこうと、亡き夫と親密な付き合いをしてくださっていた熊谷社長に相談したところ、あなたをご紹介くださったのです。いま葉月亭は何らかの危機に見舞われているのかもしれない。仮にそうだとしたら、ヤスさんに相談すればズバッと解決してくれる、と熊谷社長に太鼓判を押されまして」

どうかお力を貸してください、と頭を下げられた。熊谷社長がそこまで言ってくれたことには驚いたが、

「わかりやした」

ヤスは大きくうなずいた。

ここは勝負どころだと思った。老舗の危機に立ち向かって結果を残せば、初の顧問契約に繋が

るだろうし、今後の新規オファーを呼び込むアピールにもなる。

この願ってもないチャンス、絶対ものにしてやる、とヤスは思わず武者震いしていた。


九月も中旬に入ると札幌市内の気温は二十℃を切り、街路樹も秋色に染まりはじめた。

早いものだと思う。七月下旬に来札して夏真っ盛りの八月になった途端、オモニが再発入院した。以来、市場の仕事とパソコンの習得、得意先の開拓に夜の調理仕事と、多忙な毎日だったが、気がつけばコロナ禍のせいで二年ぶりの開催になった〝さっぽろ夏まつり〟も終わり、瞬く間に肌寒い日が増えてきた。

東京は、いまだ厳しい残暑が続いているのに、北国の夏は短い。そうした変化に追われるように、ヤスは動きはじめた。

「とりあえず二週間後に初回の報告をしやす」

清子媼にそう約束したこともあり、急がなければならない。この手のトラブルには早めの手当てが欠かせないため、あえて自分から二週間という期限を設けただけに、まずは娘夫婦に会おうと思った。

急な面会とあって時間をもらえるか心配したが、清子さんの紹介でご挨拶に伺いたい、と伝えたところ翌日の午後四時にアポが取れた。

面会場所は、葉月亭本店から程近いタワーマンションの一室を指定された。清子媼から経営を委ねられた際、経営企画室を新設するために借りたらしく、ようやく着慣れてきたスーツのネクタイを締め直して高層階に上がると、札幌市街を一望できる部屋に通された。

初対面の綾乃社長は、髪はショートヘアながら清子媼そっくりの端正な面立ちで、

「今日はわざわざありがとうございます」

窓際のソファをヤスに勧め、地味なパンツスーツ姿で向かいに腰を下ろした。

「いやあ、素晴らしい眺めじゃないすか」

窓からの景色をヤスが褒めると、綾乃社長と並んで座った夫の馬場専務が口を開いた。

「実は、わたしは札幌に暮らしてまだ二年ほどですので、この街を俯瞰できる部屋で仕事をしたいと思いましてね」

元銀行員と聞いていた通り、縁なし眼鏡にダークスーツを着こなした実直そうな物腰で、見るからにエリート然としている。

「となると、店の経営のほうも、まだまだこれからということっすね」

ヤスはちらりと話を振った。わざわざ面会に訪れた目的を匂わせたのだが、馬場専務も察したのだろう。

「店の経営は、いたって順調です。事業継承期を経て飛翔前の助走期間にコロナ禍に見舞われたこともあって、現状はまだマイナスが続いていますが、来期からは回復期に入る予定ですので」

自信に満ちた顔でそう前置きすると、綾乃社長に目配せした。綾乃社長が慌てて席を立ち、秘書のごとき物腰で書類を持ってきた。

馬場専務が書き上げた経営計画書だそうで、ページを開くと、さまざまな数字やグラフが並ぶ前段に続いて、今後の経営プランが記されていた。一年後には北海道を起点に東京、京都、大阪に支店をオープンし、そこを基点に葉月亭の全国展開を図るという計画だった。

「なるほど、素晴らしい計画だとは思うんすが、ただ、お義母さんの話だと、ここにきて古参の従業員を中心に退職者が相次いでいるらしいじゃないすか」

　ずばりヤスが切り込むと、馬場専務は肩をすくめた。

「いかなる人にも、それぞれの人生があります。ちょっと前までコロナショックという世界的な異変を乗り越えるために、だれもが必死でした。そんな日々が続いて古参の方ほど疲弊してしまったのかもしれません。わたしが銀行の早期退職を決意したときのように、改めてご自身の人生を振り返り、熟考した上でのことだと思いますし、その決断は、だれにも止められません。もちろん、うちの店にとっては大きな痛手ですが、このピンチをどう未来に繋げていくか。そう考えたとき、経営陣としては、若い人たちが奮起するチャンスと捉えるしかないと思うんですよ」

　お察しください、とばかりに深い息をつき、縁なし眼鏡をずり上げる。

　そう言われてしまうと、どう切り返したものかわからなくなる。

「ちなみに、馬場さんは銀行時代、どういった部署にいたんすか？」

　切り口を変えた。

「それは、まあ、いろいろな部署を経験してきましたね。それが総合職として働くということですから」

　馬場専務は言葉を選びながら答えた。詳細は答えたくないのだろうか。ふと疑念が湧いて問い返そうとすると、

「今日は、わざわざありがとうございました。そろそろ時間ですので」

　馬場専務はぺこりと頭を下げて席を立った。これで打ち切りということらしい。

さすがに面食らっている綾乃社長から、すみません、と目顔で謝られた。仕方なくヤスも席を立ち、とりあえず礼を告げてタワーマンションを後にした。

結局、三十分にも満たない面会だったが、一応、娘婿の人となりは垣間見られた。元銀行員らしく情より理で考えるタイプのようだ。

コロナ禍を乗り切ったいま、馬場専務は飛翔期に向けて新たな計画を推進している。その理路整然とした説明に耳を傾けていると、経営不安らしきものは感じられない。経営の現場を離れると見えなくなることもあるものだし、清子媼が取り越し苦労をしているだけなのかも、という気もしてくるが、ただ、ひとつ気にかかったことがある。

面会中、綾乃社長がほとんどしゃべらなかったことだ。ひたすら遠慮がちに座っていたのは、夫と意見が一致しているからなのか、はたまた、と思うと何か引っかかる。

いずれにしても、いまはまだ聞き込みの段階だ。実は、清子媼から教わった伊庭元総料理長と武石元総ホール長にも電話を入れてアポを取ってある。その席で別の角度から探りを入れてみるしかないと思った。

よし、と気持ちを切り替えたヤスは、ネクタイを外してポケットに捻じ込み、今夜も調理仕事が待っているススキノの割烹料理屋へ向かって駆けだした。

# 4

「あと半月も頑張れば、杖で歩けるかもしれませんよ」

女性スタッフが明るく言った。

「おお、さすがオモニは根性があるなあ」

ヤスは笑顔を向けた。

今日の午前中もリハビリ室に立ち寄り、平行棒の傍らで見守っている。女性スタッフの言葉には、リハビリ効果を高めるための励ましも含まれているのだろうが、それを差し引いても、このところのオモニの回復ぶりには目を見張るものがある。

つい先日までは平行棒にすがりついているだけで精一杯だったのに、いまや一歩一歩踏みしめるように歩を進められるようになっている。平行棒に掴まってはいるものの、確実に足の筋力を使って歩いている。

「この調子なら、早いうちに退院できるかもな」

ヤスは言った。痩せ細っていた頬も、ここにきて多少、ふっくらしてきた気がする。

「ほんと、よく頑張ってらっしゃいますよ」

女性スタッフも笑顔で褒め称え、

「はい、今日もお疲れさまでした」

車椅子を持ってきてオモニを腰かけさせる。

するとオモニが何かを要求する仕草をした。すぐに女性スタッフが五十音の平仮名が並んでいる文字盤を差しだした。オモニは麻痺している右手をゆるゆると動かし、一文字、一文字、指さしていく。

『が　ん　ば　る』

そう読めた。思わずヤスは車椅子の前にしゃがみ込み、

「そうだ、オモニは頑張ってるぞ。この調子で頑張っていれば、きっとまた元気になる」

大きくうなずいてみせると、またオモニの右手が文字を指さす。

『あ　た　し　い　か　さ　れ　て　る』

一瞬、何を言いたいのかわからなかったが、あたし生かされてる、だと気づいて、

「馬鹿野郎、おめえは生かされてんじゃねえ、おめえの力で生きてんだ」

やさしく叱りつけてしまった。途端にオモニはふっと微笑むように頬をゆるめ、ぎこちなく右手を伸ばしてくる。

その手をヤスは引き寄せ、そっとオモニを抱き締めた。女性スタッフが見ている前で、昔のヤスなら、こっ恥《ぱ》ずかしくて絶対にできなかったことだが、いまでは自然に手を握ったり抱き締めたりできるようになっている。

不思議なものだと思う。かつてオモニの新大久保のアパートに何度も泊まっていた頃は、抱き締めるどころか、指一本触れないでいたのに、いったい自分の何が変わったのか。

「じゃ、また来るからな」

ヤスは静かに抱擁を解き、片手をひょいと挙げてリハビリ室を後にした。

さて、つぎはまた聞き込みだ。今日もまたスーツ姿のヤスは、病院の廊下を歩きながらふわっと欠伸《あくび》をした。

ゆうべは午前三時までススキノの深夜居酒屋で働いていた。いつもなら、ちょっとだけ仮眠して午前六時には札幌市場の熊谷水産に出勤するのだが、今日は休市日だった。ふだんの寝不足を解消すべく午前九時半まで寝てから札幌市の郊外、山の手地区にある病院にやってきたというのに、それでも睡眠不足は解消されていない。市場にコンサル業に割烹料理屋に深夜居酒屋、と四つの仕事の掛け持ちは予想以上にきつい。

この生活がいつまで続くのか。そう考えると怯みそうになるが、ふと見ると時計は午前十一時半を回っている。こうしてはいられない。ヤスはすぐさま病院を飛びだし、札幌市街へ向けて走りだした。

このところは昔と同じようにジョギングで移動している。ときにタクシーや地下鉄にも乗らなくはないが、得意先と一緒のときだけと決めている。先日も熊谷水産の仕事上がりに、たまたま以前相談に乗った鮨屋のおやじと出くわし、市場の近くからタクシーに乗ってしまったが、ああもったいない、と後ろめたい気持ちになったものだ。

角刈りおやじがスーツ姿で駆け回っていると、通行人からは変な目で見られるものの、それにも慣れた。この体力がいつまで続くか、その不安も拭いきれないが、運動不足とストレス解消のためだと考えるようにしている。

午後一時、札幌駅前通に面したシティホテルのロビーラウンジに入ると、すでに伊庭元総料理長はテーブル席で紅茶を飲んでいた。

櫛目を入れた白髪にダークブラウンのハンチングを被り、同色のジャケットを着ている。きれいに整えた白い口髭も相まって、ハイカラ洋食店のダンディな料理長を絵に描いたような佇まいだ。

ところが、いざヤスが自己紹介して本題に入ると、伊庭元総料理長の口は思いのほか重かった。事前に清子媼から依頼されたと伝えたからか、

「わしがいけなかったんですよ」

最初にそう言ったきり、あとは何を聞いても返ってくる言葉はほぼ同じだった。

綾乃夫婦に経営権が移ってから、店の雰囲気は変わったか。店舗運営上の問題で綾乃夫婦とぶつかったりしなかったか。メニューの刷新もあったと聞いているが、料理長として納得がいくものだったか。綾乃社長の夫、馬場専務とはうまくいっていたか。などなど、直球の質問を投げすぎたせいもあるのだろう、

「いやそれはちょっと」

口髭を撫でつけながら言葉尻を濁される。

けっして無礼な態度ではなかった。ヤスが清子媼の依頼に応じて会いにきているとわかっているだけに、いや申し訳ない、と何度となく謝りながらも、いまも店に残っている従業員たちを気遣っているのだろう。うかつなことをしゃべって迷惑をかけたくない、といった心境になっているのかもしれない。

ただ唯一、話が弾んだときがある。初代の葉月宗太郎と一緒に働いていた当時の思い出話になったときだ。

「わしが見習い小僧として店に入ったのは、赤レンガビルに建て替えた数年後でしたが、その初日に宗太郎さんが、葉月亭の出世メニュー〝ビフテキと帆立のコキール　白アスパラガス添え〟を食べさせてくれたんですよ。いや世の中に、こんな旨いものがあるのか、と感動しましてね。無我夢中で食べていたら、宗太郎さんは満足そうに笑いながら、なぜそんなに旨いのか、なぜ値段が高くても喜ばれるのか、食材の調達法から調理にかける手間からお客さんに提供する際の心得まで、丁寧に説明してくれました。しかも続いて、一番値段が安いコールスローサラダも食べさせてくれて、これまた人気メニューのひとつになっている理由を説明してくれたんです」

　要は、値段が高い料理には高いなりの、安い料理にも安いなりの、それ相応の理由がなければならない。ただ儲けるために高くしたり安くしたりした料理では、お客さんは満足しない。そんな精神が根づいていたからこそ葉月亭は、〝お値段ちょい高めのハイカラ洋食店〟路線に移行しても評価を落とすことなく続いてきたのだと教えてくれた。

「宗太郎さんは、まさに料理人になるために生まれてきたような人でした。そんな人のもとで修業できたことは、わしにとっては大きな誇りなんですよ」

　伊庭元総料理長はしみじみと漏らして遠くを見た。

「つまり、初代の尊い精神が、いまの葉月亭には失われていると？」

　思わずヤスは問い返した。その誘導尋問的な質問が現実に引き戻してしまったのかもしれない。

　途端に伊庭元総料理長は目を逸らせ、

「いやそれはちょっと」

　さっきと同じ台詞を呟いて口をつぐんでしまった。

数日後の午前中、ヤスは熊谷水産の仕事を早引けし、葉月亭の武石元総ホール長に会いに出掛けた。

ホールスタッフは、シェフと客を繋ぐ接客のプロだ。シェフがどれだけおいしい料理を作ろうとも、ホールスタッフの力量しだいで客の評価が落ちることもあるだけに、真っ当な飲食店ほど優秀な人材を配している。

とりわけ、入店当初から頭角を現した武石は、総ホール長に抜擢されてからも常に客目線で全店のホールスタッフを仕切ってきた。

「わしとは名コンビと言われておりましてね」

伊庭元総料理長もそう言っていただけに、今度こそ、とヤスは期待していた。

ところが約束の午前九時前。地下鉄円山《まるやま》公園駅から程近い喫茶店に着いて三十分ほど待ったものの、当人が現れない。

どうしたんだろう。リュックの奥に押し込んであった携帯を念のためチェックしてみると、二時間ほど前に武石元総ホール長から留守電が入っていた。

「当日になって大変申し訳ありませんが、本日はキャンセルさせてください」

驚いて折り返すと、伊庭さん以上の話はできないと思いますので、本当に申し訳ありません、とダメ押しで拒まれた。

伊庭さん以上の話はできない。その言葉にキャンセル理由は集約されていた。おそらくは、ヤスに会った伊庭元総料理長と連絡を取り合ったのだろう。いまも葉月亭で働いている人たちのためにも波風を立てたくない。そんな意向が働いて翻意したに違いない。

ヤスは冷めたコーヒーを啜った。

考えてみれば武石元総ホール長は、最初にアポ電をかけたときから腰が引けていた。そこをなんとか、と強引に頼み込んだだけに、ドタキャンを食らっても不思議はない。

さて、どうしたものか。

清子媼との約束は動かせないだけに、ここでめげてはいられない。こうなったら、明日から予定していた四つの支店の偵察を前倒ししようと思った。本店よりも綾乃夫婦の目が届きにくい支店の状況を確認すれば、葉月亭の現状が、よりリアルに把握できる気がするからだ。

となれば、まずは近場の小樽支店からだ。いまから出発しても札幌駅から快速電車で四十分ほどだから、ランチタイムに余裕で間に合う。まずは客として店内の状況をじっくり観察し、古参の従業員にそれとなく接触してみようと考えた。

九十分後にはスーツ姿で小樽の街を走っていた。小樽駅からおよそ五分。小樽運河の間近に葉月亭小樽支店はあった。本店と同じ赤レンガ造りながら、こっちは二階建てだが、時代に取り残された感は本店と変わらない。

ただ、店内に入ると、本店とは客層がまるで違っていた。若いサラリーマンやガテン系の男性客が大半で、食べている料理も本店とは異なり〝ジャンボメンチカツと生姜焼きライス〟〝ジャンボオムライスと鶏唐揚げセット〟といったガッツリ系のメニューばかり。ライスと味噌汁のお代わりは無料、というサービスもついているらしく、学生街の食堂ばりの雰囲気になってしまっている。

ヤスも若い時分はガッツリ系の世話になったから、けっして否定するわけではないが、これが葉月亭の支店かと思うと違和感しかない。そもそもの葉月亭とは別ものといっていい。従業員も、レジに立つホール係こそ黒ベストに蝶タイを締めた老舗スタイルの中年男だが、調理場に覗き見える料理長は三十そこそこと思われる若手だった。ほかは学生バイトらしき若者ばかりで、ハイカラ洋食店らしさは微塵も感じられない。

一番人気だという〝ジャンボメンチカツと生姜焼きライス〟を頼んでみた。名前の通り盛りこそガッツリだったが、味のほうはスーパーの総菜かと勘違いしそうなお粗末さ。根っからのガッツリ系食堂と比べてもレベルが低く、にわか仕立て感は否めない。

これには呆れ返って、ついつい調理場の料理長の動きを凝視していると、ふと目が合ってしまい、どこぞのおやじだ、とばかりに睨みつけられた。

それでも、どうにか食べ終えたところで、会計ついでにレジの中年男に一か八か、清子媼の名前を口にしてから、

「ちょっとお時間、いただけないすかね」

と声をかけた。すると、清子媼と聞いて思うところがあったのか、ランチタイムが終わってからなら、と承諾してくれ、近くのカラオケ屋で話すことができた。カラオケの個室なら、だれかに聞かれる心配がない。

男は個室のソファの向かいに腰を下ろし、小樽支店長の木崎《きざき》と名乗った。そしてオールバックにした白髪まじりの髪を撫でつけながら、

「清子さん、どうかされたんですか？」

やけに疲れた顔で聞く。清子媼の動向が気になるらしい。

「いや、実は、最近の葉月亭の調査を頼まれたんすよ」

これまた一か八かで正直に伝えると、途端に木崎支店長は眉根を寄せ、

「最近の葉月亭は、清子さんの頃とは大違いですよ」

と嘆いた。すかさずヤスはかまをかけた。

「やはり娘さん夫婦はなってないと？」

「もう呆れたもんですよ、なんせ葉月亭の守り神、伊庭さんと武石さんを追いだしちゃったんですから」

「何かトラブルでもあったんすかね」

「トラブルもなにも、お二人ともみんなの砦になってくれてたんですけど、あんなに追い込まれたら、どうしようもないし」

忌々しげに舌打ちする。

「ちなみに木崎さんはずっと小樽支店に？」

「古参の二人がいなくなってすぐに、本店から追い払われたんですよ」

自嘲ぎみに笑う。古参二人に続いてほかのベテランもどんどん辞めていく中、ここで辞めたら負けだと小樽で踏ん張っているという。

「やっぱ綾乃さんには、清子さんほどの力量がなかったってことっすかね」

思いきってたたみかけた。

「いえ、それはどうですかね。綾乃さんだって、してやられたほうだと思いますし」

「だれにしてやられたんすか？」

「馬場専務に決まってるじゃないですか」

　綾乃の夫の暴走が、すべての元凶だと言い切る。

「いったい何が起きたんすか？　清子さんも、そこを知りたがってるんすよ」

「それは」

　木崎支店長は目を泳がせ、しばらく考え込んでから、覚悟を決めたように言葉を繋いだ。

「あの男は、清子さんが正式に引退するまでの半年間、猫を被ってたんですよ。一見、実直そうな見た目で、ぺらぺら理屈をしゃべるから最初は騙されちゃうんですけど、とにかく元銀行員のおかしなプライドみたいなものが半端ないんですね。飲食業とか料理人とかを端っから見下してましたし」

　実際、銀行員時代は妻がスーパーで総菜を作っていることすら、身内の恥とばかりに行内では隠していたらしい。綾乃社長に仕える女性スタッフから聞いた噂話だそうだが、そんな男だけに、清子媼が経営を譲った直後から従業員に無茶を強要しはじめた。

「最初に言いだしたのは年間仕入れ額の三割カットです」

「三割も？」

「そう思いますよね。うちは昔から料理の質には徹底してこだわってきました。肉も魚も野菜も、常日頃から上質な食材を使うのが当たり前で、天候不順による品薄や市場価格の高騰などが起きても、赤字を厭わず納得のいく食材だけ仕入れて料理の質を維持していました。赤字分は価格が落ち着いてから埋め合わせればいい。ときに会社の利益を削ってもいい。意地でも同品質同価格の料理を提供していく。それが老舗の誇りだったんです」

　なのに馬場専務は、なぜ高いもんばっかり仕入れるんだ、安いやつを大量仕入れしとけば三割カットぐらい楽にできる、と言いだした。いまどきは冷凍技術も進歩してるし、食材の品質に多少の差があろうと、それこそ老舗の料理の腕でカバーすればいい話だ。利益を削ってまで同品質同価格にこだわるなんて会社として異常極まりない。かつての繁栄が損なわれたのはコロナのせいでもなんでもなく、経営姿勢のせいだ、と断じた。

「そればかりか、店舗経費の三割カットも要求してきました。水道光熱費はもちろん、調理器具の買い替えや新規購入、洗剤一本、布巾一枚に至るまで一律三割カット。おまけに、食器を割った者には弁償させろ。遅刻を繰り返すものには罰金を科せ。あげくは毎日食べてる賄いめし代を従業員から徴収しろ、とまで言いだしたんですから」

　これには伊庭総料理長と武石総ホール長が腹に据えかねて馬場専務に詰め寄ったが、すべて会社が決めたことだ、の一点張りで二人の話を聞こうともしない。しかも、その後は古参二人が面会を求めても寄せつけなくなった。一方で、古参二人以外の管理職をつぎつぎにタワーマンションの経営企画室に呼びつけて糾弾しはじめた。

「糾弾って何を？」

「これまた姑息な話でしてね。実は馬場専務、猫を被ってる半年間に管理職の経歴や店での働きぶり、素行、言動、私生活まで調べ上げたらしいんですね。で、それぞれの勤務態度やミスをあげつらって恫喝したらしくて」

　当然ながら管理職は委縮し、社内にイエスマンが増殖しはじめた。

「なにしろ馬場は、罵声を浴びせる一方で、黙って従う従業員は優遇するんです。お気に入りになれば、すぐ出世したり特別手当が貰えたりするんですから、いまや社内はイエスマンだらけです。小樽支店の若い料理長もそのクチですから、へたに会社の愚痴もこぼせません」

　声をひそめて木崎支店長はボヤく。おまけに、そのイエスマンたちが、馬場専務に抗っていた伊庭総料理長と武石総ホール長の誹謗中傷に走ったからたまらない。

　三割カットに抗っている古参の二人は、市場の仲買店とつるんで裏金を懐に入れている。馬場専務の社内改革でそれがバレそうになったから反発している。といった根も葉もないフェイク情報を垂れ流され、四面楚歌に追いやられた二人は孤立したあげくに退職願を叩きつけた。

　これが分岐点になった。会社というものは経営が危うくなると、できる人間から辞めていくものだ。ほかの心ある管理職や従業員もつぎつぎに辞めはじめ、全店で百五十人近くいた従業員は激減した。それでも馬場専務は動じることなく、足りない人員は学生バイトで補い、ますます抑圧を強めた。この混乱の責任は、そもそも馬場専務にあるのに、責任を取る気などさらさらなく、火事場泥棒よろしくさらに社内を締めつけている。

「しかし綾乃社長は、意見したりしないんすかね」

　ヤスは聞いた。

「いまや綾乃さんは何も言えません。最初の頃は夫を諫《いさ》める場面もあったみたいですけど、イエスマンが増えてからは、お前は黙ってろ！　スーパーの総菜女に何がわかる！　この店が潰れて路頭に迷うのはお前だぞ！　って従業員の目の前で怒鳴りつけたことも一度や二度じゃないんですから」

こうして馬場専務の独裁体制が確立され、彼の一存でやりたい放題になった。若い男性客を呼び込まなきゃダメだ、とライス味噌汁お代わり無料やデカ盛りキャンペーンを支店限定ではじめてみたり、原価率を下げるため全店に業務用の冷凍食材を導入したりと、思いつきの指示に社内が振り回されるようになった。

こうなれば客だって気づかないわけがない。伊庭総料理長と武石総ホール長の指揮下で保たれていた秩序が一挙に崩れた。とりわけ各支店ではファストフードのバイト並みの従業員が急増し、昔からの馴染み客が一人また一人と離れ、客層がガラッと変わってしまった。

「あの馬場専務が、そこまで強権的な男だったとはなあ」

縁なし眼鏡の実直そうな顔を思い浮かべながらヤスが漏らすと、

「結局、表向きは理論武装して実直ぶってますけど、根は陰湿な独裁者なんです」

木崎支店長は吐き捨てた。

銀行員時代は虐げられてばかりで、最後は早期退職制度の名のもとに追い払われ、あげくは妻の実家を頼って都落ちした。その屈辱を晴らさんと、そもそも見下していた料理人一族が築いた葉月亭に君臨して、姑息な権力を振りかざしている。そんな薄っぺらいコンプレックス男こそが馬場専務の正体なんですよ、と木崎支店長はこき下ろし続け、

「それでも、小樽支店で辛抱していれば、いつかきっと反撃のチャンスがある。そう信じて頑張り続けてきましたが、このままだと自分も長くないかもしれませんね」

最後はそう言い添えて哀しく笑った。

## 5

わざわざ小樽まで足を運んだ甲斐があった。

札幌に戻る快速電車に乗ったヤスは、安堵の胸を撫で下ろした。

木崎支店長が暴露してくれたおかげで、思いのほか早く葉月亭の現状を把握できた。補足のための聞き込みも必要だろうが、あとは独裁専務を引きずり下ろすための秘策を捻りだし、パソコンに齧りついて報告書と経営改善計画書をまとめ上げるだけだ。

清子媼に経営権がないとはいえ、綾乃社長は実の娘だ。ヤスのアドバイスに基づいて娘を諭して現状を正せば、まず事態は快方へ向かうだろうから、そうなれば顧問契約話も現実味を帯びるに違いない。

オモニ、もう大丈夫だ。これでもう大丈夫だぞ。

気をよくしたヤスは、札幌駅から久しぶりに地下鉄に乗り、ススキノの割烹料理屋『割烹柾《まさ》』へ向かった。

「おはよう！」

雑居ビル二階の店に入るなり、いつになく機嫌よく声を張った。すかさず若手の板前二人から、

「おはようっす！」

威勢のいい声が返ってきた。

夜でも、おはよう、と挨拶するのがこの世界だ。かつて京都の料亭で修業していた頃からの慣

わしとはいえ、この挨拶を交わすたびに身が引き締まる。

居酒屋よりちょい格上、といった風情のこの店は、五十代の柾親方以下、二人の若手板前とお運びの女性が働いている。定食中心のランチタイムはその四人で営業しているが、夜は多彩な割烹料理のほかコース料理も提供するため、ヤスが加勢して切り回している。

「そういや、熊谷社長から電話があったぞ」

柾親方から告げられた。携帯に電話しても出ないから伝えてほしいと言われたという。

慌ててリュックに突っ込んである携帯を見ると着信が入っていた。来札前は携帯など持っていなかったから、いまだにその存在を忘れて着信に気づかないままになってしまう。

すぐ熊谷社長に折り返した。

「すまんな、忙しいのに。けさ、ヤスが早引けしてから、ヤスの知り合いだっていう男が訪ねてきたもんだから」

「知り合い？」

「いや実は一か月ほど前、九月の頭あたりにもヤスを探しにきた男でね。そのときは素性がよくわからないから追い返したんだが、また訪ねてきたんで、詳しい話を聞いたらヤスの弟子だったって言うんだな」

どきりとした。だれだろう。

「それでよくよく聞いたら、東京時代のヤスのことをよく知っててね。男が経営してる蕎麦屋の名刺も渡されたんで、割烹柾で働いてるって教えたんだが、まずかったかな」

「ちなみに、どこの蕎麦屋っすか？」

「築地にある、そば処みさき」

タカオだ。

だれの口から漏れたんだろう。ヤスが札幌に移住したと知っている人は限られている。

どぎまぎしながら熊谷社長に礼を言って電話を切り、調理白衣に着替えていると暖簾《のれん》が掲げられた。すでに食材の仕込みは若手が終わらせている。事情を伝えてある柾親方の配慮で、ヤスは調理だけやればいい約束になっている。

とりあえずは仕事に集中しよう、とカウンターの中に入るなり、

「いらっしゃいませ！」

最初の客がやってきた。恐る恐る覗き見ると二人客だった。ほっとしていると、お造りの注文が入り、ヤスは柳刃包丁を握って真鯛を引きはじめる。

続いて一人客がきた。今夜は、振りの客が多いからコース料理の注文は少なそうだ。早めに上がれるかも、と期待しながら若手二人とともに注文を捌いていると、

「いらっしゃいませ！」

また客がきた。店内を見回しながら入ってきたその顔を見た瞬間、身をすくめた。

タカオだった。どんな顔をしていいかわからず顔を伏せて俎板《まないた》に向かっていると、タカオはそのままカウンターの前まで歩いてきて、

「ヤッさん」

はにかんだ声をかけてきた。

ヤスは初めて気づいた体《てい》で、おお、と驚いてみせた。すると柾親方が、

「ヤス、上がっていいぞ」

訳ありの再会だとわかってのことだろう。今夜は客足が鈍いから大丈夫だ、と気遣ってくれた。

「すいやせん」

ぺこりと頭を下げてヤスは包丁を置いた。


同じビルの一階に入っている焼き鳥屋の暖簾をくぐった。タカオには生ビールを勧め、まだ深夜居酒屋の仕事が残っているヤスはウーロン茶を注文した。

「何でわかったんだ」

開口一番、タカオに聞いた。どうにも気まずくて、ぶっきら棒な物言いになってしまった。それが気に障ったのか、

「何でってことはないじゃないすか。オモニも一緒にいなくなっちゃったから、みんなで心配してたんすよ」

口を尖らせている。

「いろいろと事情があってな」

ヤスが目を逸らして言葉を濁すと、タカオがいきり立った。

「どんな事情か知らないっすけど、何があったんすか。七五三みたいなスーツ着てタクシーに乗り込んだ姿を見たときは、目を疑いましたよ」

九月初頭に札幌を訪れ、札幌市中央卸売市場を探し歩いていたとき、たまたま見かけたのだという。

鮨屋の親方と乗ったときだ。まさかタカオに見られていたとは、と焦っていると、

「あのときは一泊で帰らなきゃならなかったから、それっきりになっちゃったんで、今回は二週間の予定でヤッさんを捜しにきたんすよ。何があったか知らないっすけど、みんな、どんだけ心配してると思ってるんすか」

露骨に舌打ちしてビールを呷っている。そのふて腐れた態度にかちんときて、

「冗談じゃねえ、こっちの事情も知らねえくせに、勝手なことほざくな！」

思わず怒鳴りつけるなり反撃された。

「黙って消えちゃった人の事情なんか知るわけないじゃないすか！　スーツでタクシーもそうだけど、おれ、がっかりしたんすよ。コンサルビジネスと板前仕事で、がつがつ稼ぎまくってるヤッさんって、なんなんすか。おれがリスペクトしてた〝矜持ある宿無し〟ってやつは、どこいったんすか！」

「いや、だからそれは」

しどろもどろになった。それもこれも、オモニの生死にかかわる緊急事態だからこそだ、と言い返したくても、それはできない。どう取り繕ったものか狼狽《うろた》えていると、追い打ちをかけられた。

「週明けにはミサキとマリエ夫婦も札幌に来る予定なんす。ヤッさんがいるとわかったから電話を入れたら、すぐに行く、って店を休んで飛んでくるんすよ。ほかにも鮨職人の真菜さんとか、和食料理人の南里菜《みなみりな》とか、豊洲の人たちとか、東京にいるみんながヤッさんロスなんすよ。自分はそういう存在だってことを少しは自覚したらどうっすか！」

ヤスは言葉に詰まった。不思議な感覚だった。かつての弟子に叱りつけられ、追い込まれている。その状況に腹が立つというより、なんだか悔しかった。元弟子の叱責を受け入れざるを得ない自分が惨めだった、と言い換えてもいい。そんな状況に耐えられなくなったヤスは、たまらず告白していた。

「オモニが入院してるんだ」

「え？」

「いま札幌の病院で療養している」

「マジっすか」

タカオが目を丸くしている。

脳梗塞の一件を話した。東京で発症し、一度目は無事だったが、オモニの希望で札幌に移住してから再発して再入院した、と。

「そんな重大なこと、何で言ってくれなかったんすか！」

また怒鳴りつけられた。

「オモニの意向なんだ」

たっての希望で、そうせざるを得なかった、と釈明した。

「だけど、せめておれたち夫婦には知らせてくれてもよかったじゃないすか。ミサキにとってオモニは第二の母なんすよ！」

「もちろん、おれだってそう言ってオモニを説得した。だが、彼女には譲れない別れの美学ってやつがあるらしくてよ」

本音を言えば、いまもヤスは後ろめたさを引きずっている。結果的にはオモニの気持ちに寄り添ったものの、こういう移住の仕方でよかったのか、東京のみんなに何も知らせなくてよかったのか、自問し続けている。

「それでもおれは、オモニがいてこそのおれだ。だからオモニのためにコンサル業や板前仕事で毎日必死こいて金を稼いでるし、いまおれはオモニのためだけに生きてんだ。いろいろと心配をかけたことは申し訳なく思うが、それだけはわかってほしい」

この通りだ、とテーブルに両手を突いて頭を下げた。

タカオが静かに息を吐いた。あまりの事態に当惑しているのだろう。しかめっ面で口を閉ざしていたかと思うと、おもむろにヤスに向き直り、ぼそりと言った。

「とりあえず、オモニに会わせてください」

「オモニは会いたがらないと思う」

即座に首を横に振った。

「会わせてください。オモニが何と言おうと会わせてください！」

会えるまで東京に帰りません、と迫られた。こうなると無下には断れない。ヤスは腕を組んで天を仰ぐと、

「ちょっと時間をくれないか。今日明日というわけにはいかんが、とにかくオモニと相談させてくれ」

もう一度、頭を下げた。それでもタカオはしかめっ面を崩さなかったが、必ず連絡する、と約束して携帯番号を交換し、その場から逃げだすようにタカオと別れた。

ススキノの街を歩きだしたときには午後十時を回っていた。深夜居酒屋の仕事は午前零時までに入店すればいいのだが、今日はもう仕事どころではなかった。このまま帰宅して寝てしまいたかったが、そうもいかない。

どこかで時間を潰すか。行き場に困ったヤスは、ススキノ交差点のウイスキーの電飾看板を見上げた。

その瞬間、ふと思い出した。そういえば、さっき携帯番号を交換したときに知らない番号から着信があった。だれからだろう。念のため確認してみると、驚いたことに馬場専務から留守電が入っていた。夜中でもかまいませんのでお電話をください、とメッセージが吹き込まれている。

さすがに気になって、すぐに折り返すと、

「ああヤスさん、夜分にすみません」

馬場専務が恐縮した声色で、思わせぶりに続けた。

「いや実は、あれから現社長の妻といろいろ話しましてね。経営権を手放した義母にはできないことですが、わたしたち現経営陣としては、今回の件が無事終わりましたら、ぜひヤスさんと顧問契約を結びたいと考えておりまして。ついては、近々、義母と打ち合わせがあると耳にしておりますが、どうか、お手柔らかにお願いします」

## 6

清子媼と約束した日がやってきた。タカオと別れた翌日からも、市場や調理の仕事の合間に、旭川、帯広、釧路の各支店に出掛けたり、古参の退職者を訪ねたり、あれこれバタバタしていたら二週間など瞬く間に過ぎた。

最後の三日間は寝る間を惜しんでパソコンと格闘した。東京時代はカフェを通りかかるたびにノートパソコンを広げている連中を見て、かっこつけてんじゃねえや、と腐していたものだが、そうか、みんな仕事に追われてたんだ、と妙な共感が湧き上がったものだ。

どうにか仕上げた報告書と経営改善計画書を手に、ヤスは葉月亭本店の二本裏手の路地へ向かった。今日は直接、例の純喫茶で清子媼と待ち合わせている。

ただ正直、今回の報告書と経営改善計画書には一抹の不安がある。

小樽の木崎支店長と話した直後は、すべての元凶は馬場専務の独裁者気質にある、と結論づけ、ありのままを報告書と経営改善計画書に盛り込むつもりでいた。だが、昨日になって馬場専務に関する表現をゆるくした。〝イエスマン〟〝恫喝〟〝独裁体制〟といった強い言葉は外し、会社の将来を憂慮した綾乃夫婦は、あえて社内の悪役を演じている、と綾乃社長も巻き込んだ結論に書き換えた。具体策については清子媼の反応を見つつ口頭で、差し障りのない範囲で伝えようと思った。

馬場専務の言葉が頭にあったからだ。

あの夜の電話で馬場専務は遠回しながら、手心を加えてくれたら現経営陣として顧問契約を結ぶ、と言ってきた。なぜ急に、そんな話を持ちかけてきたのか不可解ではあったが、ひょっとしたら小樽支店にいるイエスマンが報告を上げたのかもしれない。

たとえば、小樽支店でヤスを睨みつけてきた若い料理長がイエスマンだったらどうだろう。唐突に来店してガンをつけてきた角刈り男と木崎支店長が、連れ立って店から出ていった。不審に思って尾行したら二人でカラオケ屋に入っていく。これは何かある、と携帯で写真を撮り、木崎支店長が怪しい男と密会していた、と馬場専務に報告した。

そんなスパイ映画もどきのことをやるだろうか。そうも思ったが、イエスマンにとって現経営陣に抗う木崎支店長を貶めることは功績に繋がるだけに、やらないとは言い切れない。結果的に、ヤスと木崎支店長の接触を知った馬場専務が夜中の電話で釘を刺してきた、という流れは十分にあり得る。

だとすれば、ヤスの対応は二つしかない。一つは、事の顚末と具体策をありのまま文書にまとめる。もう一つは、文書に関しては仮に馬場専務に読まれても差し障りのない内容にゆるめて、具体策は口頭で手加減しながら伝える。

この二つを天秤にかけたヤスは、リハビリに励んでいるオモニの姿を思い浮かべつつ、顧問契約の可能性が残る後者でいこう、と判断したのだった。

「では、お願いいたします」

純喫茶のテーブルに着いた清子媼に促された。ヤスは書き換えた報告書と経営改善計画書を差しだし、その内容を口頭で補足した。

具体策については、どう説明したものか迷ったが、清子さんと相談しながら進めていきたい、とだけ伝えた。

終始、淡々とした表情で耳を傾けていた清子媼は、ヤスが説明を終えるなり、

「で、ヤスさんは、どうしてくださるのでしょう」

小首をかしげた。

「と言いますと」

「わたくしは、こんなありきたりな文書の作成をお願いしたわけでも、それをなぞった曖昧な説明をお願いしたわけでもありません」

「は？」

「いまのわたくしに、この会社の経営権はありません。それをいいことに、仮にも初代の精神に背いている人間がいるのであれば、初代の娘として黙ってはいられません。その意味で今回、ヤスさんには大いに期待していたのですが、率直に申し上げましょう。オブラートに包んで書かれたこの書類程度のことは、すでにわたくしも承知していますし、現実には、もっと厳しい状況です。そうした中、わざわざヤスさんにお声がけしたのは、なぜなのか。葉月亭の実態をヤスさんの目で再検証し、すべてを把握した上で、どのように解決してくださるのか、そこにわたくしは期待したのです」

ヤスの目を射すくめる。

「あなたの築地や豊洲での活躍ぶりは、熊谷社長から聞いています。熊谷社長も最初は半信半疑だったそうで、かねてから付き合いがある豊洲の仲買店の人たちに確認してみたそうです。すると、ヤスという男は、すべてを呑み込んだ上でズバッと解決してくれる痛快な男だ、とだれもが太鼓判を押したそうです。だからこそ熊谷社長もあなたを応援していたというのに、今日はいったいどうされたんでしょう。この程度の書類と説明であれば、そのへんにいるコンサルに声をかければすむ話です。でも、わたくしは熊谷社長の言葉を信じてあなたに依頼したのです。その点を真摯に受け止めていただかなくては、わたくしだって後に引けません。ですから、改めてお願いします。せっかく乗りかけた船じゃないですか。今日のことはなかったことにしますので、もう一度、出直していただけませんか。銀座のヤスとして鳴らしたあなたの真骨頂を、このわたくしに見せていただきたいのです」

三日後の午後、澄み渡った秋空のもと、ヤスはジョギングで札幌市の郊外、山の手地区の病院へ向かった。

すっかり通い慣れた道を走り抜け、息を弾ませながら病棟の待合室に入ると、長椅子にタカオが座っていた。

「待たせたな」

声をかけると、タカオの近くに腰かけていた三人が、

「ヤッさん！」

笑顔とともに立ち上がった。

「おお、着いたのか」

タカオの妻ミサキと、かつて二番弟子だったマリエと連れ合いのヨナスだった。今日の午前中、新千歳空港に降り立ち、いましがた札幌に到着したという。

「ねえ見て、大きくなったでしょう」

ミサキが脇に置いてあるベビーカーを指さした。ヤスが覗き込むと、切れ長の目の赤ん坊が小さな手足を元気に動かしている。

「やっぱミサキにそっくりだな。前よりひと回り大きくなったし、いやかわいいなあ」

「でしょ。だから早くオモニにも見せたいの。産後に駆けつけてくれたときは二千五百グラムしかなかったのに、ぐんぐん育ってくれて」

得意げに言う。そんなミサキと張り合うように、傍らのマリエも笑みを浮かべ、

「実はヤッさん、あたしもこれなの」

お腹をさすってみせる。

「え、おめでた続きか。そりゃ嬉しい話だなあ。しかし大丈夫か？　店がこれからってときにヨナスまで一緒に来ちまって。子どものためにも、いまが稼ぎどきだろうが」

たしなめるように言うと、

「やだ、黙ってあたしたちを見捨てた人に、そんなこと言われたくないよ」

マリエに皮肉られた。返す言葉に詰まっていると、思いがけない男が現れた。

「すみません、遅れちゃって」

おしゃれに刈り上げた短髪に顎鬚を蓄えた大人の顔で、丁寧にお辞儀をする。

「え、ショータか？」

ヤスは声を上げた。かつて東京の足立《あだち》市場で出会った三番弟子だ。当時のやさぐれた印象が強く残っているだけに、別人のような変貌ぶりに驚かされたが、確か、いまもミラノのリストランテで働いているはずだ。

「おれがメールしたんすよ」

タカオが口を挟んできた。オモニの現状を伝えたところ、いまや店の二番手として働いている

にもかかわらず、急遽、オーナーに休みをもらって飛んできたのだという。

そこまでしてくれたのか、と嬉しい反面、そこまでしなくても、と申し訳なくなる。

「やっぱみんな、無理しすぎだぞ」

喜びを押し隠してヤスが牽制すると、

「でも、ぼくの原点はヤッさんとオモニですから。これぐらい、どうってことないです」

ショータが言った。ヤスとオモニの後押しがあったからこそ社会復帰できたし、いっぱしの料理人として身を立てられるようになった。その恩を考えたら駆けつけずにはいられなかったという。

どこまで律儀なやつらなんだ。元弟子たちの成長ぶりに胸が熱くなったが、それだけに、改めてわからなくなる。なぜオモニは、これほど太い絆を断ち切りたかったのか。

ふと考えていると、タカオにせっつかれた。

「ヤッさん、そろそろオモニに会わせてくださいよ」

「おお、そうだった」

今日の面会のことは、実はまだ、オモニに話していない。タカオには、相談してみる、と伝えたものの、相談してもオモニに拒まれる。かといって、いまさらタカオたちを追い返すわけにもいかないだけに、オモニには悪いが、出し抜けに引き合わせようと決めた。

「いまオモニは過敏になってるから、できるだけ、やさしく接してくれるかな」

念のために言い添え、ヤスは病室の引き戸をそろそろと開けた。

オモニは起きていた。介護ベッドに横たわり、ぼんやりと天井を眺めている。

「おう、元気か？」

にこやかに呼びかけて病室に入り、背後に向かって手招きした。みんなが遠慮がちに入ってくる。

「ほれ、遠くから見舞いに来てくれたぞ」

ヤスの言葉に、オモニが天井に向けていた視線をゆっくりとみんなに向ける。

途端にオモニは顔を強張らせ、目を逸らした。そのまま何かに怯えるように固まっている。気まずい空気が流れた。みんなも成りゆきを見守りながら固唾を呑んでいる。

ヤスは穏やかに口を開いた。

「ごめんな、内緒にしてて。みんながわざわざ遠くからオモニの見舞いに来てくれたんで、どうしても会わせたくてよ。見えるか？　そこにミサキの娘もいる」

ベビーカーを指さした。すかさずミサキがカナサを抱き上げ、オモニのベッドサイドに連れていって、

「ほら、大きくなったでしょう」

明るく笑いかけた。

オモニがカナサを見た。その瞬間、カナサが何か言いたげに、ごにょごにょと口元を動かした。

オモニが、かすかに頬をゆるめ、カナサの動きをじっと見つめていたかと思うと、ベッドの傍らの文字盤に目をやった。ヤスが察して手元に持っていってやると、細かく震える右手をゆるゆると伸ばし、

『か　わ　い　い』

と文字盤を指さした。息を詰めていた全員が、安堵の笑みを浮かべた。

突然の見舞いをオモニが本当に納得してくれたのか、それはわからない。みんなの手前、本音を押し隠して愛想よくしてくれた可能性もある。実際、みんなもそうと気づいてか、あえてその点には触れなかった。

結局、微妙な空気をはらみながらも、最後は一人一人がオモニとしっかり握手して、励ましの言葉をかけて暇《いとま》を告げた。

「今日は、これからどうすんだ？」

病室を後にしたところでタカオに聞いた。

「いったん、それぞれのホテルにチェックインしなきゃならないんで、タクシーで移動します。夕方になったらもう一度集まって、札幌の味を囲んで話そうと思うんすけど、ヤッさんも大丈夫っすよね」

「いや、すまんが夕方から仕事がある」

オモニのためにも仕事は休めない。

「でも、そのことも含めて今後のことを話し合いたいんすよ。こうなったら、みんなで支えていかなきゃならないし」

「そんなこたあ、話し合ってどうなるもんじゃねえだろが。ここはおれが頑張るのみだ」

「それは違うっすよ」

タカオが足を止めて言葉を繋ぐ。

「オモニがああいう状況なのはわかりました。そのためにヤッさんが頑張ってることもわかります。でも、わかったからには、おれたちだって黙って見てるわけにいかないじゃないすか。オモニもヤッさんも、おれたちの大事な家族なんすから！」

その剣幕にみんなも足を止め、当惑した面持ちで見ている。

「ちょ、ちょっと二人で話そう」

ヤスは慌ててなだめると、とりあえずみんなを先に行かせた。


病院の隣に〝山の手北新公園〟と看板を掲げた小さな公園があった。

「あそこで話そう」

ヤスはタカオを促し、園内の小高い芝生広場に設えられた東屋のベンチに、肩を並べて腰を下ろした。

芝生広場の隅には遊具も置かれていて、この時間、子どもたちが遊んでいる。キャッキャとはしゃぐ無邪気な姿を遠目に見ながら、ヤスは話しはじめた。

「ひとつわかってほしいんだが、この前も言ったように、おれはもう昔のおれじゃねえんだ。おめえたちにはがっかりされちまうかもしれねえが、いまのおれは毎日の仕事で一杯一杯でよ。朝は市場の仲買店、昼はコンサル業、夜は二つの調理仕事で真夜中の三時まで働き詰めだ。正直、頭も体もくたくたになっちまってるんだが、それでも、オモニのために頑張らなきゃならねえんだ」

「なんでそんなに働かなきゃならないんすか？　ヤッさんだったら、コンサル業だけでもそこそこ稼げるじゃないすか」

「ところが、オモニのために稼がなきゃならねえとなると勝手が違ってよ。せっかく請け負っても、うまくいかねえことばっかりで、いまも頭を痛めてる案件があってなあ」

「どんな案件なんすか？」

「それは守秘義務がある」

「だれにもしゃべらないっすよ。信用してほしいっす。ヤッさんがうまくいかないなんて信じらんないし、そんなきつい生活が続いたら、ヤッさんだって体を壊しちゃうし」

「いやしかし」

言いかけて口ごもった。

かつて叱ったり諭したりした弟子と、こんな話をしている自分が情けなくなるが、わざわざ札幌まで駆けつけて本気で心配してくれているのだ。いまなぜヤスは追いつめられているのか。苦悩の一端だけでも、この際、ちゃんと話したほうがいいのかもしれない。

「狸小路商店街に、葉月亭っていう老舗の洋食店があるんだが、その屋台骨が揺らぎはじめてんだよな」

気がつけば清子媼の依頼内容を口にしていた。依頼を受けて聞き込んでみたら、独裁気質の娘婿が古参従業員を排除しはじめたことに起因している、という事実が浮かび上がってきたことも含めてきちんと説明した。

「ただ今回、一方的に娘婿をやり込めてもいけねえ事情があってなあ」

「なんすか、事情って」

「娘婿から顧問契約を持ちかけられたわけよ」

今後の付き合いを考えると、へたに角を立てないほうがいい。そう判断して娘婿に配慮しつつ清子媼に報告したところ、上っ面だけの書類や提案はいらない、ズバッと解決してくれ、と出直しを告げられた。

「でもそれってヤッさん、当然の判断じゃないすかね」

「まあそれはそうかもしれねえが、いま現在の経営権は娘夫婦にあるわけで、顧問契約の話だって無視できねえだろう」

要は請負商売のジレンマってやつだな、と苦笑いしてみせた途端、

「ヤッさん、あんたはいつから、そんな男に成り下がったんだ！」

不意に怒鳴りつけられた。

「いきなり怒ることたねえだろが」

「だれだって怒りますよ、顧問契約のために依頼主を裏切ってどうするんすか！」

「いやもちろん、そこがつらいとこではあるんだが、おれにもおれの立場がある。オモニのためにも、ここはどうにかしねえことには」

「冗談じゃないっすよ！」

言いかけた言葉を遮られた。

「さっきからオモニのためだって言い訳してるけど、おれが知ってるヤッさんは、損得勘定より真義はどこにあるか、それが行動基準だったじゃないすか。どこやらの政治家、いや政治屋みたいな独裁専務にまんまとしてやられて、どっちにつけば都合がいいか日和《ひよ》ってるヤッさんなんて、専務のイエスマンと何も変わらないっすよ。おれがリスペクトしてたヤッさんは、金のために権

力にへつらうような薄っぺらい男じゃなかったし、そんな金で助けられたってオモニは喜ばないっすよ！」

「いやしかし」

「いやしかしじゃない！　おれ、ヤッさんと出会った頃、しょっちゅう怒られてたじゃないすか。自分の頭で考えろ！　って。自分の頭で考えたら、そんな忖度《そんたく》、あり得ないし、あんたはマジでヤッさんっすか！　あんときのヤッさんは、どこ行っちゃったんすか！」

## 7

翌朝、市場の仕事を終えたヤスは札幌駅へ向かった。

ショータが早々にミラノへとんぼ返りするというので、見送りに駆けつけた。タカオ一家とマリエ夫婦は、あと二日、札幌に居残ってオモニを見舞ったり札幌の街を散策したりして帰る予定になっている。

「ヤッさん、おはよう！」

札幌駅前には、すでにみんな到着していた。

「おう、おはよう」

ヤスはさらりと挨拶を返し、タカオが抱いているカナサの小さな手を握り、おおよちよち、かわいいでちゅねえ、とあやした。

傍らのマリエがヨナスと顔を見合わせて笑っている。ヤスらしからぬ幼児言葉が可笑しかったようだが、いまのヤスには自然にそれができた。一夜明けて再びタカオと顔を合わせる照れ臭さも含めて、ヤスの中で何かが吹っ切れたからだ。

かつての弟子に本気で叱りつけられた。その倒錯を契機に、あれから改めて、タカオと腹を割って話せたのがよかった気がする。とりわけ、オモニとヤスの今後については忌憚《きたん》なく二人の意見を交わせた。もちろん、それですべてが解決したわけではないものの、ヤスの現在の立ち位置をわかってもらえたばかりか、タカオがヤスに抱いている本音に気づかされたことも大きかった。

葉月亭の問題についても貴重なヒントをもらえた。〝あなたの真骨頂を、このわたくしに見せていただきたいのです〟と再チャンスを与えてくれた清子媼には、明日の午後、会う約束になっている。今度こそ清子媼の期待に応えなければ、と頭を悩ませていたのだが、タカオのおかげで一気に視界が開けた。まだ最後の詰めが残っているとはいえ、これならいけそうだ、という自信がよみがえってきた。

おれの一番弟子は、ここまで成長していたんだ。いまさらながらタカオを見直すと同時に嬉しくなった。ススキノの焼き鳥屋で話したときは、元弟子に追い込まれている自分を惨めに思ったものだが、いまや、どっちが師匠かわからない状況が逆に誇らしかった。

山の手北新公園での別れ際、

「今夜はみんなで割烹柾に食べにこい」

とタカオたちを誘ったのも、その嬉しさゆえだ。

そして夜七時過ぎ、ヤスが包丁を振るった料理に、タカオ一家とマリエ夫婦、ショータも含めたみんなが舌鼓を打ってくれた。元弟子たちが囲む賑やかな夕餉は、調理の合間に眺めているだけで心がなごんだ。

ショータの出発時間が迫ってきた。朝の通勤客が行きかう札幌駅。改札の前で改めて、みんなで名残を惜しんだ。

「ゆうべの料理、マジでおいしかったっす。つぎは、ゆっくり帰ってくるつもりなんで、そのときはヤッさんとオモニも交えて、飲んで食って楽しみましょう」

旅立つショータが笑いかけてきた。いずれ日本でイタリア料理店を開くつもりだそうで、

「それまで、お元気で！」

最後はイタリア流に全員とハグを交わして改札の中に消えていった。

タカオたちとも、とりあえずその場で別れた。今日は再びオモニを見舞ってから円山動物園に行って、カナサにホッキョクグマを見せてやりたい、と早くも子煩悩な親の顔になっている。

「おう、しっかり楽しんでこいよ」

ヤスはカナサに手を振り、その足で自宅に戻ってきた。

今日のヤスには、清子媼に再び会うための準備がある。まずは夕方までに東京の唐崎弁護士に相談して登記簿をネット請求する。夜は割烹柾で包丁を握るが、深夜居酒屋と明朝の熊谷水産は休み、再度、唐崎弁護士とやりとりしながら報告書と経営改善計画書を改訂しなければならない。唐崎弁護士からは、明け方まで何度電話してもらってもかまわない、と言われているから、徹夜覚悟で最後の詰めに励むつもりだ。

ここでしくじったら明日はない。葉月亭の仕事でミソをつけたら今後のオファーにも響くだろうし、オモニの治療にも支障をきたす。いまこそ万全を期さなければと心している。

翌日の昼、ヤスは一睡もしないままスーツにネクタイを締めてマンションを飛びだした。今日も天高く晴れ上がった秋空のもと、勢い込んで札幌の街を走り抜けた。

午後一時五十分。葉月亭の経営企画室があるタワーマンションの前で、着物姿の清子媼と落ち合った。このまま直接、経営企画室に上がり、いきなり綾乃夫婦との四者会談に臨む約束になっている。

実は一昨日、清子媼に電話を入れて、

「急な話で申し訳ないんすが、今回の一件を〝ズバッと解決〟するためにも、綾乃夫婦にも同席いただいてお話ししたいんす」

と頼み込んだところ、二つ返事で四者会談をセッティングしてくれた。

どうやってズバッと解決するつもりなのか、それは一切聞かれなかった。一度ミソをつけたヤスと、事前の打ち合わせなしに四者会談に挑むのは清子媼だって不安だと思うのだが、ヤスがようやく腹を括ったように、彼女もまた腹を括ってくれたに違いない。

それだけに改めて責任の重さを痛感するものの、その責任に見合うだけの準備は整えてきた。あとはオモニのためにも気合いを入れて勝負するだけだ。


「では、まいりましょうか」

経営企画室のドアの前で、ヤスを鼓舞するように清子媼が言った。ここを訪れるのは初めてだそうで、ノックして入室するなり、

「まあ立派なお部屋だこと」

当てつけのように声を上げた。

綾乃夫婦は緊張の面持ちで待ちかまえていた。とりわけ馬場専務は、ヤスの思惑を読みきれないのだろう、どこかそわそわしている。

「それでは、はじめさせていただきやす」

窓際のソファに綾乃夫婦と向かい合わせに座るなり、何の前置きもなしにヤスは口火を切り、改訂版の報告書と経営改善計画書を三人に配った。

もちろん、〝ありきたりな文書〟と清子媼から一蹴されたものとは別バージョンだ。愚かにも顧問契約という撒き餌になびいて書き換えた内容を元に戻し、〝イエスマン〟〝恫喝〟〝独裁体制〟といった表現を復活させ、経営改善計画の結論も書き改めてある。

『葉月亭が崩壊寸前に陥っている惨状は、独裁気質の馬場専務の暴走に起因している。同時に、その暴挙を黙認してきた綾乃社長の未必の故意も事態を悪化させた。したがって、馬場専務はコンプライアンス違反の責任を取って一般職に降格。綾乃社長も管理責任者のけじめとして、全力を挙げて伊庭元総料理長と武石元総ホール長を復職させ、力強いリーダーシップのもとに再出発すべきである』

この結論のもと、口頭でも詳細に説明した。

綾乃夫婦はもちろん、清子媼も黙って聞き入っていた。説明の途中に反発されるかとも思ったが、それはなかった。

ところが、ヤスがすべての説明を終えるや、馬場専務はふっと嘲笑を浮かべ、

「喧嘩を売りに来られたんですか？」

欧米人のごとく肩をすくめてみせた。

「とんでもねえ、葉月亭の危機的状況と、その改善策を率直にお伝えしただけっす」

ヤスは淡々と答えたが、馬場専務は清子媼に向き直って弁明した。

「念のために申し添えますが、わたしは過日、ヤスさんと面会し、当社の現状と将来の展望を余すことなくご説明しました。それは綾乃社長も了承済みのことです。しかるに、なぜこんな結論になってしまうんでしょうね。会社に抗ったあげく無責任に退職した元従業員から側聞した話を下敷きにした見解など、まともに聞いていられません」

忌々しげに口元を歪める。

「いや、これはあくまでも第三者の立場から公平に判断した結果なんすね」

ヤスが言い返したものの、

「お義母さん、つい最近まで東京でホームレス暮らしだった第三者が下した結論を、どこまで信じるべきでしょうかね」

あろうことかヤスの過去を当てこする。

どこで調べたのか、と面食らったが、考えてみればイエスマンにヤスを見張らせれば札幌市中央卸売市場にはすぐ辿り着ける。いまや市場内でも知られてきたヤスの過去ぐらい探りだせなくはないし、要は、このやり口で馬場専務は、古参従業員たちをやり込めてきたに違いない。

ヤスは口調を強めた。

「ちょっと待ってくれっかな。そりゃ宿無し生活が長かったことは事実だが、少なくとも、他人様の弱みを握って服従させるような、人の道を外れた過去は一切持ち合わせちゃいねえ。おれは今回、清子前社長の信任を受けてこの仕事に取り組んでるわけで、そこを忘れてもらっちゃ困る」

　じろりと射すくめた途端、馬場専務が語気を荒らげた。

「あんたがだれから信任されてようと、葉月亭の代表取締役は綾乃社長だ。そこも忘れてもらっちゃ困るんだよ」

　経営権を譲り渡してくれた清子媼を前に、開き直りともとれる物言いだった。

　だが、清子媼は口を閉ざしている。強張った表情で俯いている綾乃社長とは対照的に、ここは自分の出る幕ではない、とばかりに背筋をぴしりと伸ばして見守っている。

　その態度をどう勘違いしたのか、馬場専務は清子媼の耳を意識しながらヤスに迫る。

「葉月亭はしばしの低迷期にあった。その悪しき状況を打開せんと綾乃現社長は、新陳代謝を図るべく改革を推進してきた。当然ながら、その意に違わぬようわたしも身を粉にして改革に取り組んできたわけで、ときに従業員を諭したり叱責したりもした。だが、それをもって強権を発動したの、恫喝したのと断じられるのは心外だ。わたしはあくまでも、綾乃現社長の勅意《ちょくい》のもとに行動しただけであって、それのどこが独裁だというんだ！」

　ヤスの眉間に指を突きつけて罵声を浴びせ、再び清子媼に向き直る。

「お義母さんにも、この際、きちんと申し上げておきます。お義母さんは、すでに経営権を譲られました。その時点で綾乃現社長に全権を委ねたわけで、いまさら何を言おうと葉月亭の経営方針は微動だにしません。わけのわからない第三者にたぶらかされて晩節を汚すことなく、今日を境に、のんびりご隠居なさってはいかがですか」

片眉を上げて笑いかける。それでも清子媼は沈黙を保っている。ここはヤスにまかせた、ということだろう。そうと察したヤスは、わざとらしく咳払いして、

「いま馬場専務は〝全権〟という言葉を使ったが、ちなみに、葉月亭全店の店舗ビルの所有権は、どなたにあるんだろうね」

しれっと問い質した。

馬場専務が初めて動揺を見せた。よほど意表を突かれたのか、隣で唇を噛んでいる綾乃社長の顔を窺っている。ヤスはたたみかけた。

「実は念のため、登記簿を確認してみたんだが、すべての赤レンガビルの所有者は清子さんだ。葉月亭の店舗は現在も清子さんの厚意で入居し続けているが、その意向によっては、全店舗、立ち退いてもらうことも法的に可能だと弁護士の確認も取ってある」

リュックから五通の登記簿謄本を取りだし、馬場専務に突きつけた。ヤスが苦労してネットで請求したものだ。

馬場専務が青ざめている。本店も含めた全五店舗が一気に移転となれば、それでなくても業績が悪化しているだけに、移転の費用が経営を圧迫して倒産は免れない。

「このホームレス野郎が！」

馬場専務が吐き捨て、威嚇するように腰を浮かせた。だがヤスは動じることなく立ち上がり、ネクタイを外すなりスーツの上着をバッと脱ぎ去り、

「宿無しだろうと、一文無しだろうと、これでもてめえの身のほどは心得て生きてきた。姑息な支配欲に駆られて葉月亭をぶち壊し、従業員を不幸に追いやってる輩に、ぶつくさ言われる筋合

いは一ミリもねえ」

押し殺した声で詰め寄るなり、角刈り頭をぞろりと撫で上げ、

「ちったあ恥を知れ！」

上着を床に叩きつけた。

経営企画室が凍りついた。馬場専務が血走った目でヤスを睨みつけている。ヤスは泰然と睨み返した。いつ終わるとも知れない睨み合いが続く。それでも清子媼は動じることなく静観している。

気がつけば馬場専務が両手をぶるぶる震わせはじめた。憤怒を堪えているのか。臆病風に吹かれたのか。ヤスが冷ややかに観察していると、そのときだった。

不意に綾乃社長が肩で大きく息をつきながら立ち上がったかと思うと、端整な顔を紅潮させ、カッと目を剝いて右手を振り上げるや、

「いいかげんにして！」

バチンと夫の頰を張り飛ばした。

寡黙な綾乃社長が絶叫とともに憤怒を炸裂させた直後に、ヤスは清子媼に一礼し、さっと経営企画室を後にした。

おれの役目はここまでだ。あとは清子媼と綾乃夫婦が三人で話し合えばいい。それで事態が好転しなければ、もはや葉月亭は立ち直れない。そう見切った上での退室だった。

そんなヤスの判断を良しとしてくれたのだろう。清子媼も毅然とした態度を崩すことなく、無

言のままヤスを見送ってくれた。

それにしても一時はひやひやした。馬場専務が〝全権〟という言葉を発するまでは、うまくきっかけが摑めないでいたのだが、そのひと言で願ってもない流れになった。あとは〝ビル所有権〟という切り札を持ちだすタイミングさえ間違わなければ、ヤスの勝ちは決まったようなものだった。

この切り札に気づいたのは、山の手北新公園でタカオに叱りつけられたときだった。

〝自分の頭で考えろ！〟

かつてヤス自身が発した言葉で元弟子から叱責され、我に返ったヤスはもう一度、自分の頭で今回の件を振り返ってみた。その瞬間、初めて清子媼と会ったときに彼女が漏らした言葉を思い出した。

〝このビルは初代からわたくしが受け継いだままになっています〟

経営権は譲渡したのに、ビルの所有権はまだ清子媼が握っている。なぜだろう。かすかな違和感を覚えたことから記憶に残っていた。

ここに何かのヒントが隠されているかもしれない。そう睨んだヤスは、東京の唐崎弁護士に意見を求めた。

「まずは法務局にネット請求して、登記簿謄本を取ってみてください」

指示通り請求してみると、葉月亭本店のほか四棟の支店ビルの所有権も、いまだ清子媼のものだと判明した。

この事実を唐崎弁護士は、こう分析した。

「初代は根っから堅実かつ慎重な人だったんでしょう。貸しビルに入居したほうが店舗の拡大は楽ですが、それよりも、儲かったときに利益を注ぎ込んで自前のビルを建てておけば大きな財産になりますからね。しかも、その遺志を受け継いだ二代目は、万が一に備えて、経営権は譲ってもビル所有権だけは我々夫婦が死ぬまで持ち続けよう、と清子媼に言い遺したんじゃないでしょうか」

「つまり意図的にそうしたと？」

「ええ、よくあるパターンなんですよ。おそらく二代目は、東京暮らしの綾乃夫婦に思うところがあったのかもしれません。もっとはっきり言えば、綾乃の夫をいまいち信用していなかった。すぐれた経営者ほど人物の本質を見抜く力に長けていますから、身内に対しても気を抜かなかったんでしょう」

　そう推測した唐崎弁護士は、

「これは大きな切り札になりますよ」

と断言してくれたのだが、このひと言が後ろ盾になった。

　強権を振るうような輩は、しょせん臆病者だ。臆病ゆえに他者の弱みを握り、抑圧する習性がある。となれば、抑圧には抑圧で対抗するしかない、と見定めたヤスは、会談冒頭から切り札を突きつけるチャンスを窺っていたのだった。

　修羅場を切り抜けた翌朝、ヤスは市場で働いてから、二日ぶりにオモニを見舞った。

病室には短時間しかいられなかったが、オモニはいたって元気で、帰り際には小さく手を振って見送ってくれた。

担当の看護師からも、順調ですよ、と言ってもらえたのが嬉しくて、札幌の街を軽快に駆け抜け、いつもの純喫茶へ向かった。

四者会談の直前に約束した通り、清子媼は午後一時半ちょうどに現れた。今日も着物姿で、めずらしく風呂敷包みを提げている。

「昨日はありがとうございました、これでどうにか葉月亭の危機を乗り切れそうです」

テーブル席に着くなり謝意を告げられた。

「とんでもねえっす。で、あれからどうなりやした？」

恐縮しながらヤスは尋ねた。

「綾乃が三行半《みくだりはん》を叩きつけました」

「は？」

「あなたとは今日を限りに別れます！　と夫に宣言しまして」

「離婚っすか？」

「はい。離婚と同時にオーナー社長の権限で専務職も解任。馬場の牙城だったタワーマンションの経営企画室も引き払うそうです」

思わぬ結末だった。そこまでやったか、と仰天した。沈黙し続けてきた綾乃社長の破壊力は予想を超えた凄まじさだった。

「わたくしも驚きましたが、あとで綾乃が、やっと目が覚めた、と申しておりました」

夫の独裁気質が歳を重ねるごとにエスカレートしていることは、銀行員時代から気づいていたという。三十代で管理職に就くと部署をたらい回しされはじめ、四十歳で早期退職の対象にされたのも、部下を締めつけるばかりの管理手法が問題視されたからだった。

　しかし綾乃は、子どもが巣立つまでは、と目を瞑っていた。それが裏目に出てか、やがて夫は早期退職の名のもとに銀行を追われ、そのタイミングで母親から経営権の譲渡を持ちかけられた。これは夫が生まれ変わるチャンスだ、と綾乃は思った。新天地で出直せば、さすがの夫も襟を正すに違いないと期待して、綾乃は夫のプライドに気遣いながら打診した。母親の意向であたしが社長になるけど、銀行時代の苦い経験を踏まえて精進してくれれば、ゆくゆくは社長の座を譲るから、と。

　この提案に、意気消沈していた夫も息を吹き返し、夫婦で札幌に移住してきたのだが、しかし夫の性根は変わらなかった。いざ蓋を開けたら精進どころか暴走しはじめた。

　それでも、いつかわかってくれる、と綾乃は我慢に我慢を重ねてきたが、ヤスとのやりとりを目の当たりにして、ついに耐え切れなくなった。愚かな夫を見限って離婚と専務解任というダブルパンチを喰らわせたのだった。

「どこかで聞き覚えた言葉ですが、〝その人間の本質を知りたければ、小さな権力を与えてみればいい〟のだとか。その箴言《しんげん》通り、まさに馬場は本性を露わにしたわけで、綾乃が爆発した気持ちはわたくしも理解できます。なのに綾乃は、いまも自分を責めています。あんな夫になったのはあたしのせいだ、と」

　その健気さが不憫でならない、と清子媼は唇を噛んだ。ヤスの見立て通り、臆病者ならではの虚勢を張り続ける夫に綾乃は幻滅した。ゆえに綾乃の逆襲は必然と理解しつつも、実の母親としてはやりきれないのだろう。

「正直、いまも心の整理がつかない状態です。綾乃のためを思って跡を継がせたら、熟年離婚に繋がったのですから。ただ、あの男がいなくなったことには、心底、ほっとしています。葉月亭も心機一転、初代の味と理念に違わぬ店として再出発できますし」

今後は、店を去った古参従業員を何としても呼び戻し、みんなで綾乃社長を守り立てつつ、初代の味と経営理念を継承した店に再興してほしい。それが清子媼の願いだそうで、

「これもヤスさん、あなたのおかげです。さすがは熊谷社長の眼鏡にかなった方だと、心から感謝しています。綾乃も身辺が落ち着いたら改めてご挨拶したいと申しておりますので、今後ともよろしくお願いいたします」

深々と頭を下げられた。

「いやいや、こっちこそどんだけ馬鹿だったのかと穴を掘って入りてえくれえで。これも清子さんに仕切り直しを許されたおかげっす」

神妙に頭を下げ返した。

いまにして思えば清子媼は、ビル所有権が切り札になると事前にわかっていたのだろう。ただ実母としては、直接手を下すことなく娘を目覚めさせたい、とヤスに介添え役を託したに違いない。なのに当初、ヤスは血迷ってしまった。これには清子媼も失望したろうが、それでも再度のチャンスを与えてくれた。その器量の大きさにヤスは助けられたのだ。

人生経験なんてものは当てにならない。つくづく思い知らされる。昨日帰京した元弟子のマリエも、小賢しいバイヤーに振り回されてカフェの目玉商品を台無しにされかけた、と笑って話し

てくれたが、ヤスは彼女を笑えない。この世に聖人君子などいない。どれだけ齢を重ねようが人間とは弱いものだ。そんな反省も込めて、ヤスを血迷わせるきっかけになったオモニについて清子媼に打ち明けた。

「何かご事情があるとは思っていましたが、それは大変なことですね」

　清子媼が労わってくれた。

「まあ大変っちゃ大変なんすが、やっぱ人間、何があろうとブレちゃいけねえ、ってことっすね。かつて弟子だったやつからも、こっぴどく叱られちまいまして」

　お恥ずかしい話っす、と自嘲すると、

「そんなにご自分を卑下しないでください。あなたはちゃんと結果を出したんですから。もうじき綾乃が顧問契約のお願いに上がると思いますし。あ、でも、今回の請求書はわたくしに回してくださいね」

　清子媼はそう付け加え、持参した風呂敷包みを開けた。ヤスが床に叩きつけたスーツの上着がきれいにクリーニングされて、新品のネクタイが添えられていた。

「ありがとうございやす、では遠慮なく」

　ヤスが最敬礼して受け取ると、清子媼は店の伝票を手にすっと席を立った。

　札幌の街には暖かい午後の陽が射していた。市場の同僚の話では、あと一か月もしないうちに初雪が降るという。厳しい冬を目前にしたこの季節が一番好きだとも言っていたが、そんな心地よい気候にも増して、ヤスは晴れやかな気分だった。

　いつになく軽い足取りで札幌の街を走り抜け、小一時間ほどで自宅に帰り着いた。今日は割烹柾が定休日だから夜九時頃まではのんびりできる。

ああやれやれ、と部屋に上がり、リュックに突っ込んでおいた携帯を充電器に差そうとして、着信に気づいた。

またやっちまった。いまだ携帯慣れしていない自分に苦笑しながら確認すると、病院からだった。

え、と息を呑んで電話を入れると、

「すぐいらしてください」

強張った声で告げられた。

## 8

オモニ、無事でいてくれ！　無事でなきゃ絶対にダメだ！

心に念じながらタクシーに飛び乗った。午前中に訪ねたときはあんなに元気だったのに、何が起きたのか。

山の手の病院に駆け込んだヤスは、いつもの病室へ向かった。

ところが、オモニがいない。ベッドが空っぽになっている。リハビリ室にも行ってみたが、やはりいない。どこへ行ったのか。ナースステーションに戻って聞くと、

「こちらへどうぞ」

白衣の女性看護師が、わざわざ別室に案内してくれた。

その部屋には不吉な札が掛けられていた。〝霊安室〟。文字を見た途端、足がすくんだ。だが、まだそうと決まったわけじゃない。胸を締めつけられながらも懸命に自分自身に言い聞かせていると、女性看護師はドアを開けて中に入っていく。嘘だろ。たまたまこの部屋に入るだけだろ。いまだ現実を理解できないまま女性看護師に続くと、白い壁に囲まれた、がらんとした部屋の真ん中にベッドが置かれていた。

だれかが寝ている。体全体に大きな白い布、そして顔にも小さな白い布が掛けられている。

「本日、午後一時十六分でした」

女性看護師が穏やかに言って、顔の白い布をそっと外した。

目の前が真っ白になった。信じたくなかった。絶対に信じたくなかったが、そこにオモニがいた。静かに眠るように目を閉じ、無言で横たわっている。

「おいオモニ、起きろ。せっかくおれが駆けつけたってのに、いつまでも寝てんじゃねえぞ！」

思わず体を揺さぶってしまった。それでもオモニは起きない。

「馬鹿野郎！　何で起きねえんだよ！」

オモニにすがりついたまま、ヤスは膝からその場に崩れ落ちた。あまりの衝撃に涙すら出なかった。

それから先のことはよく覚えていない。

女性看護師とやりとりして、紹介された葬儀社の担当者と打ち合わせして、いつかオモニが言っていた〝直葬〟という簡素な葬式を選び、やがてオモニは葬儀社の安置所に搬送されていった、と思うのだが、ヤスには断片的な記憶しかない。気がついたときには宮の沢の自宅で茫然としていた。

あとで再確認したところでは、昼食を食べ終えた直後に発作が起きたという。医師と看護師が手を尽くしたものの、今回で三度目とあって、発作が起きた時点で即死状態だった。

これだから脳梗塞という病気は恐ろしい。オモニの場合は二度の発作に耐えただけ幸運だそうだが、どうにかしてやれなかったものかと、悔やんでも悔やみきれない。

茫然としたまま三日が過ぎた。その間、つい先日帰京したタカオと熊谷水産の熊谷社長に訃報を伝えたほかは、何もできないまま直葬の日を迎えた。

タカオ一家とマリエ夫婦が再び札幌入りしてくれた。そればかりかタカオから伝え聞いたミサキの母親、歌舞伎町の唐崎弁護士、豊洲市場の川上水産の川上さん、鮨まなの真菜親方、料理人の南里菜、テンペイロ屋の礼音《れおん》といった顔ぶれのほか、熊谷社長と清子媼、割烹柾の親方まで駆けつけてくれた。

「ほかにも、たくさんの方々からお悔やみの手紙を預かってきました。築地玉勝屋の香津子さん、新橋の加寿子ママ、ビストロフィーユのシオリさん、カネマサ水産の正ちゃん、韓国食堂常連の西森《にしもり》さん、一本釣り名人の清治さん、そば処みさき常連の高鉄《たかてつ》さん、包丁研ぎ師の下條《しもじょう》さん、鮨みの島の簑島さん、リストランテ杉《すぎ》の杉さんと息子の誠一郎《せいいちろう》さん、東雲《しののめ》軒の松尾《まつお》さんなどなどですが、遠い東京にいてもみんな気持ちは同じです」

タカオはそう言うと分厚い手紙の束を差しだしてきた。

この状況を黄泉の国のオモニは、どんな思いで見ているだろう。

簡素な直葬ゆえ精進落としの宴もないまま、慌ただしく短い会話を交わしただけでタカオを除く全員が帰っていったが、みんなを見送りながら胸が締めつけられた。こっそり東京を離れたオモニのために、ここまで心を尽くしてくれたと思うと、深い感謝の気持ちとともに改めて申し訳なさがこみ上げた。

「これでよかったのかな」

骨壺を抱えて自宅マンションに戻ったヤスは、タカオに問いかけた。

再発を避けるために移住してきたのに、結果的には二度も再発してオモニは旅立った。これならみんながいる東京にいたほうがよかったんじゃないか、と後悔ばかりが先に立つ。

「これでよかったと思いますよ」

タカオが大きくうなずいて肯定してくれた。

ヤス一人を札幌に置いていくのが心配だったのか、タカオだけ居残って、今夜は泊めてほしい、と自宅までついてきた。途中、スーパーに立ち寄って酒やら総菜やらを買い込み、さあ、精進落としをやりましょう、と骨壺を置いた食卓に並べてくれた。

ヤスは缶ビールを口にした。苦いビールがなおさら苦く感じられたが、おかげで多少とも人心地がついた。タカオもまた、ごくりごくり缶ビールを呷って長い息をついている。

その飲みっぷりを見たヤスは、ふと過去の自分に思いを馳せた。

「おれが愛人の子だったことは、話したよな」

「あ、はい」

タカオがうなずいた。ヤスと二人、都内で野宿している頃に聞いた覚えがあるという。

ヤスは三代続く資産家の息子に生まれ、認知はされたものの、愛人の子という負い目を抱いて育ってきた。そんなヤスを食道楽の父は、国内外の有名料理店を食べ歩かせたり、名料亭の板前を呼んで料理の手ほどきをさせたり、理想の料理人にしようと食の英才教育を施した。一方のヤスは、料理の腕を父親に認めさせることが、大好きな母親を本妻に対抗させる手段だと信じて我《が》武者羅《むしゃら》に頑張った。

そのヤスの思いに母親も気づいていた。二人きりの夕餉のときはいつも、好きなビールをごくりごくり呷っては、料理だけはだれにも負けちゃいけないよ、と言い聞かせてくれたものだった。

「そのときのお袋の飲みっぷりが、オモニとそっくりでよ。もう二十年以上も前のことだが、お袋が死んだ直後に歌舞伎町の飲み屋でオモニと出会ったときは、若《わけ》え頃のお袋がいる、と見とれちまったほどでよ」

以来、オモニとの長い付き合いがはじまった。出会いの印象が強烈だっただけに、ヤスにとってオモニは愛しい女であると同時に、亡き母親の再来でもあった。

若くして『料亭やすし』グループのオーナー料理長となったヤスは、ライバルグループの陰謀ですべてを失って死すら考えた。しかし、湘南《しょうなん》の港町に隠遁していたシノケン師匠と出会ったおかげで〝矜持ある宿無し生活〟に入ったのだが、息子の苦難に接した母親もまた過大なストレスに蝕まれていたのか、病に倒れてこの世を去った。

そんな母親の面影を宿したオモニも、いままた病死したわけで、因果はめぐるとはこのことか。

「ただ、いまになってオモニの気持ちになってみると、おれがオモニに母親を重ねてる、と気づいたときは複雑だったと思うんだな」

ヤスとオモニが結婚はおろか男女の仲にすらならないでいたのも、オモニの心中に割り切れない何かがあったからではないのか。

ところが、札幌に移住した直後に、二人の関係は劇的に変化した。宮の沢のマンションに入居した当日の晩、二人は初めて肌を合わせたのだ。

いい歳して恥ずかしいね、とオモニは照れていたが、何が二人をそう変えたのか、いまもヤスにはわからない。もちろん、タカオに聞くわけにもいかないが、そんな二人の微妙な変化を嗅ぎとってくれたからこそ、

〝これでよかったと思いますよ〟

と肯定してくれたのかもしれない。

いずれにしても、せっかくオモニとの関係に新たな光が射したのに、運命というものは残酷だ。そもそも頑張り屋のオモニだけに、リハビリを頑張りすぎて、それもまたストレスになったのではないか。

「おれにもっと何か、できることはなかったかなあ」

ふと呟いてヤスはまた缶ビールを口に運んだ。するとタカオが二本目の缶ビールを開ける手をとめ、

「ダメっすよ、そういうこと考えちゃ」

また叱りつける。

「いやしかし、たとえば、おれが病室に泊まり込んで世話を焼いてやるとか、何かもっと」

「ヤッさん！」

鋭く言葉を遮られた。

「それはおれだって、いろいろ考えたっすよ。けど、これがオモニが選びとった運命だったんすよ。ヤッさんは、その貴重な残り時間をオモニの故郷で一緒に過ごせた。そして、いまもこうしてオモニと一緒にいられる」

食卓の骨壺を指さし、

「これ以上、何を望むんすか。いまさら何ができるって言うんすか。いつまでもぐだぐだぼやいてたらオモニだって浮かばれないし、マジでヤッさんらしくないっすよ！」

涙声で怒鳴りつけられた。

何か言おうと思った。何か言わなければ、と口を開けたものの、ヤスは何の言葉も発せられないまま唇を震わせ、オモニを亡くして初めて、とめどなく涙を流した。

*

オモニの遺骨は、日本海の大海原に散っていった。

墓はいらない、散骨してほしい、と生前から本人が言っていたが、どこの海がいいのか、それは聞いていなかった。考えた末にヤスは、オモニの母親が生まれた韓国と、オモニが生まれた日本、両国の合間に広がる日本海にしよう、と決めた。

小樽運河の近くの船着場から出航した散骨ツアーの船には、ヤスとタカオ一家が乗り込んだ。ミサキは育児が大変だからと、当初はタカオだけ同行を許すつもりでいたが、どうしても行きたい、とミサキが言い張って、結局はカナサも含めた四人で乗船した。

オモニ、ありがとう！

ずっと、ずっと、大好きだぞ！

潮風が吹きつける船のデッキから最後の別れを告げ、ヤスは再び涙を流した。

これで区切りがついた。

港に戻ったヤスは、すっぱりと気持ちを切り替え、

「よし、めし食いにいくぞ」

とタカオに告げた。せっかくの機会だ、葉月亭小樽支店の様子を見にいきたくなった。

赤レンガビルの店に辿り着くと、目敏くヤスに気づいた木崎支店長が飛んできた。

「先日は、ありがとうございました」

思いのほか明るい表情だった。

あの四者会談からまだ半月しか経っていないのに、店内の雰囲気も一変し、スタッフの動きにもきびきびした張りが生まれている。

メニューも変わっていた。ガッツリ系の料理も多少は残されているが、洋食の王道をいく蟹クリームコロッケやカツレツのほか、往年の帆立のコキールも復活している。

試しにいろいろ注文して、みんなで取り分けて食べた。

「おいしい！」

ミサキが破顔した。事実、食材の質も味も先日とは大違いで、ふと見ると調理場には、あのときとは違う年配の料理長が立っている。

「ずいぶん、よくなったっすねえ」

　木崎支店長に声をかけると、

「いやお恥ずかしい。ガッツリ系を真似たところで、根っからのガッツリ食堂にかなうわけがありません。洋食屋は洋食屋の本分を忘れちゃいけない、と反省して出直したばかりですが、まだまだこれからです。伊庭総料理長と武石総ホール長も復職してくれましたし、初代の名に恥じない店に立て直していきます」

　自信に満ちた言葉が返ってきた。

　しかも綾乃社長は、復職した古参従業員の意識も変えたという。仕事は見て覚えろ、という古いやり方は一掃し、古参と若手の風通しが良くなる社内システムに構造改革したというから、綾乃社長も母親譲りのやり手だと思った。

　食後のコーヒーが運ばれてきた。待ちかねたようにタカオが鞄から何か取りだした。

「これ、ヤッさんのぶん」

　飛行機のチケットだった。食事を終えたらタカオ一家は新千歳空港に直行し、築地へ帰る段取りなのだが、ヤスも一緒に、というサプライズのつもりらしい。

「いや、おれはいらねえ」

　すまんが金券ショップで換金しちまってくれ、と押し戻した。

「けど、もうマンションは引き払ったんすよね」

「うん、引き払った」

　家財はそっくり売り飛ばし、今日の出掛けに部屋の鍵も返却した。いまやノートパソコンもスマートフォンもスーツも何もない。最小限の着替えと、清子媼からもらったネクタイだけを入れたリュックが全財産だ。

　熊谷水産も割烹柾も深夜居酒屋も辞めてきた。その後、綾乃社長からオファーされた顧問契約も丁重に辞退した。清子媼の勧めで声をかけてくれた多くの飲食店からの依頼も断り、一切の仕事を断ち切った。

「じゃあ、これからどうするの？」

　カナサを抱っこしているミサキが聞く。

「それはおいおい考える」

「おいおいって、今夜泊まるところだってないんでしょ？　もう宿無し生活は無理だと思うし、うちに来てよ」

「いや、今夜はビジネスホテルを押さえてるから心配すんな。おめえらにはえらく世話になって心から感謝してるが、これからも家族三人で楽しくやってくれ」

「けどヤッさん」

「どれ、そろそろ行くか」

　コーヒーの残りを飲み干してヤスが腰を浮かせると、

「ちょ、ちょっと待ってください。こういうものだってあるんすから」

　タカオが分厚い封筒を差しだす。東京にいるみんながヤスのためにカンパしてくれた金だという。これを元手に、そば処みさきを拠点にしたコンサル業を立ち上げて、みんなの助けになってほしい、と迫られた。

「気持ちは嬉しいが、もうビジネスはこりごりだ。この金も受け取れん」

実際、清子媼からの報酬も辞退した。オモニのためにと迷走してしまったが、やっぱおれは金を稼いじゃいけない人間だ、と悟ったからだ。その気持ちを清子媼もわかってくれた。あなたの生き方は、あなたが決めることです、どうかお元気で、とにっこり微笑んでくれたものだった。

「でも、それでヤッさんは、どうするつもりっすか」

「だからさっきも言ったが、これから考える」

「それはないっすよ。みんなの気持ちも考えてください」

分厚い封筒を突きつけられたが、逆にヤスは自分のリュックを開けて紙袋を取りだした。

「だったら、これを受け取ってくれるか」

タカオが小首をかしげている。

「別れ際に渡そうと思ってたんだが、オモニが遺した金と家財を売り払った金が入ってる。そのカンパの金と一緒におめえら夫婦に託すから、オモニが東京でやってたように、飲食業を目指してる若え連中に出資してやってくれ。これからは、おめえら夫婦が、オモニとおれに代わって手助けする番だ」

今回、ヤスは本気でタカオを見直した。まだまだ未熟な元弟子だと思っていたが、これを機に、ヤスとオモニがやってきたことをタカオ夫婦に継いでもらおうと決めてきた。

「ただ、宿無し無一文でやってたおれと違って、おめえには家族と店がある。無償の手助けは大変だと思うが、どうか受け継いでほしい。マリエ夫婦にも助太刀してもらえば、きっとやっていけるはずだ」

「けどおれは」

言いかけたタカオをミサキが遮り、

「ヤッさん、そこまで言うんなら、ひとつだけ約束してくれる？」

ヤスの目を見つめて言葉を繋ぐ。

「これからヤッさんが、どこで何をするつもりか知らないけど、ヤッさんがどこにいるか、居場所だけはあたしたちに教えて」

「いや、それは」

拒もうとした途端、ミサキに抱かれたカナサがぐずりだした。大人たちの緊迫したやりとりが伝わったのかもしれない。慌ててミサキがあやしながら、たたみかけてくる。

「お願い、ヤッさん。タカオがヤッさんとオモニの居場所を見つけるために、どんだけ苦労したかわかってる？　あたしたちから干渉するつもりはないけど、ヤッさんの居場所さえわかっていれば、何かのときには駆けつけられる。あたしにとってオモニは第二のお母さんだったけど、ヤッさんは、小学生のとき天国に行ったあたしのお父さんに代わる人なの。ヤッさんとオモニの願いは、あたしたちがちゃんと受け継ぐから、ね、お願い！」

切れ長の目を潤ませて迫られた。


小一時間後、タカオ一家を乗せた新千歳行きの快速電車が走り去っていった。

いまから帰っても築地場外市場に着くのは午後八時近くになるだろうし、乳飲み子を抱えた長旅は大変だ。よくぞ小樽まで来てくれた、と改めて感謝以外の言葉が見つからないが、つぎはいつ会えるだろうか。

ふと感傷が湧き上がったが、それを振り切るように、ヤスは小樽の駅舎を後にした。

その瞬間、けたたましいクラクションが鳴り響いた。見ると、車寄せに大型の保冷トラックが駐まっている。いまどきめったに見かけない、極彩色の電飾をちりばめたデコトラというやつだ。約束した時間は二、三十分後のはずだったが、早くも着いたらしい。

「おう、すまんな！」

慌ててトラックに駆け寄ると、

「なんだヤス、しけた面してねえで、早えとこ乗りやがれ！」

運転席から怒鳴りつけられた。

古くからの顔馴染み、龍《りゅう》次《じ》だった。髪をこてこてのリーゼントに固めた、ひと昔もふた昔も前のヤンキーおやじだ。湘南を根城にしていた自営のトラックドライバーだが、配送便不足のいまは北海道から九州まで全国を駆け回っている。

「ありがとよ、わざわざ」

助手席に乗り込んで礼を言った。スマートフォンを売り払う直前、連絡したら運よく室蘭《むろらん》にいて、札幌市場に荷下ろししたついでに小樽に立ち寄ってくれた。

「なあに、久々のヤスからのご指名だ、すっ飛んできたぜ」

額の皺がかなり増えた龍次が、顔をくしゃくしゃにして笑った。

もちろん、タカオたちには内緒だ。小樽のビジネスホテルに泊まると言ったのは方便で、いまは一刻も早く旅立ちたかった。

ここに至ってヤスは、オモニの気持ちがようやくわかった気がする。いまやヤスには、タカオ夫婦を筆頭に東京にも札幌にも慕ってくれている仲間がたくさんいる。そのありがたさは十二分にわかっているし、恩義だって感じている。いつか何かのかたちでみんなにお礼をしたい、という気持ちも生前のオモニと変わらないが、それでも、いまはこっそり消え去りたかった。居場所だけは教えて、とミサキに泣きつかれて、ついうなずいてしまったものの、それすらいまも迷っている。

だが、これがヤスの生き方なのだ。まだまだ未熟な自分に気づかされたからには、いま一度、修業し直さなければならない。それでいいよな？　と心の内でオモニに問いかけたときも、いいよ、あんたの好きにしな、とうなずいてくれた。

「よっしゃ龍次、とっととやってくれ！」

未練を振り払うように急かすと、

「どこ行くんだ？」

間髪を容れず問い返された。ヤスは角刈り頭をぞろりと撫で上げ、高らかに声を張った。

「どこだってかまやしねえ！　おれの愛しい女が眠ってる日本海が見える道さえ通ってくれりゃ、あとはおめえが好きなとこにやってくれ！」

「おっしゃわかった！」

龍次が即答するなりアクセルを踏みつけ、トラックは轟音を立てて走りだした。

この物語はフィクションであり、実在の人物、店、企業、団体等には一切関係ありません。

**初出**

マリエの覚醒　「小説推理」'20年10月号、11月号
タカオの矜持　「小説推理」'20年12月号、'21年1月号
ヤスの本懐　「小説推理」'21年2月号、3月号

**原 宏一●はらこういち**

1954年長野県生まれ。茨城県育ち。早稲田大学卒業後、コピーライターを経て、97年『かつどん協議会』でデビュー。書店員の熱心な応援により、2001年に文庫化された『床下仙人』が、07年にベストセラーに。同書は啓文堂書店おすすめ文庫大賞にも選ばれた。16年「ヤッさん」シリーズがテレビドラマ化。その他の作品に「佳代のキッチン」「閉店屋五郎」の各シリーズ、『握る男』『星をつける女』『ねじれびと』『うたかた姫』などがある。

## ヤスの本懐《ほんかい》　ヤッさんファイナル

2021年8月29日　第1刷発行

著　者――原《はら》 宏一《こういち》

発行者――箕浦克史

発行所――株式会社双葉社

東京都新宿区東五軒町3-28　郵便番号162-8540
電話03(5261)4818〔営業〕
　03(5261)4831〔編集〕
http://www.futabasha.co.jp/
（双葉社の書籍・コミック・ムックが買えます）

DTP製版――株式会社ビーワークス

印刷所――大日本印刷株式会社

製本所――株式会社若林製本工場

カバー印刷――株式会社大熊整美堂



ISBN978-4-575-24430-4 C0093